岩　波　現　代　文　庫

未闘病記

膠原病、「混合性結合組織病」の

笙野頼子
Yoriko Shono

文芸 354

岩波書店

お世話になっている国立病院とリウマチ膠原病《こうげんびょう》担当の主治医S先生に、また、この病について書く事を肯定してくれいろいろ教えてくれた身内の医師I先生夫妻に感謝を捧げます。なお、S先生とI先生夫妻はこの小説の登場人物井戸先生、近賀夫妻とはまったく別の存在で本書はフィクションです(本当はフルネーム実名で感謝したいけど迷惑を掛けるといけないのでイニシャルにします。ありがとうございました)。

同病読者の方、闘病ブロガーの方、ご無事を祈っております。

全ての読者へ、新作をお待たせしご心配を頂き、申し訳ありませんでした。今後はシリーズも含め書き続けます。

笙野頼子

一、作者は膠原病のひとつ、混合性結合組織病の患者であり、作中の症状、治療、投薬状況は自身の体験から得たメモ、記憶を手掛かりにして描かれています、但し。
それは客観的事実を医学的正確さで描いたものではなく、記録を個人の側から作品に生かして、ひとりの患者の日常(という内的宇宙)を描いたものです。

二、膠原病とはいくつかの自己免疫疾患を纏《まと》めて指す言葉であり、なおかつどの膠原病も患者ひとりひとりの症状が多彩、独自な病です、故に。
主人公の病だけを通して膠原病全体を把握する事は出来ません。同じ混合性結合組織病にも別の病のように、異なる病態の方が少なくありません。

三、主人公は情報のない希少難病を患ったが故にやむなく自分で医学書を読み、ネットに縋《すが》ります。しかし医学に関しては素人でもあり必ずしもそれを正しく理解しているとは限りません。作中の登場人物である名医の言葉も正確に主人公に伝わっていない場合があるかと思います。

四、医学を知らぬひとりの人間から見える範囲を、間違っているかもしれないけれど、自分なりの過去の総括を今ここに残します。不謹慎にも見えるところは自分が今明るくなるため、また三十年来の読者を明るくするつもりで、敢えて書きました。

五、文庫化に際し、当時誤認していた情報や自分の病状について改めました。——私は軽症ではなく中等症でした。また、混合性結合組織病の有病率に各説ある事の原因として、単行本では他病に「移行」する場合があるからと書きましたが、専門家から(その原因に関する)異説が出ましたので、この件を削除いたしました。

その他、全体に手を加えました(単行本刊行時、まだステロイドの服用量が多く、集中力を欠いた状態であった事を思い出しました)。

目次

未闘病記　膠原病、「混合性結合組織病」の……1

日本慢性看護学会講演録
膠原病を生き抜こう——生涯の敵とともに……275

岩波現代文庫版後書き……301

未闘病記

膠原病、「混合性結合組織病」の

0

二十代デビュー後持ち込み十年、論争積年の三冠ホルダー、大学院教授にして不屈の純文学作家、そんな「私」をある日ふいに襲う……（プ、女の一代記かよ、て、め、え）、難病、……。

そう、難病である。難病になったのだ、難病、と判明した。「純文学難解派」と分類される、難解文学の書き手のこの私がね、それは。

十万人に何人かの予想困難な特定疾患。遺伝も伝染もしない個人的体験。ま、随分前からそうだったらしいのだよ。但し今もまだ中等症だ。

病名が付いてから一年が経った。

実は、入院なしの一年間だった。現在も通院のみ。毎月試験管三本分の採血と採尿、中等症ではあるが通常はそれだけ。とはいえこの月末に一年ぶりの肺検査と手足のレントゲンがある。現在薬で症状は治まっている。但し病気自体は少しずつ進行してきたものので、根本的治療法はなく、時に厄介が起こる。で？　闘病しているのか？　まだ実感はない。

昨年二月、全身関節痛と炎症で夜立てなくなり、何日か家の中を転げ回った。大病院に出掛け、二月末は肺のCT等、外来で検査。三月一日から治療開始、ステロイドの副作用や呼吸の異変、脅え苦しんだ。四月五月は肝臓を正常に戻すための食事制限で腹が減って眠れず、目の下に隈《くま》を出し、かつ日光を避けていた。禁煙は当然だが日光も暑さも寒さも危険な身の上。海の光や雪の反射も要注意なばかりか、過労とストレスが命取りだ。添加物やスモッグも、怖い怖い。でも、……。

薬はよく効いた。つまりその副作用で減食なのに肥満！　一年に三キロ。但しここ五年で病気のため十四キロ痩せている。そのため本人はあまり気にしてない。ま、もともとデブなのでね。

つまりそんな、ここな、難解派のデブは、「美人がなる」という噂だけを世間に知られている、そして実態はまったく知られてもいない、あの大変珍しい難病、膠原病になった。それは「自己免疫疾患」という言いかえで「ヘルタースケルター」の悪徳美人女優りりこが罹病していて、整形美容でなるケースも(ってヒトアジュバント病なのか？いやまあこれはフィクション中の設定)あるという？「神秘的」病気、のはず。だけれどもそう、私は誰？　美人女優ですか？　いいえ、私は笙野頼子。整形美容どころか美容自体してない。し難いもの、それは日化粧と恋愛、UVケアも嫌い(だったのだけど、今はやむなくしている)。

ちなみにこの膠原病とは、一種類の病を指して言う言葉ではない。膠原病は複数、種々あるのだ。それはどれも自己免疫疾患で、結合組織の病変という共通点がある。というかそんな病気の何十種類かをまとめて膠原病と呼んでいるらしい。

「で、なんでそうなったの」、「うーん、原因不明」、「どんな人がなるの」、「えーっと、いろんな人、でも、不明、比較的に女」。

というか女の人に多い病である。しかし、たまには男性もなる。そこで、有名人のリストを見たらたまたま、全員女。まあ女に多いとか男に少ないとかいっても、どうせ最初から滅多にいないけどね。私のなんて十万人に何人、例外的に多いのは関節リウマチ、これだけは日本で七十万人とも百万人とも。

一方、混合性結合組織病は割りと少なくて、日本では八千六百人、但し実際の数はもっと少ないという説もあって、というか十万人に何人かさえ決められない程に、カテゴライズも診断確定も難しい病気である。そこで十万人に二人から六人などと、某国立大学医学部のサイトには書いてある。

「膠原病かもしれないよ」と検査を勧めてくれた身内の医者に、診断確定からしばらくして、報告した時も、「おおおお、ほんとうに、ほんとうに、そうだったんですねえ」

と驚愕していた。故にこの有名人数もおそらく、ガンの有名人よりもずっと少ない。そもそもネット検索したってそんなにひっかかって来ない、中には公言しない人もいるかもしれないし。

例えば一般の会社勤めならいわゆる難病と知れれば異動させられたり、クビにされると黙っている人も多いだろう。誤解に耐える覚悟で事情を隠すだろう。でも芸能界ならばどうなのか？　例えば舞台を降りるなんて余程の事でないと理由も明らかにしないと許されないのでは？　紙媒体の記事になっていたのを、そう言えば見た事あるのが……。

元宝塚トップスター現在は女優の安奈淳氏。一方、ネットに(膠原病か？　という)記事があったのは紅白歌合戦のトリ・司会歌手和田アキ子氏、他に元グラビアアイドル・右系論客・マンガ家のさかもと未明氏、現職保守系議員高市早苗氏、闘病体験を基にデビュー作を書いた作家大野更紗氏、ウーマンリブ左系論客の故吉武輝子氏、そう、論客二名です。でも、別に「論壇での活躍が目立ちます」と言うほどでもない。だって宝塚と紅白がその前に目立つもの。政治的にも右の人左の人、両方がいるわけで。え？　小説家の笙野頼子はって、それ、有名人に入れたら徹底消去される、ていうか無駄、極小、どう見たって、私はマニア用。

そもそも私の名前だけを聞いて、「ああ主要新人賞全部受けた作家でしょう」て言えるのはよほど「本好きな」人、以前一時アタック25か何かで一番難しいクイズの時に私の名が出た事あるという話である。故に本を読まない人がたまたま私の名前を知っていると、ことにネットなんかだとすぐに言うの、「ああ、あのブスの人ですね」って。「知的女子の愛読書？　でもいくらなんでもブスすぎますよ」って。

私、それは容貌差別厨房が女の作家のランク付けをして、ブス投票をすると必ず三位以内に入ってくる作家。そしてブスに取らすな芥川賞、と悪口を言われた仕返しとして、その受賞後自分のブス描写を攻撃的に入れ、容貌差別する人々を皮肉りまくるブス小説を書いた「お茶目な」書き手。同時に、「泣く子も黙る」とか言われる読みにくい本の作者で、「論争家の人？」とも。

「ああ、地域猫拾って家買って千葉に引っ越した猫作家」とも。ええ、当時住まいのすぐ下のゴミ捨て場に、他人の居つかせた野良猫の一族が……そして猫好きでも博愛主義者でもないのだけど、私、カラスに喰われそうな子猫一匹と縁が出来て、最初この一族を地域猫にと思った。が、一部住民からは殺すとまで言われ、彼らを外に出しておくさえ危険となった……あの頃は山手線環内、家賃十七万台のマンションと言ったたって狭い二間にいたので、預けるしかなく、猫ホテル代を膨大に使うしかなく、結局七匹拾って四四人に託し、元猫一匹もいるから計四匹で引っ越し、三十年間のローン持ちになった。でもそのあたりの話なんてもう今のご近所の人しか知らないかもね。あ、そか。

そう言えば私、私小説系難解派だから、自分の身に起こった事は全部本に書いている(読んで、読んで)。え？　受賞歴？　長い苦節後どーんと「大量」取得、後は静かな日常に帰りました。賞の選考をする側にも一時、なりました。しかしたまたま料亭で選考会やっていても、私だけ腰痛起こしてしまい(若いくせに)会議開始まで隣の部屋で(お布団を、とか言われて)休んでいるし、パーティでスピーチさせられていても、ロングスカートの下にカイロ貼って足うまく立っていない。テレビなんか少し出ただけで熱出して止めた。そもそも外国に笙野研究者が集まるから、とかニューヨークに百平米の部屋借りてあげるからイラッシャイヨなんか言われてみても、疲れるから行けない。

ていうかもともと、地味が本質だ。例えばハイヤーとかトロフィーとか「あんなやつに？　惜しい、どうせ売れてないのに」って陰口来る地味な作家。「栄光」のプチプチ人気作家だった事も極短期にあったけど、根本は「財布が涸れても買う、死んでも墓からはい出て読む」とか言うような、極少読者頼み、その上、売り上げで文学を計るなとか主張したりそれ故に大塚英志等と論争したり、小説家なのに珍しく『現代思想』で特集されたりした故、私を嫌う人と好く人はきっぱり分かれている、ていうかそれ以前に知らない人の方が圧倒的に多い。そして最近はマスコミ批判も内部告発も正直に書くので、時々雑誌から追放される「渡り職人」。とどめ、いきなり文学賞の選考委員をクビにされて抗議記者会見やってしまったりという変な「地味派手」さ。そんなこんなで多数派から見たらとりあえず、ブス(で、そんなブスが)。

なってしまったのだ、美人が多いという噂の？　膠原病に！　なんという皮肉な運命か(笑)。じゃ、また、この件で何か、皮肉言ってやる！　え？　笑ってる場合じゃない？　そーんなふざけていると重症になってしまうって？　うん、じゃあ。

うん、じゃあその重症になるまでどころか最後まで、死ぬまでふざけてようと。もし途中で泣くとしても、そこまでは、出来るだけふざけているもんね！　そう、書く事の翼に乗って、自由に、歌うのさ、だって、私は災難を言語芸術に化して死後を生きる、永遠の文学になりたいのだから(つう自画自賛作家)！

え？　それ、不謹慎、だって？　でも私の病気だよ、私が書くんだよ！　昔自分のブスを書いたのと同じようにして、死ぬまでふざけてやるし皮肉も言ってやる。どうせ自己所有の可処分領域を、ちょっと書くだけなんだし、なんたって私の持病を、私の持ち物を縦に書こうが横に書こうが私の勝手だもの。そうさ、私ひとりの持ち物、笙野病なんだ。うん、笙野病ってやつ。つまりこの膠原病において、他人の症状なんて、書きようがないもの、似てたってごくわずか。

というのもこの病、ひとつの病名の下に患者の数だけ別の病がある、それほどに多彩な病態になるのであって……。

その上に私は文学で今までそれと知らず自分の病態を書いてきたから、この筆名の下で、この年まで。

そう、なんとなく、なーんとなく、私の体は昔っからずーと、変だった、なんともないと本人は思いたかったけれど。

要するに私の場合、若い人をいきなり襲う不幸とは違う。昔から健康や生活について他人と話の通じないところがあって、ちょっと違ったわけ。でも「違う」と言うと「へえ変わっていらっしゃるの、お特別なのね」と嫌われてしまうから、口では言わないで小説に書いていて、しかしそうするとうまく相手方に届く事があって。ね、……。

読者とは何かスポンサーでもあるし心の友でもある。そしてこの珍しすぎる病の可能性を、指摘されたのは七年前でも、まさか、自分が……混、合、性、結、合、組、織、病、とは？

五年後生存率九十五パーセント以上、十年後生存率八十パーセント(二〇〇七年データ)なら平気なのか。もう一年経ったしいろいろ少しずついい方に行っているし、……ただ気になるのは、たまーに、突然死があるところ。しかも、この予想が、ていうか病気の展開が専門家にも判らない。希少な病だから情報が少ない。

最近も身内の医者から「ネットでもなんでも情報量は多いほうがいいから見た方がいいよ、但しそのまま信じないで、取捨選択が必要」と言われたわけだ。なんか大変な事になったね、とまたしても思った。だってそれまでは聞けば何でも答えてくれた相手なのだ。海外でも大切にされているらしい名医。

ていうか彼は別の難病の外科医、近賀《きんが》椎人《しいと》、「は？　またですか、作中によく出て来る、身内の医者って、それ一体誰なのよあなたの従弟なの弟なの、まあどっちも外科だよねでもはっきりして」って？　うーむ、……なんか拙作中よく白バイで先導されたり『ネイチャー』で取り上げられたりしている旧帝大系医学部の教授だった人物、うん、従弟か弟だと思っといてください。どっちかに特定しただけでも迷惑かかりそうな、子供時代を知る年下の身内ね。

で、その彼が言うには、――「あ、……混合性ってＭＣＴＤね、Mixed Connective Tissue Disease、それが五十代で急性増悪《ぞうあく》……だけど自然と三日で治って、ステロイド二十ミリからか、ふーん、……それなら、それ、多分、……助かる、と、思うよ、だけど、それでも、……ごく少ないリスクで大変な事になる場合があるから、ね。でもその時の事は今考えても仕方ない、今は、考えないようにしようよ、そしてともかく過労にならないように、出来るだけ休んで、ストレスを避けて」。
この語り始めでもう、私、あっ、て思った。普段の彼の、声と違った。いつも健康や病気について厳しく怖く、がみがみ言う、その彼が違う。普通の人のように喋っていて普通の人が言うような事しか言ってなかった。職業上の穏やかな声を出していても、いくら専門外と言ってもこの名医が、まるでただの人のように「薬ちゃんと飲んでね、薬で抑えて無事なだけなんだから油断したら駄目」。気温に左右される病とも言える、と。季節毎に違う困難が出来、過ぎると落ち着くがまた次の、困難が来る、とも。

さて、その季節の「始まり」は二月、そこからは睡眠不足と副作用の四月五月、六月に入り、肝臓が無事になった。二十ミリから始まったステロイドも二度目の減量となり(でも十三ミリが維持量って、結構多いかもね、副作用でなる感染症とか白内障、糖尿病等についてはこのくらいの量だとそんなに心配ないというけど、私は一応外でマスクしてる)、そこで「寛解《かんかい》」。治療四カ月で不治の難病が、生活に支障無く治ったかのごとくに、なる。とはいえ、もう「支障ない」と言っても痛いのや疲れるのはぶり返すのだ。同じ膠原病でも私のこの病はだらだら感がつきもの、良くなったり悪くなったりを繰り返すらしい。そこが、いきなりがーんと来るタイプのとは一線を画している、らしい。

ということで再燃とワンセットのような小康である。

とはいえまあ同じ寛解でも同じ膠原病でも無論一人一病、別別病という感じで、患者の病態はまちまち、私のようにスーパーから家まで上り坂を、調子よければ八キロの買い物袋下げて元気で帰るのもいるし、でもその私も調子悪ければ家に引っ込んでる。また、寛解とされても息切れする人もいる。痛み止め使っている人でも寛解とされる。

結局、……どうしたって医療費はかかるし余計なお金も掛かる(交通費とか)。でも、難病の病名を付けるための検査費、私は超楽な方だった。採血一回だけで特定出来たのだ。その後の治療方針を決めるための全身検査も、この病としたら超楽の部類、それでも投薬までに四万円前後。あと医療補助申請の書類代(本体)一枚五千円も。——「そんな補助なんていいよもう」と言った私に、申請しろとすすめたのも椎人君だった(急に大手術になったらどうするのかと、何が起こるかもう判らないからと)。ところが私、書類一式をすぐ貰って、そのくせ、提出を遅らせてしまった。要するに怖かった。それで取り返せるお金を取り返せなかった(要するに病の否認ですね)。また収入にもよるけれど昨年の十月から私の治療費はもう年度が変わり、上限額が上ったので今の所は三割負担、つまり普通に自弁だ。それでも最初の頃、長老猫ドーラの看病で殆《ほとん》ど無収入だった年の書類がたまたま使えて(ただ使えるようになるまで時間が掛かったが)、数カ月かの医療費を一月何千円か補助して貰った。でもその後は補助なし……何十年税金払ってきて、市民税は結構何十万ずつとかそのつど払った事もあるのだけど。確かに今も薬代月三千円弱が無料だけれど、エコーも採血もあるからお金はかかる。しかも、その薬代について最近、政府は医療補助の見直しをやっている。今後働ける人には薬も払わせるという。でも私の同病だと働ける人はそんなにもいないかも。さらに政府は補助の対象を増やす(病気の種類、人数)のは良いけれどもその代わり従来の患者に薄く、これから申請の人に手厚くするという、だけどそんな事言ったってもしかしたら、新しく申請させないとか、水際で行政指導やって辞退させるかもね。ていうかこんな病気でも働こうとする人をはげます気はないの?

これは易疲労《いひろう》の病、働いていると他の事何も出来ない、と悩む若い人がいる。なのに労働意欲を削いで、自己責任を重んじるの? ていうか患者同士で仲間割れさせるつもりなのかね? その上病気はセシウムで悪化してるのかもよ。

反原発の書き手鎌田慧氏はPR誌の『本』で五〇年代生まれに自己免疫疾患が多いと書いた。核実験のせいだそうだ。まあ私は一九五六年生まれで、二〇一一年の秋から典型的な手指の症状も出たし、でもセシウムでなく、疲れやストレスで私は悪くなったのかもしれなかった。というのも大地震のせいで心配したり用が増えたから。あの時急な腰痛も起こしたし、まあそれも普通の腰痛じゃなかったのだけれど。

そして？　今の、私、……普通に仕事し、外出控えめ、遠出注意の日々、でも、通勤電車は乗るし一定の行動ならなんとかむしろ今まで以上にこなせる。また心配して買った杖など一回半日持って出ただけで試しに数歩ついてそれっきり、ずっと健康にすたすた歩いている、治療までは八十代のような歩きだったのだが、うん、……少しずつ次第に弱っていったみたい。でもひとり暮らしだし、自分の体の変化って少しずつだとあまり気付かない。家族のいる人なんかだと、入浴着替え手伝って貰って、なかなか病院に行かない人もいるというから、家族ぐるみで慣れてしまうのかもしれないね。ともかく、私は運強く動けるようになった。但し絶対マイペース、注意節制基本。それでも都内の大学で「元気よく」授業をやり節制も続行。

但し、食事制限中でも学校の喫茶店でだけは週一でサンドイッチを食べていた、学生と一緒にね。故に「なんだ油抜きと言っといてマヨネーズ食っているで、あれ？」と誰かそう思って見ていたかもしれない。でも毎日コロッケでも平気だった私が、スーパーの食品をひとつずつ裏返してカロリーを見て、結局はゼロカロリーおやつを選択、気分はボクサー。まあそれも過去となり今はもう肝臓大丈夫だが、でも、マンナンライスと玄米は続ける事にして、夜九時過ぎ食べないのもほぼ守っている。だってステロイドで高脂血症や中心性肥満になるといけないから、その他ムーンフェイスとやらで顔が腫《は》れる、まあ私はこういう人間なので外見は割りと平気だけど。

　この顔の症状、小顔の美人は月のようなまん丸顔になるらしい。しかし私は縦に腫れて赤くマントヒヒ状態、冬瓜的大顔化。顎は男顔なのがさらに突き出てなんか腹話術の人形と化す。

　そうそう、外見と言えば、「難病になりました」と報告すると、会いにくる約束をした編集者がすごく聞きにくそうに電話で「外見は？」と聞く。杖とか車椅子に決まってると思うらしい。無論私はその意を理解出来ず、「や、ブスのままですが」と最初は答えてた。でも最近は「食べて、動いてます、歩けます、節制とか制限ありますけど」と答えておく。外見しか判断基準がないのかよ嫌な国だなと思いながら。一方、別枠で「食べ物は」と聞いてくれる人がいて、これは食べるものをくれようという事、「なんでも食べられる」けどやはりマイペースと節制が基本だから「少量ならなんでも」、とかそんなふうにしおらしく。でも実は今後腎臓が悪くなる可能性あるらしい。だからって今のうちは漬物でも何でも食べられる、らしい。

　この前は「身障者手帳持ってるの？」って言われてびっくり、だって「どこも悪くないよ、薬飲んでるだけで」。つまり、私は中等症。但し重症の方なら、例えば大野更紗さんはお持ちと思います。一方、私はただ保険証の他にもう一枚特定疾患用のカードみたいなのを持っているだけ、それは再生紙で出来た名刺大の白いの。最近なんか要説明になったら見せる事にしている。「でもいいんかなー、こんなの見せても」とふと思いながらも。つまり見せても見せなくてもちょっとどきどきしつつ。だって……書類申請通った時、ほっとした一方で、なんとなく、すーっと落ち込んだりもしたから。

診断確定からここ一年かけていろんな事に慣れた。というか治療一通り、だって四季に合わせて節制も注意項目も刻刻、移り変わるからね、季節に翻弄される病だと思う。まあ仕事の方はなんとかやっていた。発病直前、書きたし一杯の単行本を一冊出していたし。昨年末は、おまけちゃんと付けて文庫本も出した。ただ小説の長いものはさすがに無理だった、でもね。

ステロイドが二十ミリ入ってた昨年三月でさえ、徹夜コーヒーで『新潮』記念号の、短編を一晩で執筆したよ。頼んでくれたのが嬉しくって締切りもぜひ、守ろうと思って。とは言うものの、……ステロイド二十ミリの純文学ってどんなんや、いやー、文章が若くなって発想がぶっ飛んで、モードがぽんぽんと切り替わっていくね。で？――「先生この薬変ですよ、なんか集中力散りませんか」、「はははははは、はははははは、はっはっ

はっはっは、そうそうそうそうそう」って医者はにこやか、――注、難病の患者ってこのように偉い専門医からさえ、とても優しく接してもらっています今ちょっと御紹介を。はい、この右の行の笑い声の方、私の担当医、井戸《いど》捨郎《すてろう》先生です。千二百人の難病患者が集まるリウマチ・膠原病科のベテランで、医長さん(おかげさまで、元気になりました)。まあぶっ飛び文章って普段からも私めそういう芸風なのですが、とはいえ……。

ゲラが出てその普段よりもっとずっとぶっ飛びすぎた原稿を直す時に、運良く薬は減量になっていた十五ミリまでね。故に、一応、「無事」に仕上がりました。しかもその中でもう最初の「病状報告」を私はやっていた。そして今。

今度はこうやって、その副作用について書くんですねえ、はい、自己言及作家です。私小説家です。

この前神奈川県の就業支援ガイドラインをネットで発見した。ステロイドは「中程度作業」可能で「十五ミリ」だって、じゃあ私の就業ラインは妥当なのかもね。ただ、この薬副作用さえ個人差が凄い。まあともかく、お陰で今も動けるし食べられるし働いている、でもちょっとした事で大変になるらしいし先の予想はつかないらしいけど、つまり。

劇薬ではあるのだから食事も行動も制限多いし、軽い怪我《けが》や歯医者に行くだけでも深刻な事になる、何より。

「過労ストレスを避けて保温保護」に励まないと、しばしば再燃してこのステロイドが増える、そうなると最悪の副作用で大腿骨壊死《だいたいこつえし》というのが起こる可能性がある。もともと少ないケースではあるらしいが、でも私だってしばらく二十ミリとか使ったわけだから心配は心配。それはステロイドのせいで(しかし時には他の原因もあり、また一方この薬と直接関係ないという説もあるけれどでも、大量に使ってからなる人がいるので)大腿骨の骨頭、というか付け根がすかすかになってひびが入るのだ。そしてこのひびの入る場所が運悪いと、また大きいと骨頭圧潰《こっとうあっかい》といって骨が潰れ、急に激痛して跛行《はこう》する事になる。まあ位置次第で壊死が出来てもひびかないところならば少しずつ修復されていくケースもあるが、ただ不運な人はその骨頭圧潰になり、さらに人工関節の手術とかになってしまう、可能性もある。少なくとも後何年か、私はこの心配をしてなくてはならず、例えば十キロ以上のものをよいしょっと抱えあげてずーと動かしたりするのは止めるべきだし、三時間も続けて歩いたりしてはいけない、らしい。

そう、らしい、のである。というのも、——医師に基本部分を確かめていても、この養生の根拠はネット検索なので、間違ってるかもしれないのだった。つまり紙の本の情報が確実だとしてもそれは古くって悪い事ばかり書いてあったりする。でも一方のネットは時に根拠が薄いし打ち間違いもある。但し信用出来るところ、例えば患者会、公的機関、医学部のサイトとかが勉強になった。

　でもそれでも判らないものは同病の方のブログ等ありがたかった。例えば、これを書いている今冬の寒さのせいで、指先潰瘍《かいよう》の危険性がある、それが治らなかったら単なる小さい切り傷でも入院させられる。もし入院したら夏のような温度の部屋に入れられてその傷の洗浄をずっとするらしい。もう自分の今までの世界とは違う想像外の場所。そんな時に同じ患者の方の体験談を読ませていただいた。

　するとまあ世間の冷たさより、人心のありがたさを感ずる日々。それで寛解もしてるのだから、いろいろ「めでたしめでたし」だ。が、そんな中、ちょこちょこ不具合も起こっている。

　今だってそう、ワープロ打ってて調子悪いとキーが入らなくなる。手首の関節とかが炎症起こしてて指の力も弱くなったりするから。ボタン押しにくい事だってある、ていうか私、昔から全てにおいて物事が成しにくい人間だったらしい。というのも子供の頃から微妙に下手だったような事がステロイド効いてると劇的に出来る。すごーい、あたし「天才」になったっ！　でも、これ、「ラッキー」なのか、「アンラッキー」なのか、どっちにしろ。

この前も夜中に無予告のファックスが来てその後左手が上がらなくなった。それでこの原稿も困る程遅れた。なにかとちょこちょこ痛くて固まる手足。ムチ打ってやっていた。そこに、急用かと驚く、というか恐怖……だって私の担当編集者なら絶対そんな送り方しない。夕方に予告電話とか必ずあり、時間指定もする。ぎょっとした上にリウマチ性の、寝起きの強張りだ。すると階段は怖いわ目も霞んでくるわ。ファンヒーター消した後の玄関の寒さもある。しかも足に一番心配な症状出ている時、……固まった手首でファックスの紙切れに対応し肋骨から心臓に痛みの走る恐怖。難病の末梢循環不全って厄介なもので、室内でさえ氷つかんでいるような体感が出てくる。

要するに、この一年、控えめとはいえ仕事を続けていた背後にどんな難儀があるか厄介があるか一見健康体の自分がずっとどのような誤解にさらされて自分でも不可解で困り苦しんできたか。しかもそれも一目見て判る災難ではないため、なんとなく肩身狭くまた説明も大変で、ていうか。

難病たっていろいろ、マスコミイメージに隠されて見えないのもある、ことに、重症ではない方の難病の私は、ドラマのようには行かない。つまり、「死ぬ運命」または「奇跡で絶対に助かる運命」、どっちかの分かりやすいストーリーを選ぶ事さえ出来ない。「経過見るしかないです、判りません」。

そう、本人にだって判らない事ばかりっていうか担当の専門医だって判らない事がある。

これ悲喜劇？　それとも不幸？　まあこんな時だからね、そしたらもうこうでも言っておく？　つまり私は文学の方なのでね。ええ、「純文学に逆境なし」って事で。じゃ、本日は書きます、とでも。そう、たった一日の幸福のために書く。書く事は生きる事、私は一日を生きる。

さて、病気と知ったのは最近でも、特徴的な症状は、大昔からあった(列挙し、引用する)。

十代から日光に当たると異様な疲労や眠気に襲われ、足がもつれた、暗い気分になった。芥川読んでいた。すごい内出血、皮膚はしばしば痒かった。ふいに痩せた。二十代で原因不明の高熱(これ多分中等症の熱)、「風邪と鼻炎と腰痛」がどんどん増え、痩せ太りを繰り返す。異様な疲労と眠気。皮膚にはガングリオンよりも速く出たりひっこんだりする、小さい固まり。しかしあまりにはっきりしたのは三十代半ば、そしてその症状を私は小説に丸々使っている。一冊目の本の表題作、「なにもしてない」に。それは病気になってから治るまでを書いた中編。但し当時ついていた病名は接触性湿疹、発症は手指から。でも、結局本人は何かを感じていた。例？

――それは体の疲れとも心の疲れとも決められなかった。（単行本P38）

一冊目の本がもうこの病の事だったの。二十二年前にも手の指が腫れ、皮膚科に行ってみた。でもその時点で既に肋《あばら》は痛み、思えば、移動性多発性の関節、筋肉痛があった。

――……普段の三倍程にも膨れた手の指の皮膚は完全に乾き、指先は全部六角形になった。（単行本P20）

なお、実際指の症状それ自体は当時の診断通り接触性湿疹だ。しかし、一緒に出ていた症状は訴えても医師にスルーされた、ひとつ。

この本の中には実際に見た悪夢をそのまま幻想シーンにして書いたりした部分があり、これは現実の出来事とは違う。けして中枢神経の症状ではない。だってもしそうなら今つまりそれから二十年以上経った私はこんなに「元気」にしてはいないはずだ。ただ、手の皮膚の湿疹以外に痛みや脱力、体に起こっていた事は全てそのまま小説に使った。

これに限らず、その後は病や不具合をそのまま小説に出す事が多くなっていった。本は何十冊も出しているけれど今思えば、それらは一種関節痛や歩行困難の長記録になっている。そう言えば(これは珍しく作品に使ってない)四十代で、背中や脇腹に大きすぎる染みのような薄茶色の斑があまりにも異様な感じで出た事もあった。「模様？　模様っぽいわよ、なんか、こう」。一年以上の間。つまりそれらの本格的な始まりがこの野間新人賞受賞作「なにもしてない」で。

——たえまなく痛く、奥歯や肋骨にまで痛みの移ってくる手の皮膚の軋み(単行本P8)

この病名を当時の医師が診断出来なかった事は仕方ないと言える。優しくて有り難いお医者さんだった。今でも感謝している。しかし、そもそも本疾患は発見が七〇年代、海外で研究が始まってから、当時だと十八年くらいしか経過していない。また、もしその時点で判ったとしても、死亡率等見てびびるだけで治療や検査も大変だったかもしれない(という考え方は間違ってるかもしれないけど)。

ていうか今も五十手前の医者が言っている「私の若い時、病名さえ知っていれば国家試験には受かったそういう病気です、今だって私なんかだと何も判りません」、そういう病、混合性結合組織病。かつて、肺にくれば余命六カ月必ず死ぬって、当時はなっていた。今は違うけど(生きられる病です！)。ちなみにこの病気の診断基準は実は日本で確立されたものだ。それが世界で通用しているのである。

この、「なにもしてない」において、平成元年、天皇即位式の横で時代のストレスにやられた主人公がひたすら湿疹を掻きむしるという話を私は、書いたつもりだった。ところがそれは世紀を越えて今、難病小説に化けたのである(やっぱそうだよね、なんか変だったですもん、あの時から)。

さて、引用に戻る、と。

――指の皮は爪の両端のところでその朝何箇所か裂けたらしい。(単行本P36)

大きな傷も知らぬ間に出来ていたが治った。皮膚潰瘍なのか(いやこれは多分違う)。

――たかが軟膏一本で天下の奇病が落ち着いてしまった。(単行本P68)

三十代の私は、そう書いていた(注、奇病という言葉は当事者で嫌がる人がいるらしい、私は昔、何も知らないで書いていた。引用なので変えられない)。シャレのように書いて、軟膏もむろんステロイドだった。医者に行くまでは指がもげるのではと思った程の、その湿疹は、冷やして治すものなのに私は間違えて指を温めた(しかし今の私の皮膚の治療は温める事なのだ)。接触性湿疹からこの病になる人の確率は高いそうだ。当時の医師がたまたまステロイドを使ってくれていた事はこの病の予後に良かったのではないかと今、医学書を見た私は素人なりに思う。初発で少量のステロイドをかけるとこの病の場合は予後が良いらしい(他の膠原病だと関係ないケースがある)。但し当時副作用について等何も知らなかった。医師からもこんな説明を私は受けただけで。

——これはホルモンの入ったとても強い薬で(中略)一日三錠、三日間——(単行本P64)

たった三日のものを減薬し止めるまでに一カ月掛かったからやはりステロイドだったのだろう。

二十五歳で、ダブル村上と呼ばれた人々のすぐ後に同じ群像新人賞を得て、著書なしのまま、九年越えた私。「なにもしてない」を『群像』に発表した時は三十五歳にもなってしまっていた。ただ、寡作ではあるが書き続けていた。そんな十年の間に私の頭を踏んづけて百人近い新人がデビューしすぐ本を出し、先に進んでいった。私は本が出る前に作家論が出て、その後も単著なし。だが新聞の時評も菅野昭正氏はじめ、たまに発表する作品を取り上げてくれた。何ら広告も出ない作家のものを批評してくれたのだ。

十年目を前に、有り難い親の仕送りをついに断った時、実はあてがなかった。元々働く事はむしろ反対されていた。母が凄い性描写のある流行作家を読まずにまねしろと言った時死のうと思ったけど死に切れなかった。「才能もないのに風呂付きの部屋に住んで」と言われたと言って母は具合悪くなり電話口で泣いていた。言った叔母の事を殺すかわりに小説に書いた。その小説は文芸誌に載った。叔母は私が芥川賞を取ってから会いたがったが、葬式も行かなかった。

中途半端に働かれても迷惑だと言われる一方で無論持ち込み積年という暮らしも迷惑に決まっている。

学生の時、公務員試験に落ちていたし、書きはじめてからは倉庫整理のバイトを一日しただけだがそれも言い訳程度でしかなく、働こうとすると一層敬遠される感じはあった。但し、大学卒業後も京都に居続けたからその時少しだけ職は探したのだ。が、面接に行くと学歴が高い事を不審がられたし、編集の仕事というのが電話すると実はサラ金の取立て、また葉書の入力整理と聞いていたら大きい釜で化学薬品を使って布を煮る工場だったり。なおかつそれらも全部向こうから断ってきた。それでも参加費というのか、コーヒー代をくれるので申しわけなかった。自分より若い人が面接をしてくれ、しっかりしているので自己嫌悪だった。

倉庫バイトの時は人より早く行って、そこの事務所の茶殻がてんこもりになっている流しを磨き、ゴミを捨てておいて正社員が来るのを待っていた。それでずっと使ってくれるとは思わないが自分が人より役に立たないのを知っていたからだ。というか本当に本の整理についても役に立たず、全部の書名を漢字で書いて嫌がられたりした。パソコン等あまりない時代で手書き作業だった。家事は実は案外に気がきくのだが易疲労も洗剤かぶれもある。それでは家庭経営など無理かもしれない。

七、八歳から俳人の祖母の作句のたたき台(何か言わされてひたすら叱られる)にされて鍛えられ、元素の周期表も判り二次方程式も解けた。中三位までに意味も判らず文学全集を全部読んでいて、でもそれが社会的な競争力にならないのは子供なりに判っていた。

生きていていつも横から、誰かに殴られているかのような自責の念と不全感があった。

空想に逃げていたら家族にもなじめなくなり、学校の成績も進学校に入ると劣等生だった。丁寧にしていてもよく冷笑された。だけどその事を何十年も覚えている私。なにも出来ないし、なにもしてなかった。破局が近づいているのかもと思っていた三十四、五。

とはいうものの東京に出てから一応進展はあったのだ。持ち込みで原稿の採用が決まってから三年、なかなか掲載されなかった中編が祖母の死んだ直後載る事になって、そこから少しずつ書く仕事に向かっていた。『文學界』新人特集のインタビューにも出た。とはいえ未来はない。ネットで言う単著なし、そのいわゆる単著なし歴九年目に入っていた。住まいも学生専用になるというので追い出される事になり、そんな中自分では難病とも知らず、「痛い人のヒポコンデリー、接触性湿疹をこじらせた」雑記を書いたのだ。原稿は新担当編集者をその病気描写で二回爆笑させ、掲載された。その少し前、彼はアメーバSFでもある短編「虚空人魚」を載せるために編集長に頭を下げてくれていた。優しくかつ厳しかった。私を伸ばしてくれた。どっちにしろ。

遅すぎる初めての自活をするしかなかった。原稿の枚数に原稿料を掛ける。次をわたすまでの一カ月間の家賃がない。

コマーシャルの大きい不動産屋に騙されて入った十七平米の部屋は、ベランダが街道の交差点に面し、その振動でガラス窓には大きいひびも生じていた。轢《ひ》かれそうになりながら巨大交差点を越えたコンビニで何度も振込を確かめていた。つまり、……十年目にして原稿料が一枚数百円上がったのだ。助かったのか、助かっている？　これで？大丈夫に、なった？　そう、こうして一カ月繋げたのだ、でも次を書かなければホームレスかも。バブル最後期、いくらなんでも家賃が高すぎると、どうも経済が変だくらいの事は思っていた。あの時、執筆用のウィスキーと米十キロを買い、耳栓をして寝た。起きたら泣いていたが外は喧《やかま》しかった。その秋にそのまま本が出て賞を受けた。野間新人賞。

引っ越し先を探すだけで今思えば普通でない疲労と痛みが出た。その不具合さえも二冊目の本『居場所もなかった』に書いて、お金にしてしまった。

その後三年程で三島賞と芥川賞を受け初代の三冠ホルダーに。記録は十八年破られず、最近になって私が選考した新人賞から出た、鹿島田真希さんが二代目となった。

三冠の他に泉鏡花賞と伊藤整賞、センス・オブ・ジェンダー大賞も自分は受けている。電話で「○○賞取りなさいよ」と意地悪を言う人はいたが、持ち込み十年からの私にとってはこれでもうまくいった執筆生活だった。

筆で自活するようになった後は書いて眠る以外何も出来なかった。途中から猫の世話もどんどんふえて自分の時間などない。あるのはただ、義務を果たして休む幸福だけ。

古シーツにくるまってドーラといたいだけ。何度も小説にそんな事を書いた。それ以前も病の悪い時は「白骨になってシーツに吸い込まれて消えてしまいたい」と。受賞が続いた大昔などは確かに忙しくもあった。でもそれ以上に疲れ易くいつも痛かったし眠かったのだ。無論、その辛さが普通だと思い込んでいる私は、世間から見ればきっと変だったのだろう。マスコミの丈夫で優秀な人間からはしばしば、「けっ」と思われていた。仕事を断らなければ鼻血が止まらない、そんな私の書評に安原顯は、徹底して流行作家を気取り忙しさを強調すると書いた。

大好きな作家三枝和子さんの家に招かれてもたどり着く前に疲労でまごついて遅刻していた。話しているうちに眠っていた、「道でも寝てたでしょ」と言われつつお御馳走を戴いている途中さえも、気分が悪くなって人んちのトイレでうずくまった。しかしその個室の中は可愛いガラスの動物が飾ってあって居心地よかったし客間のソファもふかふかだから結局ずーっと、くつろぎつつ、でもぐったりしていた。

「疲れ」という言葉の背後にあるもののレベルが違いすぎ、一語が通じない。新聞記者から食事に招かれても途中で店の外に出てしゃがむしかなかった。風に当たれば治るが次の日は不明熱。奇妙なのはここ十年程の症状であった。痛くて起きられない程になる前夜とか就寝前、今思えば異様な精神的幸福感があった、つまりその時だけ。

体の筋肉が全部ほぐれていて温かく気持ち良くなっているのである。想像した景色が夢に出てくる。まあマッチ売りの少女程ではないにしても、空想うっとり状態で眠れるのだ。ぱりん、と音がして体の中の因縁が全部解けて、なんというか死んでもこのままなら極楽に行けるとかあるいは気持ち良く死ねて何も怖くないとか、そんな感じになって。でもその翌日は激痛か不明熱で動けなくなっている。歩けなくなり、駅前にさえタクシーで行っていた一カ月もある位で。

郷里の伊勢に無理に帰った時は講演用の服にスニーカーを履いていた。それでも足を引きずって駅の階段をうめきながら登ったのは、地元の難病患者に読者がいたからだ。まさか自分もそうだなんて知らないままで。

生きている事それ自体の至福を私は、この病を通してずっと知っていたかもしれなかった。無事が贅沢、無痛が栄華。長年、死にたくもなく痛くない状態というものを想像出来ず、それでも痛みが少なくストレスもなかった奇跡の何日かを覚えていて、自分は幸福だ生まれてきて良かったと思っていた。とはいうものの、元気な時は普通の人の倍元気なのだ。

そのあたりは膠原病(軽症または中等症)患者の誤解されるもとだろうか。調子のいい時と悪い時に差のある人は「なんでもないだろう」と。あるいは元気に歩いてよく食べていても出来ない事があるのを理解されない。無論重症の方は血液が危険だったり、骨が人工だったり大変なのだが、でも、軽症でも多くは仕事を終えれば家で半死状態。私にしたって陰で痛いと唸っていても、立てなくなって眠り続けていてもそれをなかなか判って貰えない。

「なにもしてない」からはそんな二十三年、猫のためにムリして買った千葉の一軒家のローンは半分以下になった。その一方、私の頭を踏んづけて前に進んだ新人の殆どがなぜか、もういない。

家を持った事自体は良かったと今も思っている。猫が死ぬたびに悲しかったが、長生きするのもいて良い時間が残った。最後の一匹ギドウは年末に十五歳になった。自分もなんとか文学史に生き残るはずの仕事をした。論争はきつかったし嫌がらせも受けたけれど、それでも後悔はない。長老猫の死後五十五歳にして大学に招かれ初めて「お勤めをした」。なんとか出来て、学生といる事は慰めになっている。

静かな日々になるはずであった。とっても痛くて、歩きにくかったけれど、それが、また……。

論争も休眠して楽になった途端、猫も無事見送って静謐《せいひつ》の日々のはずが……。

結局、やれやれ「私は難病だった」、でもね、――急に悪化したこの病気も治療で安定し、人並の器用さはなくとも、今までより体力は向上した。そこだけ見ていれば結構幸福だ。専業主婦の厳しい基準なら怒られるけれど、「新築かと思った」とガス工事の人に褒められる部分を残したまま、片づけられずに化け物屋敷となりつつあった家は今、「飲んべえのおじいさんの楽しいひとり暮らし」程度には回復して、こんぐらがってはいてもなんとかなっている。

ああ、元気な人って体を動かす事自体、用をする事も楽しい場合があるんだ、今まで知らなかったでも、ちょっとだけ判ったって。

授業から帰ってきてそのまま料理して、執筆を終えた途端押入れを片づける。治療前は洗濯もの一人分を干すのに二回横になって休んでいた私、なのに今「なんでも／できる」。そう、ただ単になんでもできる、と繋げて表記する事は出来ないので。

このスラッシュはステロイド、自分の節制、注意、各種制度等だ。むろんステロイドなしだと多分もう痛くてがくがくするはず。例えばこの一年で四回、薬を飲み忘れた。量によってはそれだけでショック死するひともいるらしい。ただ私は量も量だしそんなに凄い事にはならなかった。つまりなんか眠いね、と言いながら無事に済んだ事もあるし一日ひどく痛く足を引きずって、次の朝飲み忘れたまま並べてある薬を見て、「うわーっ」と言った日も、……。

そんな、「なんでも／できる」毎日。故にこそ、「なんでまた、なんでまた、しっかし」と元気に歩きながらふいに、私は言い始めるしかない。「それにしても」と楽しく料理中にふとため息を吐《つ》く。微分するなら快適生活、積分したなら無明長夜。私の心はストレスに強いと、同業者も編集者も身内も言った。なのに体の方は(勝手に)ストレスフルだったのだ。

七月までは、肝臓の数値が無事になった後も肺に異変が来るのを恐れてびくびくしていた。百万人に何人かという大難病、肺高血圧症になる可能性が怖くて。むろん、そんなの滅多にないだろう、と健康人は思う。が、私の罹った病からなら二十人か十人にひとり、それになるのである。つまり殆どが、ここからなる仕掛けとなっている。——肺と心臓を繋ぐ血管が細くなり心不全を起こすそうだ。酸素ボンベを使う生活になるか、そうでなければ首のあたりからカテーテルを使って二十四時間薬を入れる生活になる。ただ、この病気にだってほとんど進行しないのや止まっているのあるから。でもこの病気も十年前とかだと確実に予後不良ってやつだったはず。

でも夏休み前、「まあないだろう」と言われたのだった？　「肺？　そんなの？　そんなにも、別に」って……、それならば、私は？　ほっとしたのか？　いや、所詮難病である。大難去っても……この病、「混合性結合組織病」というこれ、つまり膠原病の中でも特有の厄介さに溢れているらしくて。判らない、判らない、そう、判らないのがこの病気の困難のひとつであって。

なんたって、同じ病態がない程に症状がいろいろという膠原病の中でさえも判らなさがきつい。「幅がありますからねー、あなたの病は」って医者が。

というのも、例えばね。

病名に混合性、と付いている。これどういう意味か。実はこの病は膠原病の中でも一種奇妙なあり方の存在、その奇妙さを表してこの病名なのであるというのも。

でもその前に膠原病とは何か少しだけ。

え、もっと早く言えって？　うっわー、そんなの無駄ですよ、どう言ったたって患者本人だって判っていないもの。だけど、じゃあ説明出来るのか？　というか一般の健康な人に十万人に何人の病気説明しておとなしく聞いているか？　そりゃ、無理だね。だって関係ないもの。どうしたって難解病だし。

だからただ、私の病気が膠原病の中でも特に変という事だけを書くね。するとそれで同時に、他の代表的膠原病の説明も出来るから、え？　そんなの無理って？　否《いや》、出来るよ。やってみる。

さて、ではこの膠原病とは何か、まず。

「どこが悪いんですか」、そう、これが難しい。というのもこの病、元々その異変は結合組織という全身のどこにでもある、つなぎの部分で発見されたのだ。だから「どこが悪い」と聞かれて、つまり骨、とか内臓とか皮膚とか一概には、言えない。要は全身に満ちているものが病変するのである、全身のそこら中にあり、どこで悪さをするか判らないもの。なので膠原病の人に「どこが悪いんですか」と尋ねるとまちまちの答えが返ってくる。肺、腎臓、皮膚、予測不可な程にあらゆる可能性が。

それは出没先、レベルによって異なる病態を生む、故に。

その症状の現れたところがどこかをもってある程度のパターン化をし、膠原病の中の○○という病である、というふうに区分を付ける、らしい、例えば。

脳、心臓、肺、腎臓、神経、関節等もっとも全体に症状が及びかつ、特徴的な紫色の蝶形紋が出る事の多いものに、——全身性エリテマトーデス、などという名前が付けてある、判らん名前だが、……略称はSLE。

そういやヘルタースケルターの映画で最後、りりこの目の下に蝶形あったかも。

そして筋肉や皮膚の炎症が起こり時に肺に至るもの、これはひとまとめにして、皮膚筋炎/多発性筋炎と命名されている、覚えにくい名前である、略称DM/PM。その違い、皮膚筋炎だと瞼の上や指の甲側に特有の紫色が出るし、経過も異なってくる。でもどちらも紫外線やストレスで筋肉が壊れ、筋炎を起こし、痛んだり動けなくなるケースがある。普通の人より早く筋肉の細胞が壊れてしまうのだ。水入りのペットボトルがバーベルのように感じられたりする。またこの筋肉が壊れる時、普通は肝臓の数値であるＡＳＴが、筋肉疲労の故に高くなってくる。

他に、皮膚が硬化するものは強皮症と呼ばれる、覚え易い？　まだしもね、但しこれは中でも怖い病気と思われていて極端な場合真夏に凍傷で指を失うとか、要するにあり得ない状況で血液の循環が悪くなり壊死等も起こる。時に皮膚以外も硬化してくる。そして肺や腎臓に来ると怖い。しかし、そこまで行くものは少数であって、つまり少ないリスクである。多くは進行しないか非常に進行が遅い、略称はＳＳｃ。但し軽くても循環不全で指先潰瘍とかいろいろな問題が起こるものである。また腸も悪くなり、逆流性食道炎にもなる。

一方、普通に生活してる人もけっこう知らずに持っているのではないかと言われているのはシェーグレン症候群。多くはドライアイになる。また唾液腺などがやられ声が嗄れる事も、でもこれも中には重くなったり肺にくる怖いのがある。

そしてこれら膠原病の本質は自己免疫疾患である。つまり体の中に出来た異常な血液抗体が、自分の体をウィルスや細菌と間違えて攻撃してくるという異様な病なのだ。マクロファージの不具合で起こるというし、要するに細胞レベルで、感染もなしに無菌のままで、髄膜炎だの(これは混合性の場合になるのだが、なる確率は低い)起こってくる。で、こんな病の、痛い、しんどい、というあたりを私はもう経験済である。ただ私は、内臓に病変もないし、つまり中等症なのだ。症状が出ていたのは関節、痛い、筋肉、痛い、皮膚、痛い、切れる、不明熱、だるさ、独特のなんとも言えず嫌な感じ、知覚過敏、立てない、脱力、様々なちょっとした動きがおかしくなる、跛行、鼻炎、動悸、むくみ、腫れ、倦怠、そのもたらす不安と、普通にしていられない自分への罪悪感等だけであって、つまり「大変だね、けっこう」。そう、でもこれでもまだまだ重症ではないらしい。要は、まだしもの自分、なのだ。故に医師が肝臓を気にしていたのを見て、説明聞いても未だに良く判ってないけれど、ともかく、改善しようとした。だってなんか危険そうだと思って。なので数値が落ちついた時は安心したよ。でも治った時「そんなに、悪い肝臓でもないからね」と医師は言った。

「で、それならばその、笙野頼子のかかっている混合性結合組織病、それは一体どこにその病が悪さをしているのか」。

ええと、それは、今申し上げた四種類のつまり代表的膠原病の症状ですね、その四種類全部の病態が私の体には現れているのです。但し筋肉関節、皮膚の炎症にだけ、要するに内臓病変なしで、無論同じ混合性結合組織病でも、重くて、内臓病変が現れている方もいます。

さあ混合性結合組織病とは何か、それはＳＬＥ、ＤＭ／ＰＭ、ＳＳｃの三種の膠原病から、この中の二つ以上の症状が現れていて、なおかつこれらの病気の診断根拠となる血液抗体がないかとても少ない。そういう奇妙な病気である。略称、ＭＣＴＤ。但し、血液の中にむろん膠原病の証拠となる別の抗体を患者は持っている。それは抗Ｕ１－ＲＮＰ抗体といって、先の三種の病名特定には直接関係ない血液抗体です。この抗体は老化により健康な人間の体にも少し増える事がある。でも、ＭＣＴＤの患者にはそんなところでなく典型だとこれ一種類だけが大量に現れている。なおかつ、先の三種類の抗体はない、あるいは少ししかない、そして症状だけが出ている。そして、この病気の私にはよく判らぬ奇妙な点、それはここから実は別の病気だったと判明する人が一定、いるという事。

アメリカではＳＳｃと判明する人が多く、日本ではＳＬＥと判明する人が多いそうだ。またそのせいではないのかもしれないが、ＭＣＴＤの有病率は諸説分かれているらしい。別の病名になる人をどうするかという統計上の問題？　十万人に二人から六人の病気という曖昧な言い方はここからかも。

このように診断基準にも有病率にも、グレーゾーンのある、病気同士は底で通じて、でも患者患者は症状ばらばら、というのがこの、混合性結合組織病である。なお、シェーグレン症候群とはMCTDの患者の二十五パーセントに合併している、別腹の膠原病。そうですいろいろ混在しているから話がややこしいので。まとめ？　はい、私は三種類の症状とこのシェーグレンを持ち、その上にSLEの抗スミス抗体をほんの少し持っている。でも一番出ている症状は多発性筋炎そっくりでなおかつその抗体はまったく持っていない。症状は四種類、抗体は三種類。さて、ああ、もう数えるのも、面倒だわい(ともかく、こいつらが、悪さするわけで)。

七月八月は日光が筋肉を喰い千切る、でも夏の集中講義は例年、外でやっていたから、取材メモ取りの授業で一日外出したい、そこで猛暑にパーカー長袖、首を覆い、帽子マスク。これあるいはヒポコンデリーの難病患者と呼ぶべき？　っていうかそんなのあり？　でも、結局そこまでする程ではないかもしれない、とは思わなかったから実行。お医者さん用の本にはお日様ノイローゼになってはいかんよ、いざとなったら日光アレルギーの薬があるからねと書いてあったけれど、そしてこんな少しの外出でも膠原病の私、担当医にお伺いを立てる、しかない。「ええ、ほぼずーっと電車の中と駅です。ただ、十五分、真夏の海に出ます。布かぶってゆきます」、……きつい紫外線そして海芝浦の光反射、すると？　「そんくらいっ、だいじょーぶだーっ」って机ばんと叩いてお医者さん(井戸先生)は言った、断固たる横顔で。「一瞬学生と写真を撮りたいんです、夏の海で」て私が言ったから？　でも行けば手指は腫れて、関節も痛み、喉も痛くて。

その後は家で避暑ごっこの夏になった。今までなら五月からは室内でいきなり鼻がつまり、くらっと眠くなって耳に覚えのない小さい切り傷が出た。でも薬が効いてたから昼風呂と手料理、お外を怖がって無事に過ごした。やれやれ、結局お日様が敵だったのねえ、そしてそればかりか。

夏の冷え？　睡眠不足？　業界の嫌がらせ？　身内との葛藤？　そんなもの、そんなものまでが悪化の原因になる？　うん、看病や相続の後で発病する人いるって。

不明熱、関節痛、落ち込み、易疲労、跛行、耳鳴り、目眩《めまい》、鼻血、指のこわばり、皮膚の爛《ただ》れ、脱力、この脱力が一番不可解で自分でも病とは思ってなかった。心の弱りで死にたくなるのだと思い込んでいた、いわゆる鬱《うつ》ではない、ただ体の力が抜けて、動きが微妙になり、あちこちぶつかり物を落とし座り込み、手から何もかも滑り落ちるそして立ちにくい、体を丸めて、何か死にたい、筋肉が熱くなり顔から血の気が引き、自分で地獄感と呼ぶしかないもの。そんな軽症で何十年、ずっと。その原因のひとつが、まさか？　日光だなんて。結果、だらだら汗をかいても脱げない長袖。息の詰まるマスクの閉塞感。

避けようとするとお日様はどこにでもある。ガラス越しでも少しは紫外線入る。でも防止フィルムさえ張ればいいはず。

九月、十月、さあ十一月が来れば紫外線がましになる。そう晩秋になれば「爽やかな恰好《かっこう》」で散歩に行こうと。すると……急に寒くなった。ふと見るとフローリングの上の裸足の足の指の輪郭が一本微妙におかしい。ほんの、ほんの少しだが短いのだ。そう言えば随分前からその指の爪だけ一回り小さく薄くなっている。その指だけが秋からもうリウマチぽかった。

何？　これ？　冬に足の指が一本短くなるかもという異様な症状？　「ああ、はいはい指ですか溶けません、なくなりません、そーんなに心配な事ですかねえ、でも皮膚潰瘍出来たら入院して貰います」って井戸先生。でも？　え？　入院？　猫はっ？　いいいいいい……嫌嫌嫌嫌嫌嫌。

家では出来るだけ電気毛布の上に座っていた。足先をギプスのようにカイロでくるんで靴下二枚の室内、それでも指の血の気はひいて真っ白になり、玄関や朝の風呂場に長居すると指先は米粉だんごのようにやわらかくなって、萎縮しそうに見える。服の下に、ドライアイスの霧がかかるような感触があって。おおおお、室内が雪山かよ。

大学院の修論審査には「貼るカイロとボアスリッパ、替えの靴下と血管拡張剤」を持っていった(ってもこれは結局ユベラで済んだ、効かなきゃもっと変な名前の副作用難儀な薬になる、らしい)。

そして今ここ、二月末春はもうすぐ。でもそうなるとほーらまたお日様怖いの日々。

……ここ一年、自分の病気についてずっと書いてみていた。本当の難病を、リアル、真性難病患者が書く。でもね、私は作家だよ、難病とは知らず、人と同じと思って放った言葉を人に通じさせて、三十年以上来てさ、それを語りなおす。今までの笙野頼子の全作品の裏にあったものを。何かミステリー解決編のように(とはいえここに全部書くのは無理)。

で、ただ今はこのとりあえずの報告だけ。

本当はもっと早く発表したかった。が、出来なかった。体調も悪かったし、というかステロイドも随分飲んでいたし、「お勧め」もあった。いや、そんなのなんでもなくってそうじゃなくってさ、要するに小説の「私」が固まらなかったの。つまり病気の中で揺れている期間中は、設定の定まらぬままの「舞台」だった、故に、「私」を書く事が困難であったのだ。

昨夜、闘病ブログを拝見して最近お礼にランキングのポチを付けたところ。——皮膚潰瘍直前の足先の画像UPしてくださっている方がいて「あっ、これ同じ、じゃあ指がいきなりなくなったりはしないんだっ」と、それで恐怖からすくわれました。ありがとうございました、と。

読者の方々長くご心配を頂きました。

そう、持ち込み十年、文学賞多数、千葉に猫連れ移動、純文学論争積年のはて、伴侶猫亡き後、作家は大学院の学生達と仲良くしておりました。ところが、やはり平穏にはならぬ……「お勤め」も三年何か落ちついて来たと、安心した矢先。

1

そしてこれは、希少難病MCTDを文学的に長期録した、かつてない？
膠原病文学かも。

二〇一三年二月十二日夕方、腰痛に呻きながら船橋に行って帰り、駅から自宅へと足を引きずった。タクシーを妙にその日、使わなかった(自己過信あったし、まだ病気と知らないし)。着替えてお菓子を下げ近所の奥さんに謝りに行った(その理由を説明すると……長いっ！　省略っ！)。さて、結果がどうであれ全てが終わるのだ。後は休むばかりという夜であった。

私小説の抱えた危機的な課題、に取り組んだ新刊がやっと終わった。学校はもう休暇に入っていた。贈答や通信や振込を全部済ませ、後は春まで「死んでおく」つもりだった。家でお詫びの印を紙袋に入れ、出向いた玄関先で頭を下げていた。きれいに片づいたよそんちの空気、そうしているとむしろ、寒けが取れてきた。相手の反応は良くなかったけれど、もう気にする余裕なんか一切なかった。ずっと、具合悪かった。それは先月から？　或いはその夏からすでに？　というか、書く世界にも故郷にも何十年も前から、疲労とストレスが溢れていた。昨夏は久しぶりに出た芥川賞のパーティにも難儀な事があった。ていうか文学は守ろうと戦うけれど文壇とか結局知らん世界。そして、故郷とは距離さえおけばもう生きていけた。

「ストレス栄養にして仕事してるでしょ」と言われていたのは、昔からだ。ガンの母の看病中も「あんたは何も感じないから」とか言われた程で。その日もまあいいや全部オッケーと思い、後は、猫に投薬して眠るだけの宵。

また随分と速やかに床に就いた。風呂は入らなかった。つまり全身が痛くて、こわばっていたから。いつから？　いつから？　と考えてももう判らない。ただ休めば治る事だけは判っていて。だって何人もの医者が何十年もの間そう、言いつづけてくれた「休めば、治ります」と。どうせ病名は「接触性湿疹」または「加齢」、「過労」。

その日もここ二十年来と同じように、私の体には四種類の膠原病のごく軽い症状が取りそろえ出ていた。そして血液中には三種類の膠原病の血液抗体が存在していた。

その抗体三種類とは混合性結合組織病・ＭＣＴＤの抗ＲＮＰ抗体、ほんの少しだけ持っている全身性エリテマトーデス・ＳＬＥの抗スミス抗体、そしてＭＣＴＤとは別枠で、というか合併症で持っているシェーグレン症候群の抗ＳＳ－Ａ抗体である。

布団に入るといつもの、つまり体調を崩す前の穏やかで悟りに満ちた良い気分が現れてきた。翌日はきっと起きられない、少しは熱が出るはず(と思っていた)。

昨夏の対談に出掛けた時も、膝にカイロを三枚貼ってひょこひょこ歩いていた。Tシャツにスニーカーという恰好にしたのだって足がまた腫れてきて転ぶといけないから。「年取ったなあ」と言っても五十代だった。なのに気がつくと時には横歩きで、脱力麦踏みのようにぽちぽち歩行していた。駅のエレベーターをついに使った。自分の親世代の人に混じって。

家の二階から一階まで降りる事も大事業になっていた。例？

「今日はあと何回降りなきゃいけないか」、「そうだ降りる時にこれを持っていって、それで登る時にこれを持って上がろう」。階段を実際に降りはじめるまでに、どうやったら楽かを長考して二年。

それまででもすぐに手すりに縋っていた四十代。正月に足立たなくなってころころの付いた台所椅子にしがみついて猫の世話をしていた五十代前半……手すり付きなばかりか建売にしては広い階段で、つまりは腰掛けて昇降すれば良さそうなものなのだが、しかしそこで手をつき尻を降ろすと、また立ち上がる時に痛かったり難儀だったりするから、手すりにすがってひょろひょろひょろひょろ……ともかくね、いろいろありすぎてもう省略だよ。そして。

朝から晩まで物に躓《つまず》くのと向こう脛を打つのと肘をぶつけるのと、何をしても重いのと疲れるのと泣きそうにして倒れるのと、買ったケーキの箱玄関の前で片手で持っていていきなりばたっと手から滑り落ちていくのとそれみたタクシーの運転手がわかんないでワーハハハと笑うのに付き合いながら心が泣くのと、たまにだけどぎしぎしぎーっと胸痛むのとか、ともかくしようとして出来ない事なんかいっぱいあった。

ただ、別にそのどんづまりが二月とかけしてそんな感じにはなっていなかった。むしろ克服してより一層頑張るけど、でも私はついに冷静に休む事も出来る人間になるぞと、その上もう誰にも脅されないし死んでも負けないぞとかそんなモードで。

船橋まで行って、主婦へのお詫び用の焼き菓子の他に父にネクタイを送って来た。その他の全部の用を終えてからビルの中で天麩羅蕎麦《てんぷらそば》を食べた。池袋の大学院へ通っても、学生と一緒にコーヒーを飲むくらいで、駅前のその店は一年振りだった。そもそも遠出など出来る体調ではない近年。三年前から左腕がしばしば上がらなくなった。家のシャッターを夜閉める事が一仕事になる程、という状態にももう慣れてしまっていて。そうやって切り捨てたものを忘れてしまう程に、工夫して毎日をなんとか過ごしていた。

運ばれてきた蕎麦の箸はセラミック製で、同じ素材の筒型の箸置きの内側に留めてあった。私は……たっぷりの天麩羅と生わさび、おろし、を食べようとしていたはずなのにただ眺めていた。手打ち蕎麦も挽きぐるみの大盛りを頼んでおいて、なのに感じたのは恐怖だった。料理が強張って壁に見えた。目の中でこちらに倒れて来そう。海老《えび》の衣が「白い、死んでいる」と思う、無論、私の言いがかりなのだ。ただ、天麩羅怖い、海苔、黒い、全部怖い、とその時は思った。母がガンで死ぬ前に、食べたいと言ったものを出してもしかめ面した事を思い出した。とはいうものの慣れたいつもの疲労感だ。医学書で脱力という文字を見つける前から、何冊もの自著に、本当の体の脱力について私は書いていた。つまり「脱力」という言葉を正確に使っていたのである。

箸置きから箸を抜き出して食べはじめようとした時、思えばもう指が動かなかった。最初に摘《つま》んでくっ、と引いて抜けなかった。もしやこれは箸置きを開いて取るのではと思い直して爪をたてて、しかしそれでは指先が痛み、腫れた皮膚に赤く痕が付くだけ。どっちにしろこの留め方は「固すぎるのだわ」と。どうやっても、塗り込めたように、箸と箸置きが離れようとしなかった。ずっと、五分程試み続けた。店の人が気づいて「固いですか」と。おうむ返しに「はいっ、固いですっ」と。

取って貰ったのだ。礼を言って、でも、私の目や顔は多分怒っていた。つまり相手も何かむっとしていたから。しかもその間に蕎麦も少し伸び、でもそのせいだけではなく、無残に不味《まず》かった。セットのお碗も、湯飲みもうまく摑《つか》めない。ごく微妙な違和感だけど。食べ物が固くて飲み込めない、味もしない。楽しみにしていたのに、舌が塩気と油気だけを感じていて、口の中で舞茸がかさがさし、蕎麦を手繰っても何の匂いもしない。折角外へ出たのに、リフレッシュしなければと自分に言い聞かせて楽しもう、楽しもう、と。でも手足がふらふらして力も入らない。

目をみはっていても、眺めが逸れて行く。歩いているのではなく浮いているみたい。でもこんなのもいつもの疲労感に過ぎない。明日から休める。と思っているうち、歩きながら、「今の自分」と「本来の自分」がざーっと分離した。つまり、こんなに疲れるのっていつから？　と自問自答していた。

ことに昨夏を過ぎてからだろうなー。いや、でもそう言えば昨六月からかな？　まず学校の階段を登る時動悸がして、エレベーターは混むから手すりに縋って、足腰も結構痛んだはず。三階の廊下にある椅子で激しい呼吸を収め、また五階まで。真夏にカイロを三枚貼って対談に行っていたけど、それから精神は高揚し短編を続けて書いて載せた。でも秋はなんとか、やりすごしていて。

年明けから調子の良い日というものはない、というかずーっと必死、毎日のメモはほぼ白紙、というか例えば「全身痛」という新フレーズがひらがなになって続く、「ぜんしんつう」、「ぜんしんつう」、「しんでいる」、「はうだけ」「やっと入よく」、「柿の葉ずようし」、ってなんか気まぐれに漢字。仕事はぎりぎりでなんとかしていた。「ゲラがかべのよう、ボロボロ」だってさ。

二月九日にエアコンが凍結して疲れ果てた。故障ではなくて冬季のオーバーヒート、外回りを見たりしているうちに寒けが上がってきて。

いつから？　痛くてお風呂も毎日入れない。いや痛くなくても疲れてていろんなものが怖い。自分は忙しくて疲れているのだから、ずっと休んでしまうのもそのまま寝てしまうのも、仕方がないと言い聞かせては、家の中でも、すぐに座り込んで。そして死んだドーラの事を思い出す度、階段に腰掛けてずーっと固まった(今思えば、あれが、脱力ですな)。

でも、数年前ならばそこまでじゃなかった。例えば、疲れている時、自分がした疲れる用事を忘れてしまっていた。つまり「これとこれとこれをした」のに忘れてしまうていうか、要は、小説を書いていたなどというのが呼吸と同じで、そもそも用事のうちに入れてなくて、いつでもいつでも何で時間がないのだと、そして自分は怠けているからいかん、と思っていた。なおかつ、マスコミ体力の人々からは「ああその日駄目なら翌日はいいんですね」とか言われて恐怖し激怒した。なんか、話が通じない。それで「すみません忙しいので疲れているんです」と言ってみても。

他、数年前にならばよくこう思った。――なぜ人々は遊ぶのだ疲れるのになぜ人々は旅行をするのだ死ぬのに、そしてなぜ平気で人を誘うのだ、しかも用があるというからその用に対処するために出掛けるとただ酒を飲んで喋っている、私は用がないなら帰るぞ帰らないと鼻血が出るからだ。一緒に食事していると次の日は熱が出るしその場で呼吸が苦しくなってしまうんだよと、――私はした仕事をすぐに忘れてしまい、ただずっと疲れていた、自分は何も書いてないと思って焦りながらはあはあ言っていた、昔の私は。

なおかつ本を出していても文芸誌に発表している月でも、「論争をしないで作品を書けば」などと読者でもない人間がネットで言っているのを見て死ねと思っていた。論争であちこちと関係がまずくなって書けない場所が増え、丁度その頃に猫のドーラが癲癇《てんかん》になった。私は当然猫と一緒にいる事を選択して仕事も身内も嫌な付き合いをがんがん切っていった。それは家族との満ち足りた生活であり、関節痛はあってもストレスは減っていった。ただその最中も相続問題等困難であって、またどっちにしろ論敵の嫌がらせはあるし、異様に体調悪くなったり書きにくくなったり……。

ドーラを看取って後《のち》、たちまち昼間寂しく、旧友に頼まれて少し教えに出た、初めてのお勤めでやや躊躇《ちゅうちょ》したが、大学院だから少人数だし元の住まいの近く、ふと承知した。

予想外は、震災や原発事故を挟んでの新学期だった事。健康診断の結果は良かったが、今思えば、普通の検査などで出て来る病ではない。

勤務直前に最後の論争をし、足を洗うように大学院に通い始めた。生まれて初めて、よそに行くと自分のための部屋や机がある、人間と喋る生活になった。人並に普通に電車通勤して、行かなければ責められる場所が私にあるなんて。それが驚きで新鮮だった。まさかこんな事が出来るこれが私？　そして怖い時代を一緒に語る相手がそこにいるのだった。

流しを磨かなくても足を引っ張りあわなくても、パーティで「さっと散られたり」、盛装しているのに怒鳴りあったりする必要なく、挨拶して会話して黒板に字を書いてコーヒーを飲んだ。若者はすれてなくて文学を好きでいた。私が昔の苦労話をするとノートを取っている。朗読会をやって音楽を聴き、社会問題を課題に入れる。結局ゲストを呼んだりする時間も惜しい。教えると伸びる。安心で静かなところにいて、ひっそり、ゆっくり、若い子と競争で書こうと、思ったものだ。

その一方、文壇では怪我を覚悟で庇ったつもりの若い人から詐欺《さぎ》まがいの嘘をつかれていた。他、命を救われたように書いてある手紙を、献本に添えてきた若い小説家に本を返礼したら、署名の短冊ごとブックオフに売られていた。サインをすると売る事が出来ないから短冊に署名をして贈るのが丁寧、それは吉行淳之介の書いていた作法だった。「私の本などお捨てください、しかし礼儀のためにサインだけはさせてください」。抜き取って捨てればすむだけのものだ。なのに論敵のファンのブログに晒され、笑われていた。

しかし学校ではそんなのはなく、苦手な手続きに困ると事務の人が怒らずに教えてくれたり、親切あるのみ。学内の喫茶店で面談をして、学生と本の貸し借りをし、ゲームを勧めてくるとさすがに断るが、……。

そう言えば勤めはじめのどの「教師」にも必ず来る、お約束の困難はあった。

正規の学生でない人物が研究室に入り浸り困るようになった。誹謗《ひぼう》、無理な要求、強要を始めた。授業妨害から腰痛と不眠がひどくなった。結局大学の職員や専任の先生が守ってくれて事は収まった。

そのあたりから、指先が真っ白になって血が通わなくなるという奇妙な症状に悩まされた。通勤で荷物が重いと自分の指のようではなく固く冷たくなる。緊張してもなる。震災の年からだ。自宅は震度五でも無事に済んだがいろいろ疲れたはずで、五月に庭を片づけていて急に座り込んだ時はまさか、でも、セシウムのせいかもと思ったものだ。普通でない腰痛も、母の看病の時に起こったのと似た痛みが、震災後再発した、十四年ぶり。

寒くなる程指はひどくなった。原発を止めるために当座の節電が必要と思い、震災年の冬は人間の暖房を異様に減らしたから。マイナス三度以下になった日にエアコンを切って、布団から手を出して眠っていたら、人差し指だけ氷漬けの蠟細工《ろうざいく》のようで、ベージュ色になっていた。九十歳の老人の手よりも死に近い指。

実はこの指こそがもっとも判りやすい、この難病のサインなのだ、無論、例外はあるが、でもレイノー現象という、この「白く冷たくなったりする指」がもし起こればやはり特別な血液検査をするべきだと思う。

自分は疲れたら休まなくてはいけないタイプ、とその頃から次第に判ってきた。だがやはりそれでも休めば罪悪感は残る。

で？　原発がなくても家庭の電気は使えるという事が明らかになって、大学の休みも近付いた時、天井型の大きいエアコンが壊れた。半日工事で省エネタイプに取り替えをする、家の片付けだけで、休みは消えていった。しかし、それがまた他人には通じにくい話で、普通、人々はさーっと片付けてその上旅行に行く、ただ片付けだけをして疲れて倒れるというのは結局、私が「変」なのだった。というより、一軒家のひとり暮らしで片付けが大変というのも妙な話なので。

二〇一二年から学外から来る人の聴講を全部断った。通勤にも機械類にも次第に慣れて行った。初夏から確かに筋肉痛の方もひどくなっていた。多分、日光のせいだ。

千葉に越したのは二〇〇〇年七月、猫騒動で疲れていたけれど、田舎の強い紫外線も歩くしかない暮らしも、特に私の健康をそこなう事はなかった。それよりも越してから激化した論争と猫の死が重なると体調が悪くなった。脱力と一緒に来る死にたさがひどくなって危機が襲った。

最初に猫が死んだ時は自分も死ぬ日が決まったように感じ怖くなって、編集者に電話して貰ったりして心配をかけた。要するに疲れるというのも仕事量だけの問題ではない。例えば学生とならば、一緒に海芝浦に出掛けても後で休めればなんともない。——海芝浦は私が第百十一回芥川賞を受賞した「タイムスリップ・コンビナート」の舞台にした地だ。二十年も前の取材法を私は講義し当時の思い出を語る。その作中にも主人公が真夏の沖縄街を出て急に暑さの中で寒けを覚えるシーンがある。

夏にぶるぶる震え感覚を失い、温かい飲み物を自動販売機で買う。そんな寒暖の感覚が狂う描写を「太陽の巫女」でも私は出している。今までそれは脱水のせいではないかと思っていた。無論、過去の事とて、特に検査値等あるわけではない、が、もしかしたらそれも、この病のせいかもしれなかった。だって、疲れ易いのと筋肉関節の痛み、動きの微妙な狂い等はその可能性が高い。ただそれも、「演習」で出掛けた時だけは、なんでもなかった。

珍しがる学生も、メモ取りの実際を学ぶ学生も、結構ハードな日帰り旅行を楽しんでくれた。マスコミ・文壇的なおかしな論法も言論統制も、侮辱のための侮辱も、そこにはなかった。

なので例えば成田三里塚の取材や、寝不足での母の看病の時、疲労とストレスでふいに来た症状は病だったのだろうとついつい思う。

結局、いつも戦っている対象がこの病にも悪いのだ。とはいえ、ただひとつの病状悪化要素を取り出してもそれを数値化して個人的に今後を予想する事は難しい。そもそも医者はただ全般に過労とストレスを避けろと言うだけなのだ。

女性に多いこの病は、看病ストレスで悪化する事が多い。その他の禁止事項は、紫外線、マリンスポーツ、登山、なども。さらに他のを言うと、若いおかあさんだと、立った姿勢で自分の子供を抱き上げる事禁止などというのもある。これはステロイドの副作用で大腿骨頭圧潰を起こすといけないというケース。

とはいえ、そこまで制限だらけなのにその日快調ならどう見ても健康で動作も出来る、それ故に誤解される病でもある。

二〇一二年の夏からの歩行困難は前年より外出、上京の回数が多かったせいだろうか。地方より弱い東京の紫外線だけど、盛夏にたっぷりと浴びてしまったのはまずかったかも。

その年は両方の仕事が活性化して、書くほうも同時期活気付いていた。対談もパーティも連作も楽しかったのに、思いもかけぬところでダメイジがあった。自分ではあまり気が付いてなかったがそう言えば会場で長い付き合いの編集者に最敬礼と共に避けられたり、知らない若い男に、しゅっ、しゅっと何度も身を避けられたり、それは、そんなに嫌なら自分の方が遠ざかればいいのにと思った不可解な態度だった。受賞者の側に寄りたいのに私が邪魔という事なのだろうか。しかしずっとついていてあげてと何人もに頼まれ、ことに本人が会って喜んでくれた(そう言えば以前も、猫付き合いのつもりで贈った本を論争が入っていて贈られるのも嫌だと相手のブログに書かれてしまった事があった)、やはり文壇は私には毒かもしれなかった。

まったく、そういう、「嫌われる」私の、ことに論争とはなんだったのか。――私は積年、一見時代遅れな純文学擁護をしていたはずだったのだ。と言っても私自身は世間が想像するような整った形の古風な純文学を書いた事がない。むしろ、既成概念に助けられず書いてきたから、芸術作品だと言いたいのだ。

そもそも純文学、と呼ばれるその名前が本来狭い言葉で、歴史的なものに限定されている事を一応私は知っているのである。それでもあえてこの言葉を使って現在の文学も前の文学も纏めて守ろうというのは、人々が今も純文学というこの名に多くの期待や誤解を込めて、未だに、そう呼んでくるからだ。歴史的定義の外で生き延びた現役の言葉だから。

さて、その純文学に関し私はただその定義を官僚的な態度で求める事を危険とし、芸術文学を売上だけで、数字化して計る事のおかしさについて批判してきたのみだ。「なにもしてない」の頃からずっとそうだから、今よりもまだ無名、貧乏の時代から。故に、文学を敵視する人間だけではなく、悪しき文学ヲタクに腹を立てる事もあった。

ならば……例えば純文学クソ、何の役に立つ、要らない、と言われたとして、じゃああんたクソ、あんた何の役に立つ、あんた要らない、私文学の側とでも言い返せば十分なのだ。が、なぜかこれに対してものすごい規制がかかってくる。そんな中苦労して言い返すと、相手は消えている。また、「役に立つ」って何？　誰の「役に立つ」の？　中には文学読んで生き延びる人もいるよ、と返したところで相手は答えず、勝手に売上の話になってゆく。しかもそれは真面目な儲けの話でも経営の話でもない、ただ博打したさに娘を遊廓に売ろうというような雰囲気だけの脅し。無論、相手は言った事に責任を取らず、その上同じ言説を違う人間が繰り返す。敵はなくならず、相手に主体はない、ところがやがてその親玉、正体にさえ主体がない原因に私は気づいた。その正体とはつまり、暴走する世界経済なのであった。

そんな経済の虜《とりこ》になった人間が実際の経営や利益とは無関係に、個人を数字で押しつぶすための言説を吐いているのだった。それ故に私のさして知的でもない貧しい言説こそが、世界経済の批判になり得たのだ。「普通の事しか言わない退屈な作家」その一方、主体のない言説、には不条理さだけがある。右も左もない、ただ左右両方ともが反権力のふりをしたがるだけ。詳しい事？『現代思想』の笙野頼子特集なら判りやすい。自分で論争本も二冊出している。

要するにそんな大きいものの相手の話、戦いである。敵は増えてくる。筆は一本である。事態は判りにくい。しかも直接批判対象となった相手は自分の言った事には責任を取らぬのに私の言った事はずっと恨む。すると、味方は強固だが少ないし、あまり頼ると気の毒、という事になってしまう。

私の論争を、本当は第三次純文学論争と呼んでほしいしそう呼ばれるべき印もあるけれどきっと無理だ。しかしどっちにしろそんな闘争ももう休眠中であった。ただそれでも関連のネットだけは一応見ていた。というか疲れた時に無理に用をしようとするといつしかタッチパネルに指が吸いついていて、或いはワープロか授業の資料の前に座ってしまっていた。

休むと後ろめたい。でも手足は動けない。そこで何かとすぐにネットを開けて見て、でも結局それも見ていなくてただじっとしている。じっとしていて、少しだけ出来る動作をする。読むものを広げていると入り込める事がある。出来るうちにしようというのでつい徹夜する。

学校の準備は必要なものを全部玄関に並べておいてそこで読んだり書いたりして夜中までやった。書くのは二階の六畳に置いたローベッドの横に、ワープロと文机を据えて這うように続けていた。それでも、始めれば文は幾らでも出る。もし心が無くなっても声は出るだろうと思う程にいつも、機械のようだった。勤め始めのその年だって長編を書いていた。ただ、書くにしろなんにしろひとつの動作や姿勢を続けていると。

「曲げているところが痛くなるのです」、「そこで痛いところを温めるとすぐにまた別のところが」。接着剤で貼られたように本当に固まる。関節が「ぎー」と言っているように。なおかつその痛みは私に悪意でもあるようにふいに、思いもかけず始まる。

痛みの特異性というか変わり身の速さが、どんどん化け物じみて来たのが二〇一二年冬、絶望だったのは、前の年にとても気に入ったのでまた同じ品を注文したお節料理が、劇的に「不味くなってしまった」事であった。同じ品数で可愛い盛りつけも同じの一人前、デジカメも使うようになっていたので写真を撮って、いざ食べたら喉に突き刺さり大量の水で飲み下すだけ。

食べ物の味が判らなくなり、口の中が痛く、寝ている時も喉が渇いて吐きそうになった。鼾をかき息が詰まって何度も起きる。上顎は始終吐きそうな程に渇いていて、風邪の症状は一年中続く。辛さはインフルエンザ級で全身が重い痛みと、固まった熱の中。

震災から食べ物も変わっていた。腰痛で怖くなってからセシウムを避けて、今まで滅多に食べなかった油っこい外国産のファーストフードを食べた。コロッケが好きでも今までの材料は国産中心だった。どっちにしろ口の渇きがひどいので油っぽくやわらかい食事が飲み込みやすかった。何を食べても痩せる症状が出て来たので怖く、わざと高カロリーのものを大食いしていた。苦しいのに詰め込んで「こんなに食べたから健康だ」と思い込む。母や祖母は食欲を卑しんで煙草を吸いつづけ、腺ガンになって痩せて呼吸不全で死んだ、腺ガンは煙草と関係ないという説を私は知っている。ただ、肺でだけは死にたくないと看病中に思った。太っても平気。

つまり、私は、ガンではない、だから気にしない、と思っていた、ただ。

ワープロの前から離れようとしたら足がねじ切られるように痛くなっている。冷たいジュースを涼しすぎる朝に飲めば肋をおさえて立ちすくむしかない。顎が痛くて口が開かなくなるかと思うと心臓の裏側がぎしぎしする。おや今日もまた左手が上がらない曲がらない。どれも急で、小さい妖怪が集団ででてーと走ってきてやっているような感じ。二〇一二年も終わるあたり、動作をゆっくりにすると動けると判った。そこでゆっくりゆっくり歩く、手も何か持ち上げるのもゆっくりにする。というか体が前に進まない。スーパーのセルフレジを使っていて後ろから怒鳴られる、「とろとろしやがってっ」。振り返るとどピンクずくめの服、真っ赤に髪を染めた推定七十代の女。

暗い冬タクシーに乗っていて「おかあさん」と呼ばれる、だが運転手は私と同世代である。暗いと八十代に見られているかもしれないと思いはじめた。その時も下りるのが大変で、よいしょ、よいしょと言いながらシートに手をついて車を下りた。

ご近所は親切で私より年上の御夫婦が一度家の前の雪掻きを代わりにして下さった。積雪は十センチ程で家の前の道路数メートルであるがそれが出来なかった。一度はした。が、それでも二度したら休講にするしかないと思ってというか、立てなくて外に出られなかった。そしたら助けてくれた。筆で礼状を書いて門のところにお礼の品を置いてきたらむしろ恐縮された。一方、……。

その日、難病暴発の日、謝りに行った先の主婦とはもう縁が切れるだろうと思っていた、不思議とほっとした。長い付き合いでけして悪くない関係だったが、それでも自分の方が結局負担に思っていた。今後はマイペースで動けるしそれならばストレスも軽減するはずと。

そう、後は眠るだけ明日からは休み、二月中に試験の立ち会いが一度あるだけ。ところが……、家に入るとまず玄関で座り込んだ。風呂に入ろうとしても竦んでしまう。外出したのだから入った方が……、でもとりあえず猫の投薬をして。

越した時四匹いた最後の生き残り、ギドウは二年以上前に甲状腺機能亢進症になった。投薬をするための生活に私はなっていた。猫には多い病気なのだが千葉の開業医で治療可能なところが実はなかなかない、あの時も絶望しながら闘病猫ブログを検索したものだ。が、結果は投薬で済む過形成タイプの甲状腺で、悪性腫瘍がなかった。長寿猫多数飼いの猫名人からもアドバイスを頂き、今は、無事に暮らしている。

ところでこのギドウ、保護前は野良出身と思えぬ人なつこさに加えて猫集団のボスでもあるという完璧さ、しかし飼ってみると……絶叫暴走他の猫苛め、飼い主独占家具やっつけ、トイレ狼藉真夜中ハッスル、……しかしそれでも人なつこさは素晴らしく医者にはかけやすい、その上今はシニア猫、すべて丸くなって理想のパートナー、天下の名猫である。ことに、故ドーラの癲癇薬投与と比べると本当に楽だった。なんにしろ劇薬を使っているのだから緊張はするが(と、猫看病のさ中自分の健康については完全に油断していた)。

ほーらなんだってやれば出来るのさ、よっと立ち上がれば痛くても動けるよ。

お勧めでパソコンが少しだけ出来るようになった。印刷と文字の編集も平気。学校で線を繋いでプロジェクターを使うのもあまり迷わなくなった。何よりもカイロを貼れば痛い時も動けると判ったので、私は「頑張って」いた。猫写真の年賀状を印刷屋に頼まず、好きな字体とデザインで作れるようになった。体の疲れその他不具合はあるけれど、出来る事も増えた。疲れは極限まで達していても、なんとかなるのだともう信じていた。だって今までも、どんな開業医に行っても必ずこう言われてきたから。「休めば、治ります」。十三年前歯医者さんで顎の痛みを訴えた時も、そして最近ならば家の中を伝い歩きしている日があると、開業医の知人に電話で告げた時も。

薬屋で勧められたグルコサミンは一カ月飲んでみたけれどまったく効かなかった(当然である)。それでも、「あー、よく頑張った無理すれば良かったのだ」、と。

二〇一三年の年明けから、書く仕事になぜか異様に手違いばかり起きた。大学と被っても締切りは守りたい。だが運悪く最悪のスケジュールになってしまった。疲れると死にたくなり脱力するのだが、「死にたい」という言葉よりもっと進んだ、感じになっていた。例えば「もう死んでいるのでどうでもいいですわ」とかそういう状態。ところがそうなると奇妙にどこからか力が湧いてきてその時になったらなんとか出来る。ただ終わると死人。そんな過労系ネガティブ働きが私は得意なのだ。

なお、いつも冬の辛さのピークは一月二十日、それは拾った仔猫の母親、ルウルウの命日前後、その一番危険な時期、私は猫の惨死体の写真を見せられる羽目になるかもしれないと電話で知らされた。まあこちらの体にいいはずはないよ。受話器を置き、全身が黒ずんで地面に吸い込まれていくような心身の痛みの中、でも、それでもルウルウの供養で読経していたらましになってきた。さて、そんな時にもやはり、……ネット、ネット、ネット、疲れていて他の事出来なくても、見れば役立つ。が、そこでも異様に気味悪い事や嫌な事が立て続けに起きていた。まさに、……十年も前から尾をひいていた事が一斉に実を結んで来たような感じ。卑怯と無知と金儲けと、相手の「正しい」ご都合が、団子になって私を潰しにくるネット。

二月になった事に私は賭けていた。正月からではなく、一年は、節分から年が変わると信じて。しかも春になれば当分お休みだ。シリーズの続きか、自分なりの文壇覚書でも作ろうよ論争補遺を付けて、とついに、論争のゴールも見たつもりが。でもなんか。

節分から実は悪いほうに変わってない？　インフルエンザかもしれないと思うしつこ

い熱、鼻の中が焦げ臭いまま、匂いの無感覚それはここ三日想定を越えそうなままじりじり煮詰まってゆく。そもそもこの症状、厳寒でエアコンが凍結し、外に出て対処した日からなのだ。室外機にびっしりと数センチの厚さで、霜がおりていた。その霜を手でとって、人を呼んでそして。「ああきょうですべてがおわるさ、きょうですべてがかわる、きょうですべてがむくわれる(泉谷しげる)」。

その夜、……高熱で目覚めた、インフルの頂点? 意識が散っている、というか普通に縦横を感じる事が出来ない。頭と足は判る、でもなんか手足とか横幅、背と腹のあるところがかき曇っている。なのに、苦痛は全部にある。しっかりと痛い、というか、これは痛いのか? これはただ「痛み」と呼んで、それで済むものなのか?

布団が焦げているのか、岩にでもなったのか。

眠る時にはむしろ体は楽になっていた。そのまま目を閉じたらたちまち夢心地に入り気分が良かった。目の奥や鼻の奥に焦げるようなしんどさはあったけれど疲労が先立って。なのに、なんかもう、疲労どころではない。

一旦目覚めるとその熱が、いまやもう、体からはみ出して盛り上がっていた。六畳の寝室全体をふさぐ程に。時刻は、十二時よりずっと前タクシー呼べる時間。ああ、二十代前半で不明熱四十度例年、ていうか三回位あった、でもそれは必ず九月初め。今？うん、冬だよ。そしてその時、反射的に。

そりゃあ、寝床から首を上げようとしたよ。そう、「逃げようとした」の。一瞬でこのやばい状況が感じとれたからね。でも、逃げるって？　どこへ？　体は、ただ縦に細かく震えるだけだった。その時もううわー、って私は思った。ていうか既に起きようとしたらうわー、だった。全身から血の気が引く。多分恐怖で。そして、もう一度試した。上体を起こそうよ。うっわーっ。

首が折れるような、背骨が折れるような、未経験の重い大きい痛みで、ごきぼきっと腰以外の部分が布団に押しつけられた。そして高熱が皮膚から体の中に流れ込んできた。つまり目の奥と鼻の奥だけでなく全身が焦げてるぽい。その上、自分の全身の上に石とか載っているのかと思ったほどで。うーん、いや、まあ石じゃないけれど多分箪笥《たんす》とかなら載っているような痛い重いとんでもない感じがした。

押しつぶされそうだし息も苦しかった。それは横になっていても縦に細かくごごごと動いているような肉体の上に、さらに五段位の着物箪笥がのしかかってる世界。

ところがその格闘する相手はせいぜい三キロ以下の羊毛入り布団。体に載っているのはそれと二キロ程度のマイヤー毛布だけ。でもそんな布団がまるで材木のような密度になり、静止していればどんどん重くなる。はね上げようとすると背中はただ縦に動くだけで、首から熱と痛みが湧き全身を拘束する。ていうか痛みが首を絞り上げるよう。胸の上には布団が載ってないのに強張っている、つまり両肋に何か鉄の布が置かれたように苦しいのだ。「これ破傷風ってやつ？　違う！　死ぬの？　いやいやなかなか！」。自分の肋骨や脂肪が、重くなっている？　だけどこんなのじゃ多分死なないよこれ破傷風じゃないよだって人間の体が急にこんなに変にはならないもの。どうせ何かまた変な災害が来たんだうわうわうわ。すると布団に押されて体が曲がる。なんか壁の中に私入り込んでしまった？　だって動けないから。

起きようとすると全身の骨に錘《おもり》がついている。またその錘は筋肉を切り裂くらしく関節の間にも入っているらしかった。寝返りするのにも全身が切り分けられるような痛みと衝撃。息も、精神も夢も、環境も全部が攻撃して来る。これが夢？

攻撃、される、どこを？

攻撃というのも本当に変だった、だって誰が誰を攻撃しているのか判らないのに、何かが攻撃的になっている。自己免疫疾患という言葉など無論その時点ではまったく意識にも上ってきもしない。ただ、自分の意識が何かに「触る」と凄い事になる、というひたすら嫌な感じ、というか。

「嫌」を越え「死にたい」を越え、体の「痛い重い熱い」が、全部ひとつの感覚に溶け合わさっていて、それが「攻撃」というよりも「自壊」のような拷問を際限なく展開しているのである。どこが？　嫌？

うん、細胞かなー、どこって言えないような変な感じ。敵はすごく近くにいて、でも見えなくなっている。どう出るか判らないのに、存在は全部判る。痛いという以前に怖い、動けない。対処しよう考えようという正当な方向性が押し潰される。つまり切迫した精神的重圧が襲ってきてでもそれは熱と痛みと重さと恐怖に溶けてしまっていて。

理性が潰される潰すのは誰？　自分と他人の区別がない領域で何か起きている。

痛みの中で今までの私なら眠ろうとするというか痛いから眠る、要するに今まではそうやって治って来たのである。中でも救いは夢、綺麗な夢を見て風邪も治る。それも水晶の中に精神性が宿るような美しさのもの。澄んだ水、南方の大木、大きい星、起きたら目がよく見えて。

いつも寝入りばなにちょっと、景色とか光等を見る、単純に映像だけ、全部カラーで、そのまま書いたら読者は喜んでくれる。綺麗だったり斬新だったりする絵柄の他に、異端なのもちょっと怖いのも描写はよくここから取る。これらは精神の状態よりは健康状態を反映するらしい。故に、前日見たドラマなどがぶっとび変形して出現して来る事も多い。どんな時も、……眠って私は心身を治してきた。

花、樹、景色、水晶、動物、海、太陽、お金、ゴミ箱、排泄物《はいせつぶつ》、鳥、建物、家電、パソコンの画面が出てくる事もあり、竜もよく現れる、どれも一瞬のもので夢とは言いがたい短さである。前日見たものだけが続く時もあるし、三十年前に欲しいと思った服、がいきなり戻ってくる事もあるし、その日。

恐怖と痛みで意識が遠のく、すっと寝入ろうとして夢の入口で、……一匹の馬を見た。それは平凡な太った馬、映画のように焦茶、でもその皮が固くなりふいにぼーっとした絶望が襲う、私の生命の全部を誰かが取り上げに来るのだ。おや？ つまり、馬は、石になっている、むろん彫刻なら普通だけれど、違う。だってまず生きた馬の半分程がぞわっと欠け落ちたのだ、するとその茶のもげた固まりはいきなり砂になって、残った半分もぼろぼろと、乾いて？ でも腐ってもゆく。乾きつつ腐り、崩れつつ飛び去る、しかも割れ方が普通じゃない、ぼろぼろのかけらになった後、その角も細かく欠け壊れていく、石となった後すぐ埃《ほこり》と化す。そればかりか、夢のある場所自体が欠けていくのである。

二十年夢日記を付けていた。いくつかの定期的に出てくる場所が、あるのを知っていた。海際の町、知っている神社、家の中や砂漠。その日、最初は既知の砂漠に馬がいて月が出ていたのだ。物体が変形していく眺めも通常の範囲、だがその時は砂の地平までも、輪郭がぼろぼろと取れていくのである。月も真っ黒になって粘っている、やがて、乾いて砕かれ、その場に落ちた。しかもその壊れ方には壊れる方向や流れさえなかった。というか何もなくなって、世界の端が滝のようにではなくその場その場で落ち、後には全て剝がれた裏側が剝き出しになっていた、これ、全方位奈落。

夢の中で、私は多くの場合現実世界と同じ体を持っているのだけれども、その日寝入りばなの景色の中、私の体は、皮膚ごと剝げた世界に崩れ落ちていこうとしていた、その上。

わーっと叫んで起きればもう痛い重い熱い怖いではない、壊れの夢と同じ感覚がそこにはあった。どうやら誰かが、自分の生命を嫌っているのである。そして私が私を取り戻す、というより私を使ったり、私を意識したり、或いは私を定点に何か考えたり、論理を組み立てたりしようとすると、……その瞬間に私とかかわったもの全部を剝がしたりぼろぼろにしたりして破壊してくれるのだ。その上脳を使おうとするとその脳が襲ってくるし、皮膚を思い出すと皮膚が剝がれてくる。五感全部が苦痛に繫がっている、かつ、その苦痛は誰が誰を苦しめているのか判らないまま、全部自分の心身の中で暴れ回る。

オンとオフの両側に同じ苦しみがある。起きても夢でも、うわーっ、うわーっ、うわーっ。

うわーっ、飛び下りたい飛び下りたい、だってあまりにも痛すぎるから体がなくなったら楽と思うから。体が邪魔というよりもう体から出たいから。しかし出て自分がなくなったら流石にまずいのだけど、それでも、熱と痛みと重みと自分自身への恐怖が等価で、ついつい、どこからか飛び下りそうになるっていうか、つまり、――生きていたい私が、死の恐怖を持ったまま飛び下りさせられる。そして、「治るから、絶対なんとかなるから」と思おうとすると、その思い、というか心理の動きが、ただ心が動いたという事だけで、異様な痛みと、嫌悪感を生む。ひたすら夢の中で、心と体が剝がれて、痛い。動けないままに現実の体は、無理に死なされて固形物の中に閉じ込められる。

少しだけ動けるようになった時の私は、「敵性感」という名をこの地獄に与えていた。こうして、寝床から起き上がる事を何度も諦めた、でも猫がいたし、というより敵性感が怖いのでそこから少しでも遠くなりたく、また動かないと熱が籠もり痛みがとどこおって一層ひどいので、気がつくと動こうとしたのだった。激痛。で？　何をしていたかその時の私？

自分の体に外から命令しているような感じ、体そのものの中にいると危険な感じ、それで。説得？　いえいえ励まし、そして、声かけというか音頭取りして、体を動かすのさ、と。

……はいーっ、あなたは今っ、布団の上で頭が枕、そして足元は反対側それでっ？背中は付けてません？　ね、つまり右腹と右上腕が敷布団に乗っているっ！　すると、そうですね、横に寝ています仰向けじゃない、床擦れ、出来ません？　だってそのままだと百年経っちゃいますよっ、ですのでねえ、さー今から……。

ほーら、その今縦に細かく振動させる以外何も出来ない体、それの、縦にでもまだしも動く首から肩にかけてはずみをつけましょう、そうすると、あっ不思議と上体全部が細かく縦に揺れるようになりましたねー、次は、ほら掛け声だーっ。さて、このまま首のところの毛布をまずのけてみましょう。はいっ！　肩用意っ、さあ、その肩を今度は少しでも大きい幅で揺らしましょうねえ。さ、持ち上がるかなーっ？　ほら、ごっごっごっごっ、ごっごっごっ、そして掛け声です、よっ、あっ失敗だ、ではもう一回肩では ね除けて、よっ、……おおおおお、それで毛布が肩から落ちるとする。そしたら今度、あなたは肩にその体重を掛けるのだ、そうやって全身を布団に仰向けに、つまりは全身を転がしてみましょうっ、はいーっ。

ぱたん、と毛布が敷布団に落ちた。顔周りに空気がふいに流れそこで息がすーと楽になった。背中の温度もさっと引いていた。なる程今の私なら、仰向きに寝られるようになるかもしれない。では泣かずにこの横寝のまま腰をくっと浮かせて、ぱたんと背を敷布団に付ければ、姿勢が変わるのださあやるぞ、と思って、でもその一方もう判ってい る。腰を浮かす時に激痛があるはず、それを出来るだけ小さく止めるには素早くやるのみだ。浮き幅も最小に、うん。

ちょっと、くっと、よいしょっ、と持ちあがれっ、でも筋肉変だから動かないや、じゃ、力入れるぞ、そしたら、げっ、結構幅動いたっ！　ぎいいいっ！　しかし、ひびくわ、これ、痛い、でも動けた良い、痛い！　でも繰り返せば、そのうち寝返りだ、わははははははっ。

おや、しかし痛いね、痛いっ、ううう、びびびび、要は、はげしい痛み、げき痛だよ。なのにどうして私は無理に動くんですか。というのは高熱のせいで寝返りをしないと、当たってるとこが火傷《やけど》みたいに「ひびく」からである。なんか皮膚とか剝がれそうで怖いのですわい。そう、なので起きると寝返り開始っ、そして、ひょっ、ぎえええ……、よいしょっ！　ほーら寝返り成功。これで暫し眠れて、……だけれども、また起きると寝返り、あっ皮膚まで、ぎえええええ痛い。その上眠りの間に普段よりも、ずっと多く怖い地獄の「夢」を見てしまっていて、しかしさて、敵性感全開のぼろぼろ奈落絵は多分、十二時を越えたあたりで鳴りを潜めてきた。とはいえ、まだまだきつい。だって覚醒時が火傷的熱、針束囲まれ状態の神経痛という状況下だもの。夢は？　うわあ、……真っ黒の煙が吹き上げる戦場の中、最近見た好きな韓流史劇の義禁府が、焦げるさすまたを振りかざして、暴れまわっていたり、出るわ出るわ。

黒い火、焦げた鍋、黒い炎が渦巻くトイレ、溶けた黒い木、汚れて固まった生物、どろどろの道、茶色に炭化したような銀杏の大木、神経の剝き出しになった花が吸盤のように溶けて、幹に、張りついた桜。今まで一度も見た事のないような最悪な画像ががんがん出てきていたがなんか前よりも落ちついては来た感じ、そして。

桜の夢はきれいな満開が一番不吉だから、こんなひどい桜の方が、むしろましかもしれないねとふと思ったのだ。ともかく敵性感の後は焦げ感満載だ。そしてその後は気味悪いツイッターの夢を見ていた。学者フェミ及び天ぷらフェミから、ごくごく軽くだけど、ずれた嫌な事をされていたのが、この状況下だからか或いはこれこそ真実なのか、異様な気味悪さに変形して夢に出てきた。さてそのツイッターを切るのに、何をしていたか、せっせと般若心経を唱えながら、相手のおかしな言論の切りわけをやっていった、お経がないと論理が動かないって何か変だけど。おとなげないな、とか思ってる余裕はそこにはなかった。うひょー黙殺してたら駄目だぜ殺されるぜ、と呆れていて。

……立ち上がるのに二十分かかると判ったのは、むしろ動けるようになったという「ラッキー」のためだった。といってもそれは痛みの始まった十時間後位、サタデーナイトフィーバーのようにして片手を上げようとすると腕が抜けるし、肘をついてベッドマットを支えに立ち上がろうとすると、手首も肩も腰も痛いのでぐらっと来て倒れる、ていうか肘自体痛みの塊だからね。同じ傾向で両膝アウト、思えばあの時は首までもごきごきなのに股関節だけが無事であったわい。そして気がつくと寒くなっていた。これ、或いは、焦げ感消滅のせい？

さて、平清盛的熱病難はとりあえず肉体にはその後出てこない。もっとも焦げ的夢の方は治療が始まってからも何度も、戻ってきてしまったけれど、で。あの時。

自分、もしかしたら、今、もう、寒いのかもしれない、と助かった証拠のようにその寒さに縋った。寒い？　だったら箪笥程重くて剝がしたマイヤー毛布をもう一度かける？　でもそこで、かけない、て思った。そして夏から出しっぱなしの肌掛けを羊毛布団の上に重ねようとしたら、腰激痛、それでもベッド転がりこみの技を二回使って、さらに転がって、取り敢えず布団の下に寝る事に成功した。するとこのたかが肌掛け、「重く」はあるものの毛布より具合良い。寒さ凌ぎ以上に妙な保護され感が発生して、ふいに体が落ちついて意識が失せた。少し眠れて、その時だけ普通の夢を見た。短い間。それは、未来が良いというか、そうかこうやったら生きられるぞ、という故郷の家の改築、の夢。

それからしばらくして朝になった。苦しいままだったけれど。少し遅れたけど猫には投薬した。薬やらないと三日で心臓の腫れる数値に戻ってしまうから。なかなか曲がらない手の指先だけで、メルカゾール半錠入りの袋を破って、あの時不思議と歯を使わなかった、膝を折るたびに涙が走った、わーわーわと言いながら。目に入ってる睫毛も取れないので痛くなって。足の骨もぎーっと鳴るようなので、何度も壁に肩をついたり椅子に縋ったりして、ていうか。判ったよ、だから破傷風じゃないね、もう動けるから、と納得もして。

そもそも二階で寝てて一階に降りるのに階段が山場、無論腰掛けて動いたら下りは楽だけど、でも今回はそれじゃ立ち上がれなくなってしまう可能性あるから手すり持って行こう、そろそろ、そろ。

座るより立つを選択して下に降りた。だって一度座ると立ち上がる時、腹出した亀状態になるほど転がったから、関節の殆どが痛いものだから支えが出来なくて、一方向に体をのばすのが無理になっていた。故に立ったままで出来るだけ体重を壁とかに掛けて、手すり頼み、でもそう言えば膝にカイロ三枚貼ってひょいひょい降りるのって今までずっと駅の階段でやってたからもう慣れてたかも。階段から廊下、全てのものに凭《もた》れ、指の腹でノブを押してドアに全体重を掛けて、摑まったりもして。

「ギドウ、食べて、ギドウ、一口で食べて」猫缶開けられないけど鰹《かつお》冷凍してあったからね、お薬用に。それもちゃんとバラ凍結しておいたから。しかしこんな状況でも電子レンジのドアは開けられたし、これ、神業だった。冷蔵庫に凭れてでも、いつしか節々が少し動くようになっていたのだし(でも)。

おや？　自分が変わった空気の中に包まれている？　という感じがその時もうあった。ただそれの正体は朝になるまで夢中すぎて、というより痛みすぎていて判らなかった。

投薬用の魚を解凍する皿はいつものところに、出してあった。猫？　落ちついていた。こっちの異変なんか絶対気にしてない。まったく情緒の安定した頼もしいやつ。その日もお目目はうるんでいてお髭は前向き、鼻の頭もはんがはがと、ごきげん呼吸です。それでも時々気にはなるのか、「みゅーん」と鳴きます。だって、いつもとなんとなく違うからね。

で、おっ、こりゃあ……ハレルヤ！　と結局思った。だって鰹を摘む指先が無事であったから、という事はこの家に神はいるね。まあキリスト様じゃなくって土俗の猫神さんだが。そしてこの神様のお陰でうちの猫めはまったく元気でよく太りただ最近ではメルカゾールの他に朝だけはステロイドもかけているから、この朝投薬を二度に分けるしかなくってちょっと厄介。まず一度目はおやつに騙されてメルカゾール二分の一錠すっと「食べる」。ただその二回目分、ステロイドの方を騙すのがちょっと面倒で、この日も最後は結局、床に手をついた。そう、ギドウが一度「ぺっ」としたステロイドを拾うはめになって腰と首がびきっ。

ほーら、こんな良い鰹で丸めても騙されない、お前は本当に猫なのかい？　そりゃ長老ドーラ様は賢くて絶対人間になんか騙されなかっただ、だがお前はお人好しで人気者の元野良様、それが今日に限ってなんでそんなに疑い深いんだよ「いつもいい子なのにねえねえギドちゃん」。まあ毒殺地帯で生き延びた元ボスだし普段は警戒心隠しているだけなのかも。

でも、さあ、どうやって？　捕まえて、飲ませるか、と言っても激痛しながらよろよろ追いかけたって逃げるだけなのは判っている。参ったふり作戦？　でもなく、そのまま私はうずくまって待っていた。そしたらこの野郎トイレ帰りにすっと寄って来た。気づかぬふりをしといて後ろ向きのまま、最少量の鰹でまた薬を丸めておいて、猫の背後に回ったっ！　そのまま首を少し押さえて後ろ側から、おすわり姿勢の彼を膝ではさんだ上で抱っこをする、しかし、この、薬落とさない手首の姿勢の維持がまた痛いんだなー、これが。でも、おっと、皆様、……。

この文意本当に判っていただけるでしょうか。こう、手を動かさないだけの事がぶるぶるものなのよ。筋肉の異常等で発生するあり得ない痛みなので。でもそれでも。

猫のふわふわの首がこんな時でさえ時間を止め、私を和ませる。熱で発光しているような異様な自分が、自分に逆らって痛みを返してくる恐ろしい指を、猫の口にあてる、口をあけさせる。でもまあ老猫だもの、歯抜けの多い側からしゅっと弾丸を投下して成功！　これ、顎をちょっと軽く押さえて、指で口周りを囲むと、猫は嫌だけどあぐあぐあぐ。でもまあ殆ど鰹だからね、そんなには嫌がらない。味が判るとすぐ穏やかな良いお顔になって、で、自分もなんかその時だけは。

体の痛みを一瞬、何も感じてなかった。が、その後立とうとしたら、それはすぐに襲ってきて万事休す……でも、あっ、判った！　神よ、と呟く。

ころころ付きの台所椅子の、横まで這って行って摑まり立ちします。そうですよね、ね、猫神様というか猫荒神様(後述)！　と私は納得して。ふふー、そういや最近、痛い時の動き方マニュアルが確立する程に、こんな痛みの時間増えて来ていたよなあ。

　まあ椅子に縋りついて立つにしてもどっか関節にはあたりますので結局は痛い……ぎえーっ、つつつつつ。そして壁伝いに、二階に戻った。

　いつもはこの投薬と同時に取り替える亡猫達のお供えと水を「ごめん」とスルーした。少なくとも夕方までもう立たないつもりだった。出してあるカリカリをギドちゃんは食べるが良い、と。

　で？　どうやって戻った？　いつかまた元の布団に倒れていたよ。記憶が飛びがちだが、それは多分痛かったから。無論、寝る時は肩を使って腕のつけ根を激痛させて転り込んだのだ、すると、あれれれこれは割りとよくあるが、天井が黒の斑模様になってぶるぶる震えていた。そして背中が布団につくと自分を包んでいる変な空気の正体は物凄い耳鳴りであったと判ってしまった。しかもそれはただの耳鳴りではなく、わんわんと脳の中がかき回されるよう、耳に機械とか入ってるよう。さらにずっと聞いていると家電のように、ぴゅーと言う機械そのものの金属音が混じる。「外の音ですか」、いや、でもずっとその時、既に、視野が異界だった。「そしてこのぴゅーっての、私一月にテレビ見てて聴いていたかも、ていうかイヤホンの接続不良かと思っていたんですけれど違う？」。

シーツの当たっているところはかつての地震酔いと同じに揺れている、でもこれは筋肉の疲れとかで普通に出るやつだ。もう敵性感はないし、焦げ感の方も体を避けていく。ただ、気がつくと左目に紫の光が瞬いている。そして感じた。

症状が引いて夜から朝になっても何も変わってないと。金属の丸い屑みたいに光は点滅しながらでもすぐに戻って来て左目の中で瞬いている。途中で消えるから網膜の異常じゃないだろうと勝手に判断して、でも、こんなのでも失明の危機だったのか？　ただ今思えば、朝なのに消せなかったルームライトの光が目の隅にはいって、残像みたいになっていたのかもしれなかった。

どっちにしろ痛くて動くどころではなかった。救急車を呼ばなかったのが正しかったのかどうか、今もよく判らない。

敵性感の夜、焦げ感の深夜、それから、紫の光、瞬いて消えない。

当日午前中はそのまま、シーツの底に、沈んでいた。視界にあるものを目が全部突き抜けた。体の感覚も痛くない時は、他人のもののよう。手足の中に空気でも光でも全部通ってる感じ、でもそれは無常感と言うには無機的過ぎる。つまり、感情がない。ただ外界を受容しているだけで透明容器みたい。要するに何か体が、目茶目茶弱っているぽい。とどめ、ふいに手が伸びたのでカーテンを開けてみたら、全部の視野がさーっとまっ黄色になるし。それでも肘の反対側は激痛したままだし。二の腕は伸びてもその裏側に痛むところがあったり。視界の黄色はその日のうちにもう一度現れたし。

思い出したのは千葉に移る前、猫騒動の最中、家の中でルウルウを保護していて、多分何か大変だったあたりである。外の景色、マンションの掃きだし窓から見える一本の木と空が全部ずっとモノトーンになった事があった。心理的なものではなく本当になった。視界のまっ黄色はそれと近かった。敵性感の去った景色の中、心身の覚めた痛みと黄色い空気、それはかつてのモノトーンの延長線上にあるもののように思えてきた。

疲れると視界が黄色くなる？　異様な状態に私はなっているでも、――これは案外昔からの事かもしれないなあ、とやっぱり思えてきた。というか、少なくともあの、うわーっという敵性感だって実を言うと、今までの延長線上の、最大値であって。

そしてこうなってしまうと私は飛び下りない。朝は朝だし、光は光だ、それはまだ自分とは別のものだけど、混じらないけれど。

でも地獄の色もなくなって輪郭だけになった。既に遠く微かな地鳴りだけだった。ていうか小さい透明なトレモロが地底に残って、それにはもう慣れていた。耳の中と外の気圧が変わっていて、空気がわんわん回る。その上凄い鳴りはふいに、ぱりん、という音とともにおお、消えましたね。しばらくするとまた始まったけれどかなりましになっていた。へっへい、びびる事はないで……じゃ、起きてみますかい？

ころんと寝返り、肩でソファを「蹴って」立ち上がろうとして。え？　これ誰の？　じっと手を見る、手が、でかすぎるのだ。それも途中で一回継ぎ足したように大きくなっていた。真っ赤でもなく、紫でもなく。割りと白いきれいな手のままでぼーっと伸びていた。横にも腫れていた。指先も着ぐるみほど伸びて腫れている。

むろん私は元々から大きい手をしていたのだけれど、ああ、やっぱりこんなの昔あったよね、とすぐ思い出した、「なにもしてない」に自分で書いた手の病気、腫れたよねあの時。

ただ、あの時は皮膚が湿疹でばりばりになったけれど今は全体がつるつるのまま、それでグローブ化して、や？　グローブというより、指の長い長いおおきいゴム手袋のような腫れ方と伸び。そして曲げようとすると熱くてこわばって、要するに握れない。丸まらない。その後、「鉤状手」という言葉をネットで見た？

でもそれって後から検索してもまったく出て来ない、未だにどう探してもどこにもない。私ったら一体何を見間違えたのかしら。なんか凄い言葉だがでもそれの殆どは二、三日で引いた。ところが曲げようとすると強張ってつっかえる。ていう事は少し残っていて、……「なんだあこんなのほっとけば引くから」てなんで思ったのだろう。でも、当たらずといえども遠からずだよ。だってだいたい治っているからね。まあ要するに手の指が腫れていて曲がらないという、事でしてね。え？

「SFやのー」、「や？　カフカかも」、そもそも「なにもしてない」の作者だからね、この笙野病患者は、さすがー、病気もぶっとんでいるわい。わはははははっ……で、それから。

数日というもの、どの方向に起きようとしても全身痛過ぎて、ちょっと上に手が伸びると横に回転して転がってしまう。反対側の手でやってもうずくまった体がまた回って、ベッドに縋ろうとしても両方の手が痛いから転がるしかない。膝をついても腰は立ち上がらない(そしてあと五百個位は嫌なディテールが書けるけれどそれじゃお話が前に進まないから)。

たった数日とはいえ、一番困ったのは猫トイレの掃除と二月とて灯油の補給である。なにしろこの猫トイレ掃除なしでは、家中猫トイレになってしまう。そしてファンヒーターなしでは室内温度マイナスになり、人猫共に凍る。ところがこの両方の動作には膝の曲げ伸ばしが必要なのである。なおかつどちらにも必要なその膝の曲げ伸ばしを一度やって、つまり例えばしゃがんでしまうと、その後は手を突いて壁等にすがって、身を上げぬ限り、もう立てない。かつ、両手の関節が痛い場合、その手すらも突きにくい。

そこで肩とか側腕部を壁に付けて、体重を乗せながら這い上がってゆく……。

　またまずい事に、灯油が私は昔から死ぬほど怖いのだ。爆発もだけれど臭いが吐きそう、なおかつ手についたら恐怖だから。でも千葉の一軒家には必要だし導入していた。さて、まず、……。

　私はポリ缶の置いてある玄関におりる、その時にもうよろけて三和土《たたき》を踏んでいる。ドアの把手《とって》をにぎり、にじって腰をゆっくりと落とす。完全にしゃがむ直前に把手を放す。その時にしゃがんだまま後ろにひっくりかえるといけないので、両手を前に出してバランスを取る。緊張しながら、自分の手足胴体を、それぞれ縁まで劇薬の入った蓋《ふた》のない瓶のように感じながら、体の曲げ伸ばし、出来る？　出来ない？　出来る？　うううう。

　よっ、と壁に手を突いて、ビニールのポンプを受け容器から引き抜く、零《こぼ》さないように、ポリ缶の蓋を、まだ指が固まってて、うまくはさめない、ていうか、あちこち曲げ伸ばし不可になってるため、なんか太極拳みたいにゆっくりと伸ばしたままの手を、平行移動とか、斜めに持ったポンプを斜め下を睨みながら、生け花のごとくにすっと缶の中に突っ込んだり。

　指で回せないので掌で包むようにして、くっと蓋を回してから、変な方向からまた、指で蓋を摘み、そうしておいてしゅこしゅこポンプを押し、もし入れ過ぎて零したら自分はぶち切れると静かに、穏やかに、とろーっ、と心配する。そう、ずっと心配する事は大切なのだ。心配さえしていればその失敗はしにくい、という経験則。

そんなこんなで、猫のトイレだって危険なゲームと化した。だってフンをスコップで縦に掬《すく》おうとしたら、二の腕の裏に「痛い」のがぎーんで、フンが転がる。そこでうっかりしゃがんでしまって立とうとしたら、あたりに縋るものが何もないときやがる。つまりは床に両手を突いて、結果、フンはそこに置くしかなく、「ともかく立たないと」……でもところがそうなると「あっ、今は片膝を手で押さえないとなんか立てないのだったっ」という事に気が付いてしまう。で、……「えー、とー、右と左と手と足と右と、……ええーとーお」。そこで、……なんか知らないけど「世間のばっかやろう」ってふっと思ったり。

三日間かそこら、医者に行くのを迷うというよりは、出られなかった。それでも猫のご飯と投薬は平常モード、お供えも一日サボった(ので二日分のご飯を盛った)だけで、猫トイレだってうーうー言いながらなんとなくちゃんと、きれいにしていた。でもその他の時間は布団にそっくり返って水と飴が主食、二キロ痩せた、とは、いえ。

それでも三日目にはもう風呂に入れるようになっていたのだった。一夜立てなくなる増悪っぷりなのに、いわゆる自然寛解に近い状態である。ただ、手はグローブのまま、朝に強張る、夜はほぼ曲がるが完全に握る事の出来る時はない。というか指が太すぎて普通に動かない。痒くはないけれど「なにもしてない」の続編と言えた。

湯船で滑るといけないからというので、浴槽の縁を脇の下にはさんで入浴、湯から出るのに体の向きをまず変え、両手で縁を持って、体を風呂桶から引っこ抜く要領。そのままで桶からはい出るのだけれど気分的にはなんかオリンピックの棒高飛びとかそんな感じ(よっ、越えたっ)。上がると爽やかで驕りの頂上だ。

さあこれで医者に行けるでと思いつつも、このポイントで倒れたら頭打つかもしれないから少し休む。その時は何も知らなかったけれど、膠原病でも運の悪い人は入浴中に突然死する場合もあるらしい。というかこの病気になる事自体が運が悪いのだ。

しかし、まあ要するにそんなお風呂の気持ち良さと落ちつきは通常ではなかったね。医者に行けない、の気持ちの中には無論、行って何か変な事言われたら不快、怖い、というのがある。するとこんな時こそネットなので、ネット以外何も見られないからたっぷり見ておいた。そんな中で近所の病院も、選びに選んだのだ。というのも。

まず、何科に行くかが判らないからね。そもそもリウマチなどという選択肢がこの世にある事を今まで知らなかった。それまで私の用があるのは皮膚科と眼科と歯科、でもそれだって軽い白内障になるまでは何年かに一度であり、健康保険なんか貢ぐだけであったし。ほら体調最悪でも「休めば治った」から。

そこでふっと思い出したのはもう七、八年前に近賀椎人から言われた事。「過労でも、変な過労でね」と電話で言ってみた「粗大ゴミを捨てたり、埃を被ったり、高いところの掃除したり、エアコンフィルター掃除とか電球替えとか、なんかそれだけで疲れて寝込んでしまうようになって、もう疲れて疲れて」。

すると名医、「血液検査をして、肺のCTを撮りなさい」と、だけど私はほーらまただよって、椎人先生いつだって肺のCTを撮れと言うんだから。

とどめ、「だってね、それ変なアレルギーか、こうげんびょうかもしれないから」。と
――あーなんかー、あーなんかー、そーんなのー、しーらないー。

というわけで、ついに、ここまで来たってのに、私が想定していたのは変なアレルギーだけ。近隣の病院からアレルギー科を選ぶが、ネット口コミとか殆ど書かれていない。それでもその医院のホームページには、地元の国立医大出身で、シェーグレン症候群の治療が出来る病院ですとあるし、でもね、そこでまた、私には反抗心が湧く。――ん？　なんつーた、いま？　シエー？　愚連？　それ、どんなものざんすか？　ミーは知らないざんす、だの。まあいいやなんかいろいろと詳しい先生なのであろう、ただ口コミな

しでしょ、とか。つまり、結局は不安。そもそも、……こうげんびょうって、知ってる？――昔、女の人が真っ赤な皮膚になって、横たわっている写真を見た事がどこかであった？　でもそれだけであって、ていうか普通、アレルギーって皮膚じゃないの？なのになんで肺なのかなー？　ねえ、近賀椎人先生。

月曜の朝から車を呼び、門の階段までまだ怖い状態、一月にそういえば本当に歩きがたくて杖を買ったのだ。でもその前日仕事のついでで一緒に食事(どんぶり、奢ってもらった)していた編集者は不思議そうに、「大丈夫ですか」と。うん、外見からは判らない。ただね、歩く速度だけじゃなく、食べるのがあまりにも遅くなっていた、口が開かないし、お腹は空かないし、というより箸を前に出す筋肉も関節も多分変になっていた。さて、……タクシーワンメーターの駅裏医院、ホームページの印象と違って小児科みたいに可愛い建物。時間がらか割りと空いていた。窓口ですぐ、用紙をくれて。

そこで病状を紙に、書き込むようになっていた(お医者さんは今時だから大きいマスクをしていて、歳も顔も判らない、多分もう一生行く事もない)。

まるで高島暦の「六三除け」の治療法みたいに、人体の絵があって、どこが痛いか書き込めとあり、その人体の関節、手足、痛いところに丸を付けるわけだが、さあ、どこが？　痛い？

ええっと、ここも、ここも、ここも、ここもっ、つまり、関節全部だよ、ああそうそう、だって痛みが移動するしね。ともかくあの悪夢をこの紙になんとか記述しておかないとね、しかし敵性感なんて言ったって通じないかも、でも気分の悪さは多分熱にうなされた時のものすごくきついやつ、と言えば判るだろう。

ところが、……当日診察はたった数分、一度だけ聴診器をあててくれて、それは実は病状の説明が見事に通じすぎたせいだったのだ。私は一発で理解されて、そこからは「当然」の展開となった。

つまり今までの普通のお医者さんとまったく違った態度で、彼はこう言ったのだ。「うわーっ、そんなに、あるの？」。そこで、私は得意になり……。

「ええ、もう全部と言っていいほど、関節全部です。しかもその痛みは悪夢というかとても嫌な感じと一緒に、こんなふうに(と少し説明)、そして私はどうやら三つ以上の関節が痛いと立てない人間なので」、「あっ」と言うと医師はもう椅子から腰を浮かせていた。

「ちょっ、と、あっ、そ、それは……それはそれは……それはうちはうちは……うちは」。

……いい病院的確に紹介してくれたので本当はお礼を言わなければいけない相手、だが、さすがにその時は「蛇蠍《だかつ》のように嫌われてないか？　私？」と病気にやられているせいでぶたれたように竦んだ。大きい病院へ行ってくれろ、と要するに自分は言われていて、選択肢は二つ、でもお勧めはひとつ。どっちもタクシーで行ける距離です。一方は私立の大学病院。もうひとつは、そうそこが今行っている国立病院。しかしね、そんな待ち時間の大変なところに行くほどね、あのね、私ごときがそこまで大層な問題なのでございましょうか、ってこの時点で患者はもう自分のペースに持ち込もうとして不毛な話術を駆使、でも、マスクの上に出た医師の目は硬かった(なのに私は平気で)。

「先生、ね、先生、だけれども、ね、先生、これ、本当に……昔っからなんですよ、つまり前もステロイドで治ったやつなんです、だからちょっとだけ下さい、その、お薬を、ここで」。

すると、……だせなーい、んなもの、ぜーったいに、だせなーい、と医師は職業的誠実さで叫んでいる。私は？

「でも、先生、だって、ね、なんか、今度は接触性湿疹はないけれど手指が腫れて、ほら肋も痛いし、痛みがあっちこっちに動くしですねえ、前とまるっきしおんなじなんですよ」。

「うう、わ、い、痛みが、あ、あっちこっち、あっ！　だめーっ、駄目えええええ」。

からーっ」。

「ですのでステロイドのですねえ」、「わーっ、そんなものっ、ここではっ、出さない
ちょっと待ってと医者は立ち、カーテンの奥に、そこで電話を掛けてくれたもよう。で、その後の彼が告げるのはひたすら、よその病院の時間。

「ああ、丁度終わっちゃったところ、……十一時までなのでね、ここでないとお薬は出せません、或いは、どうしても待てなければこっちは土曜日も開いているから、でも我慢出来るのならこっちの方へ、我慢出来なければこの大学病院へ」、なんだこの人はやっぱり親切だ。つまりその時の親切さは私に通じていた。でも、どうして？　なぜ？　ここでは見てくれないのかなー？

「それでは紹介状を頂けるのですかあ」、「いや、そこは紹介のところではないけれど我慢出来るのならここへ。だけど月曜まで耐えられなければ、土曜日にこっちへ」。

そうだよね、このまま手が固まったら困るしねえ。

どうしようか、……本当に家の中で日常動作に困るようになるのかもしれないねえ、だけど少しずつ治っているんだよ。ただこのまま授業始まったら或いは厄介。例えば駅の階段で転んで死ぬかも、ていうかあのラッシュ全部敵に見えるかも。だってその日さえ家に帰る時も、タクシーからおりるのに唸って固まった、その癖帰ってから、あえて

灯油のタンクを持って動かしてみると、これは、一応持てるのだ。

随分後になって、闘病ブログ等拝見すると、私の最悪の一夜、あれが何週間も続いたという方が案外にいらっしゃる、つまりそのまま入院とかそんな感じになっている。例えば血液検査で、CRPという炎症の程度を表す数値があるのだけれど、それが入院をされた方の場合、私の検査値よりも一桁上だ。ただ、自分が血を調べたのは外来でもう動けた時であって、と言う事はもしもあの一夜に採血出来ていたら、或いは即入院させられていたかもしれないのだった。治療をしないでも勝手に数値が下がった、という事らしい。

小括、シェーグレンの治療が出来る医者を選んでいた事は正解だった。というかもしそこが詳しくないお医者さんだったら、私はインフルエンザの注射をされただけで、或いはただ休むだけで、どんどん悪化させていたかもしれなかったから。

さて、二〇一三年、二月十八日月曜午前、結局国立病院の方へ私は出掛けた。

タクシーを降りる時もやっぱり痛かった。結構乗ったねと思いつつ領収書貰う。さあ、これなんとか、経費で落ちないか？　例えば、どうせ書くから取材費？　でも医療の方でも経費に出来る場合があるって後から知った。ただ、どうせ面倒臭いし難しいから私なんかには、出来ないって。

いかにも国立病院の古い建物、大きい待合室、……入口にリウマチ膠原病センターってあるのもその時点では何ら意味が判ってなかった。普通に大きい普通の国立病院とだけ、……電子掲示板に出てくる三桁の番号、廊下のガラス壁には色紙が貼ってある、自己免疫疾患の待合廊下だから、紫外線を避けて、ブラインドしっかり、無論それだってその時点では、気が付いていなかった。

待って、……名を呼ばれて診察する前、師長さんに病状をまず説明、その後、採血と採尿、専門の検査結果は一週間後と言われる。さて、……初対面の井戸先生はその日、マスクをしてなかった。まだにこにこしてなかった。東北弁だった。

そもそも、「膠原病かもしれない」、と言いながらも、確定前の彼のその態度は別に受容的ではなく、難病患者対応モードでもなく、ただ「あ、あなた、コレステロール、いいね」と言った時だけぱっと機嫌良かった。

で、次の月曜日に結果を聞いて、椎人先生の言うとおりになった、肺のＣＴだ。

検査から一週間後、二〇一三年、二月二十五日。診断確定。

井戸先生はそれから一年間何度もコレステロールが低いと褒めてくれた。

運命のあの日、そう、廊下で待っていた(繰り返しになるけどね、まあ回想シーンですよ)。

……不謹慎だけど、砂漠とかで医者待ってて地べたに座っている人みたいだった。診察室はみっつもあるというのに、いつまでたっても、待っている人は減らなかった。長い廊下にずらりと並べた椅子から、時にはまださらに、はみ出て待ち、マイクで名を呼ばれるとその番号の部屋に患者は入っていく。初めての体験、様々な気付き。

車椅子と杖って、今まで気付かなかったけど時と場所に応じてひとりで使い分けている方がいると納得。

リウマチ、膠原病科、自己免疫疾患のコーナーだから感染源なんか殆どなさそうだけど、ステロイドの副作用で抵抗力の弱っているひとばかりだし、病院の中だから、ほぼ全員マスクっていうか職員は全員マスクしている、無論。

診断確定の日なんてなんにも知らないし別にまだ投薬も始まっていないから、私は顔むきだしで二時間待ち、ばかりか中座して初めてのスーパーで遊んできた。それにしても本屋だのスーパーしか行かんのか、私は? 趣味だの旅行だのの特別な遊びを、思い付く前に疲れている人生。

保険証にある名前がスピーカーで崩れて、聞き取りにくい音になっても耳に、なんとか入ってきたから無事立ち上がって。

部屋の入口はカーテンの布をはねのけて入る。マスク取ると診察中の医師は普通に不精髭、そこがまたなんか砂漠っぽい。右手に患者の持ち物を入れる籠がある、左手の椅子に、私は掛ける。でも、何度通ってもその右と左を、なかなか覚えられない、私。まあ左右と方角が大の苦手ですので、毎度の事だけど、でもさすがに他の場所では、そこまでずーっとずーっと間違えたりしない。これ多分、病気の否認のせい。それが、治療開始から九カ月とか続いた、ばかりか、……その時の記憶は何度回想しても左右が逆。

井戸先生の座ってた体の向きを思い出す度に毎度、おかしい。まあとりあえず、最初にその知らない病名とそこで対面した。というか自分の人生の切り口のひとつ、それがたかが一枚の紙切れになっていた一日。そう、別にそんなの、あんまり大した事ではないぞきっと、と思おうとする以前に、――。

意地でも何の手がかりも求めなかった私。だって、ていうか、必死で逃げようとしていただけ。病名を知るその直前は広島焼き食っていた。どこのスーパーにもある屋台だけど、いつもいい匂いだけかいで買って帰らない。それを「今こそ、ついに劫《こう》を経て時宜を得」、そのベンチに腰掛け、「長年の夢」を食らう。ふふーん、いっぺん、やってみたかったのさっ、ていう事は結構動揺していたのかもしれませんね。で？　旨かった？

いや、……途中で。

慎ましかるべき日本の初老婦人がそんなはしたない、買い食いをしているのを見た、白ジャンパーの丈夫な爺一名、たちまち駆け付け「ほーおお、いーことしてんねー」とじろじろ顔を見ながら話しかけてきたので、たっと背をそむけ、味どころじゃなかったわ。かつそこから半年以上、徹底油脂抜きの食事に私はなったから、その度にいらん介入をしてきた白ジャンをたちまち思い出しとっても恨んだ。返せあの時間をあれは私の、……最後の完全に安心して味わえた広島焼き、ラード焦げもやし炙《あぶ》り、ソース煮詰め卵風味、ばっかやろう(なーんちて)。

そうだよ、その時の、発作の後の私は普段よりも、つまり前年末とかよりずーっと動けてずーっと元気だった。なのに時々手足にがくっと来てしかもその度になんか凄い怖い。ただ、そういうどこかから血が抜けているような、血管そのものが痛いような変な感じはあっても、体は「発作」前より動くようになっていた。痛いとこはあちこち一杯だけど、前の固まった感じが妙に減っていて……。

まあ注意して休んでいた事もあって、という事なんだろうけれども。こーんなに腰が痛いのはきっとただ単に、家のベッドのマットレスの綿が切れて潰れているからさ、要はそれんなことで、その日も空元気満載、食後はスーパーうろうろ。

だけだよ、と思い付いた。で？　じゃあ、買うよ、って急に。

生まれてから二度目のその町の駅前スーパー、日本メーカーエコ仕様のイタリアメイドで、オーガニックとやらの品を求め、配送先を書いた。三割引きかなんか、二万八千円だったか、枕も買っていた、すると枕はなんか高くって六千円。ふん、私ったら結局は何も考えてないね、いつもこういう時に割合、平気にしているね。だっていつだってなんか、嫌な事あったから、この人生。

ステロイドが効き出すまで、二、三日は痛くて起き上がりが辛かった。また、治ってからも、薬を減らす過程でもあちこち痛くなった。そのたびにこれを買っておいて良かったと思った。前の低反発のでも間に合ったけれど、ちょっと薄すぎて、というのも、下に敷いてあるソファベッドの綿が完全に切れていたから。

新調のマットは売場で試してみると、ガーゼを固めて程よく纏めたよう、なのに十五センチはある分厚いものだった。痛い膝をついて立ち上がるにも、腕をつっぱって体の向きを変えるにも具合が良く、動きを助ける。「私、腰痛があるからこの固いタイプのを買うわ、枕も首が痛いからこの低い枕を」って店の人(推定企業の派遣社員)に言って、自分の体が選んだのは結局「膠原病の人に良い寝具」と患者さんの会のサイトにあったタイプのものであった。

今までに書いた小説の中に、常にもう重低音のように響く体の痛みと不調、でも思えばそれになんとか対処して生きてきた。出来ない事多くても調子いい時、面憎いほど私は元気だった。でもすぐに講演断るし、人にも会えないし、足ひきずってはあはあ言っていると不審がられた。が、その時でも言葉は立て続けに出てご飯はがつがつ食べてて。でも食べて胃に血が集まるとパタンと倒れるし座り込んだり、息出来なくなったり。無論、痩せて食欲のない同病の方もおられる。でも日によって元気で誤解されるとか、例えば体調のいい日だけで判断されて誤解されるのはありがちのパターンだ。いつも危険を抱えながら普通に生きている。人前で普通に動いていても、帰ったら虫の息というタイプもある。

なお、新しいマットレスで眠ると今までと違い、あまりにも気持ち良い。で、「病気のおかげで」とか、あり得ない事をうっかりと思った。背中は、そこに寝るだけで楽になる程だし。通気性がいいので皮膚が気持ちいい。でも昔ならそれだけで鬱になったかも。つまり、おのれが楽という事が恥ずかしくて。

病気になって激変した事がある。私は自分で自分をケアするようになった、まあ今でも自覚するとそうい
う世界は結構不気味だけど。だって自分の温度とか自分の空腹、自分の飲み物自分の日差し、昔からそんなの気にしたら時に叱られた、子供の頃からなる

べくしてはいけない事で、千葉に来てからは割りと楽するようになっていたけれど、また、編集者が甘やかすとちゃんと付け上がるのだけれど、でも、これからもう病気を治すといったら猫を守りつつも、自分の体調に集中するしかない。それが現状である。

……こうして気が付くと一年経っていた。「足を温めないと指先潰瘍で入院するぞとか言われて靴下を脱いだり履いたり、カイロも出したりして調節する自分」という変な自分、のキープをする一年。

だけど私ったら本来は家訓で――家の男の子は靴下やぱっちを履かない――とかそんな家の子孫。暑さ寒さ食事の甘い辛い、疲れ、肌の荒れ足の痛み、眠気、不安、そんな文句を言うのはいつもこわごわだった。だって当主以外はユってはいかんのだもの。火傷するもの、汚いもの、すべて「素手でやれ、素手で」、用事してると別の用事の段取りをどんどん聞いてきて答えないと怒るし、無事に出来ると仕上がりに文句言われて、顔が歪むと泣くまで追及される。泣くと？　冷笑または退場を命ぜられる。

だけれども、ね、今やひとりで住んでいても心に残っていたそれら、義務、罪悪感を、今後は全部廃棄出来るのだ。しかしどんなんや、これ、例えて言うならば心にギプスなし重りなし刺青なし、そんな感じで、楽？　という以前にこれ、自分？

その上、けーっとか思っていたUVケアを真面目にしなければ筋肉が「溶ける」。人より早く疲れ筋肉が痛くなる。一定の姿勢を取るだけで健康人が重いものをずっと持っているかのような痛みと疲れが発生する。また動ける時は普通以上にどんどん動けるのだが、但しその後で十分休まないと駄目だし、動ける間も保温とか遮光とか必要な事があるから油断出来ない。とはいえマイペースでなら、私は働けるし薬飲んでれば今のところ困らない。

症状の重い人は携帯電話も重くて持てないし髪も梳かせない。一番典型的なのは瓶の蓋が捻れない事、私はまだそこまでになった事ないけれど、ずーっと多分若い頃から、微妙な症状はあって人に誤解されてきた。

ずっと責められている気分の半生だったので、気おくれを打ち消してもいいというのにまだなかなか慣れない。

その上時々、今までの経過も忘れている。他、薬効いてもう普通に動けるけどリウマチ系の困難はちょっとした事で戻ってくる。

昔は自分がもし一日楽にしていたら猫の世話でも仕事でも必ず、何か忘れているはずだと、取りこぼしがあるに決まっていると、自分をいましめていた。二十四時間、泣き顔してびくびくしていないと後で地獄に落ちるって。

昔も、家族といてもそういう展開になる事が多くて緊張していた。緊張してやっと普通以下なので、普通以上が普通の、健康で厳しい人達(特に家族)とはいられなかった。とはいえ、母は体が弱かったけれど、私は母と違って丈夫な、はずだったので……。薬で今まで出来なかった事が、なんでも／できる、ようになった。すごく、夢、天国、幸福、だけれども、その幸福ってすぐに崩れるしだって根本にはほれあの……。

混、合、性、結、合、組、織、病、だっけ？　その、病名(回想に戻る)。あの時初対面の井戸先生はなぜか七〇年代左翼の人に見えた。愛想がなくて言葉は少なくて。

ところが一週間後、この病名が定まると別人のようだった。優しくてほがらかで。しかし言う事ははっきり言って。愛想良いけどきつい、しゃきしゃきと配慮のある東京風の。こうして、まだ何も理解せぬまま、私は。

「疑いっていう事だけでは？　ないんですか」とまず逃げたり、でも、……。

「いやー、だって、これ(数値の上限)振り切れているもの」、そう、診断確定。

抗RNP抗体２５６０以上、計測出来ない程に悪いのかとびびった。でも何倍というその数字自体には、特にびびらなくていい、というのをその後ネットで見た。それは患者さんの会に判りやすく怖くなく書いてくれてあった。

だけど、当日は戸惑うだけで、だって検査結果の紙を見ても、健康オタから限りなく遠い私、どの数値が何を表しているのか……。

さて、……ほお、抗体っていうのがやたらあるね、他はアルファベットだね。そしてその病気以外は「健康」らしいね。要はケーキ・グラタン・コロッケ好きの脂肪肝くらいしか私には悪いところがない。ふん、難病以外は全部健康さ。明らかに肥満だけど、でも中性脂肪とかそんなのもっと太っていた八十キロの頃でもまともだった。そもそもお酒も少しで煙草《たばこ》吸わないし、野菜わりと摂る。無茶するのは執筆、特に論争だけ。その日も、「サプリメントはブルーベリーだけ」と言うと医者は喜んだ。「いいね、それはいい」。でも、……。

先週、その紙の半分はまだ空欄のままだった。そして多くの値には「検査中」とあった。その時の医師は地声だった。「あなた、リウマチ因子、少し、あるね」、それからぽつんと、「膠原病かもしれない」って、しばし。

それ以後、「そうかもしれない」と一面に印字した、包装紙みたいなものが頭の中を時々ずーっと流れたけれども、その一週間の間、まあ心も体もずっと固めておいて、それで立派に否認したつもりだった。

しかし、二度目の外来時、空欄だった検査の数値がついに全部埋まった。は？　私が、これ？　混、合、性、結、合、って？　何が混ざってるの？　何が結合してるの？

まず混合性とは様々な膠原病の症状が出ている事、しかもそれは全身に満ちている「結合組織」とやらの病変のせい、故に、結合組織病。

だけどその時はそんな事知らないもの。故に、イメージが湧かないばっらばらの文字の、長い病名だな、と。検査の紙の欄外に医師が手書きした単語の、一体どっからどこまでが病名なのって聞きたくなるような。冷たい違和感。

混、合、性、結、合、組、織、病、何度やっても。

確かに、どれも、書ける読める漢字、でも、ネズミのフンみたいに繋がらない一連。そされば、イミフ。光る、細い汚い水たまり見てるような地味感と違和感と不可解感。そしてなにも、癖がない。イメージがない。その割りによそよそしくて、なんか気持ちはさーっと曇ってしまった、でね。

なるほど私ってストレスに強いのかも、とまた思った。だって曇りはすぐ水たまり程度のものって判ったのだし。ただ変な語だなこれって。そもそも字面や、語感でだいたい、物事を理解しながら私は人生を進んできたはずなのだ。そして、……。

どうしても自分は助かるって私はいつのまにか思ってしまうタイプだった。最初にだ「死ぬの？」って思ったのと同じようにして、また「ああああこんなひどい運命に私だけが」って感じたのと同じように。ていうか、「発作」が起こって立てなくなった時も「なんか多分大丈夫」って思っていたはずだ、しかし。

やはり、何よ？　この病名、――なんか献血とか就職の検査とは、「迫力」が違うよねー、一週間余分に日が掛かるだけの事はある。だってほらこうして一週間後にさ、検査項目に出現するこの異様な感触の文字は？　例えば「抗セントロメア抗体」無し、「抗トポイソメラーゼI抗体」不明って？　そう、多いんだよね、抗体。しかもそんな変な語を先生は平気で私に向けてくる。まあ別にそれで攻撃してくるわけではないのだけれど。むしろ逆に助けてくれるのだけど、で。

「これ、混、合、性、結、合、組、織、病、ね。そしてあなたは全身性エリテマトーデスの抗体もすこーしだけ持っているね、そしてこの合併症に多いシェーグレン症候群の抗体も、持っているね」、は？　持つって誰が、持つ？　つまり抗体って所有物なのか、そして。

知らない病名を記した手書き文字の下に医者は、しゅっ、と線を引いて。

「ま、これだな」でももう歩けるし普通に暮らしているよ、故に、要、反、論……。

「いいえ、いいえ、だって、平気ですよ、平気、私、もう、それに、私、ずっと前から、悪かったけど、でもそれなりにね、そして、大学院の入試も立ち会って来たんですから」。それだっていつもと同じに階段昇り降りして、だけど時々目の前がわっ、と暗くなった。そしてひゅっと落ちそうでぐらーっと来て、ずきーんと痛くって。そんな中で無事に試験終えて、専任の人用の弁当も貰って、完食して来たよ。大声でみんなと一緒に笑って、竹の子ご飯と鰆《さわら》としらあえと奈良漬けと、精進揚げ、人参きぬさやこうや。帰りに日本語訳した先生からフラバルの新刊まで貰った良い一日。「どこも、別に、何も、先生……一体、私のどこが、抗体、持つ？」。――先生は片手でさっと私の右手をすくってから、開いた手で私の中指の腹をきゅっと摘んだ。

「だってこれ、指の腹摘めないんだもの、ね、ＭＣＴＤ、混合性結合組織病」。

そうですあれですね手指の腫脹、ソーセージ状指。ＳＦかカフカか、いいえ膠原病です。四種類の膠原病の症状が私の体には出ている、しかし三種類しかその抗体を持っていない。そしてその抗体と症状の数の合わなさが、実はひとつの病気の症状である。さあ、その名前を混合性結合組織病という。

ああああなんて変な野原に私はいるのだろう。

あまりにも知らなすぎる言葉の草丈、それはこの私にさえも背が高すぎる。そればかりかその茎が乾いている。そこは、……どうやって活けたらいいか判らない奇妙な花の、続くところ、でも刈って花瓶を選んで活けるのは出来る。そりゃあなんだって出来るよ。ただ、誰が喜ぶ?

「中央線の建物や看板のメモとってそのまま並べて書いて、でたらめのウチナーロみたいなのその中に混ぜて、それで芥川賞貰ったポストモダン? 作家」。

「五十代なのにネットで叩かれたら作品に2ちゃん語使って使いこなした奴」。

「ブスだって言われたら自分の顔のブス描写ずーっとするし、論争やって叩かれたら論争用語で小説書いちゃってるし」。

どんな日本語だって私は使える。汚い語を美しく並べる事もその逆も出来る。でもね、ここにあるのは、さすがに、さすがにどうなんだろう。

強皮症、全身性エリテマトーデス、皮膚筋炎/多発性筋炎、シェーグレン症候群。

「シェーグレンは軽い人なんか知らずに案外持っている事もありますよ」。そうか、持つんだやっぱり、持病って言うものね、病気持ちって。で?

肺高血圧症、不明、心膜炎なし。で? 持つ、持たない、持てば……。

例えば、「人間は関係性だけだ、所有なんか意識しない」と言っている作家、若くてきれい健康? 水虫も持ってないか? 一方、私は所有だべ、膠原病という「財産」、……すげえ。

そうか、故にひとりでも孤独じゃなかったんだ。私ったらいつだって病気ちゃんと御一緒。もとい、「ひとりでも言語を使えばそれは社会性の発露」、ってのがフォイエルバッハですが。小川国夫さんもそうおっしゃってたですが。

でも私が今から作品に使わねばならないこの言葉(所有物)たちは、人々の知らない、関係ない言葉なんだ。この廊下に来なければ一生使わない医学専門の、それを、私は一体どうやって読者に向かって「報告」するんだろう。猫と食べ物と言葉の好きな、また社会問題と哲学の好きな、彼ら、難病って知ってる？ 私も知らなかった、そして。

そもそも言えるか一度で、例えば「全身性エリテマトーデス」なんて。例えば「食パン」という語と同列に並ぶかよ？ あるいは、大庭みな子という語と(まあどっちも患者さんブログには並んでいたけれど)。

でもね、そんな本来の、自分に必要だった医学用語を知らぬままに今まで、そんなもの抜きで私はただ自分のお話を書いてきたよ。それで読者には充分通じたのだよ。この病人の珍しい「あり得ない」病気話が、ただ病名が付かないというだけで中等症ではあるけれど、そのままそっくり症例が入っているというのに、中には半健康な方々の共感まで呼び。

例えば、私らしき主人公はやたら疲れる、感情も時にネガティブ、その癖痛む体で闘争的、というの等本当に読み手次第できっぱりと評価が分かれるところだった。まず、「笙野さん私と同じそっくりの人、とても共感する、疲れやすいのね」。これが三十年超死ぬまで付いてくる(はずの)読者。そして「もっともっと、辛くとも戦ってほしいです戦え!」というのが最近の勝手連でもあるけど結構ありがたい読者。一方、「この人どうしていつもこんなに暗いのかしら不幸がうつっちゃうぞっとするわ」、と正反対の立場で「二度と読みません、読者代表」とか勝手に代表してくるのが読まず読者(このうちのひとりなんて九州の図書館のバイト職員だ、伝染? うつんねえよ、膠原病は、ばーか)。

作中のロジックも発見があって気持ちいいという人と、読んでいるだけで馬鹿にされたようでむかつくという人がそれぞれいた。国家観も家族についても何もかもが(とはいえ)。

しかし、おおお、そもそも今まで、なんで、出来たのだ。たとえ少数相手にでもこんな「大技が」、行動も外見も普通のまま、だけど実はとんでもない病気だった、それこそ抗体を持っていてさ、なおかつ、病名も何も知らないでそれをそのまま書いて、結局なんとなく私の現状は人に通じていた。一体、まったく、なんで出来たのだよ、超能力者かよ私は。あり得ない程少ない病気なのに、健康な人や過労気味の人がその本を受け止めて喜んだり怒ったりしてくれたなんて、……。

結論？　言葉よ、言葉は通じているぞたとえ少数にでも(わあーん、ありがとうありがとうありがとう掛ける無限大だ)。

でもそれだったら、いっそ。

いくら真実でも医学用語なんか使わない方がいいのだろうか？

同病の方のブログを拝読して思ったのだ、軽症難病の方々が病気を職場に隠さざるを得ないケースのその辛さを、自分が病気と知るまでは理解どころか知りもしなかった。私なんか発覚以前から作中では症状言いまくりで病名ついたらそれ題名にしてとうとう作品化しているから、自営業は有利っ⁉　でも、病気と判って一年、外面も動作も普通なのに陰でしんどく、辛い。そして元気な時も劇薬の副作用や先の展開が読めない不安を抱えているしかなかった。また説明しても説明しても、実態は周囲にうまく伝わらないというかあまりに少ないケースで。

「あり得ないでしょ、そんな？　携帯が重くって持てないなんて、ねえそれに今元気そうだよー、だいたい、あんたふとったじゃん、えー、これはそんなありふれた肥満じゃない？　そもそも薬の副作用で、コウシケツショウの、チュウシンセイヒマンになる、だって？　はー？　なんかえらそうだよ？　それにわざとらしく、はあはあ、急にふらふらすんなようぜー、なにー、それも十万人に何人の病気？　コンゴウセイ？　嘘でしょう、だってこの前はコウゲンビョウって言ってたじゃん、高原で酸素不足のびょうきなんでしょー、大体、なんかちょこちょこ、言っている病の、名がちがうわよ、え？何それ？　合併症なんだって？　でもこの前言ってたところと痛い箇所も違うよ、え？移動する痛みだからって？　演技だろ、そんなの、そもそも、どこが悪いのかはっきりしてよ、内臓、骨、全部？　ああ面倒、ねえ、どうして治らないの、そもそも原因はなんなのよ、どう見ても病人に見えないわよ、嫌ねえ、別に杖ついてるわけでもないのに」となって。

そう、そう、そういう、通じないという点では多分、おんなじだ。じゃあ、今後。私は難病を隠してこのまま書けばいいのかも？　いや、それは無理だね。だって世界を身体をつまりは自分の内面宇宙を理解するためのど真ん中の補助線をこうして見つけてしまった以上、私、それを純文学作家笙野頼子、無い事には出来ない。

四種類の膠原病の症状が私の体には現れている、1手指が腫脹し、2関節が痛み、3口が渇いて声が独特に嗄れ、4筋肉が炎症を起こし異常な速度で壊れ、でもその一方、三種類の膠原病の抗体しか私の血液の中にはなく、なおかつその三種類のうちのひとつはあるかなしかに、少ない。え？　判りにくい、そりゃー難病だもん。

「この病の中から十人または二十人にひとりが肺高血圧症という厄介な病気になります。日本でなる確率は百万人に何人レベル(てネットで見た)と言われています」。


あの日、──ていうかそこからもう一年経ってるけど未だに別に泣いてもないし鬱にもなってない。仮死状態で生まれてきて六十手前まで生きて、綺麗な装丁の本四十冊以上出して、もうすごく欲しいものとか着たいもの食べたいものというのもない。でも昔金銭感覚一時狂ってしまって買っちゃった服、着ないのもずーっと取ってある、ていうか、捨てろよ。ま、執着はあるのだね。しかし、そのうち死ぬから捨てようとその日から思うようになってしまった。そう、突然死やばいからこれ捨てておこう。明日死ぬといけないから今日のうちにこれ食べようって、結構物は捨てて。

でもなんか綺麗なタオルとかプチ贅沢食品とかは増えてしまった。なんたって突然死あるからね。ただ「今日を生きよう」、なんてずっと前から作中でも言っていた。ほら本の題名だって「一、二、三、死、今日を生きよう！──成田参拝」ってのあるくらいだし。結局、私の体は自分の運命を知っていたのかも。

治療が成功し、体が痛んでそれ故に死にたい気分、というのはとりあえずもうない。その上、今は結局死ぬのがなんというか生物学的に怖い。ことに薬で痛みのとれた命は惜しい。それに猫の将来に責任がある。でも高台の一軒家にひとりで住んでいるから、悪化して来た時の自活度等、やはり気になる。

「ふん、あんたより不幸な人いっぱいいるのに」。「そうそう、でも私は自己所有のこの災難に夢中よ」。すーっと海にしずんでったら楽って昔よく思ったけど、でも今、気が付けば、生きているのが普通になっている。痛くないからというより痛みを自覚して、状況を言葉で表す能力を使っていて……そんな中でふいに与えられるすべてが、楽な一日「生きるの、楽しい」って言ってみた時に、今までの少ない楽しさが全部戻ってきて体に張りついて、いつしか、それは、「執着」になっている。

「死が目前にない環境の人は死ぬ時は怖くない勝手に死ぬだけだとか平気で言いますけどね、それで治療放棄して悪化して凄い事になると戻って来て助けてくれってわんわん泣くのです、死と現実に向かい合わないのだ。でもね、死ぬ時にすっと楽に、なんて珍しいですから、なんにしろきちんと向かい合わないとね」、というのは井戸先生ではないけれど、近賀椎人だけど、これ、とことんまで正しいのかどうか、私という患者には判らないけれど、この言葉を肝に銘じたつもりで事に当たっている。

そして自分の体が人と違っていたという事に驚愕しつつ、次第に慣れている。ていうか、無意識に、実は知っていたという、結論を受け入れる。というと？

「私は深海生物、その名は金毘羅、生まれてすぐ死んだ女の子の体をのっとってこの世に生まれてきた」という設定のSF民俗私小説、「金毘羅」を私は書いている。つまり、自分の体がなんとなく違う、ちょっと生き難いそのあたりをずっと創作に生かしていたわけで。思えば実に、体は正直だ体はなめてられない。すると、ならばこの「金毘羅」の正体って難病なんだろうか。いや、ていうか元々これは笙野病という個人的病だもの、つまりその正体は既に文学と化しているね。だったらもうこれはそのまま「金毘羅」でいいんじゃないだろうか。

しかし、今思えば……例えば深海生物って書いたのは呼吸がきつかったから。ていうか正確には多分関節や筋肉が痛いのではあはあいっていたから、なんだけれど、私、なんか昔から変な膜に包まれているようで子供の頃から何かときつかったわけ。でもその割りにどこ調べても悪いところはなくて、だから狡い子供に見えたかもしれません。

「ふん、昨年なったばかりの病を幼年時からの怠けやだらけのいいわけに、延々と使ってお仕事で書くか、なんでも総会屋のように騒ぐごね得作家め、さすが笙野頼子だ」だって？　でも先生に聞いてみたら、……。

「先生、昔から私、軽くこの病気の症状ずーっと出ていました、だらだら良くなったり、悪くなったり」。

「……それは、その時、検査していないからね、つまりどの時点で診断基準を満たしていたかどうかですよね」。

「疑い、予備軍ですか、でも昔から移動する関節の痛みとか本当にありました、実は親戚に近賀椎人という医師がいまして、七年程前に血液検査をして肺のCTを撮りなさいと」。

「関節等にずっと症状の出ている人はいます。そのまま内臓に病変が起こらずずーっと経過するケースもあるのです」。

そうだよね、初発年齢三十代半ばって一番多い(らしい)。そしてそれ丁度、「なにもしてない」の年頃。

膠原病疑いっていう言い方があるそうだ。そして疑いになっていたり、病名不確定の方なのに意識を失ったりずっと入院したり、私の普通に痛い時の何倍も辛かったり、診断確定するまでに何年もかかったり。ま、作品中の自分が金毘羅である事は「確定」で結構だ。でもなんだろうねこの年になって、現実の肉体に別の呼び名が出来た。私は筌野病、SF病、カフカ病、膠原病。で？

「先生、私、猫がいるのです、そして書きたいものが少しだけある、後十年生きたいです」、と言っているうちに医者の前で少し泣きそうになり、それで、「ええと、こうげんびょうてしぬの、わたし、しぬの(くそカマトト)」。

「しな、ない」と答える医師の目は異様に澄んでいる。そしてさらなる検査が行われて、予後が明るくなるにつれて、井戸先生は優しいだけではなく、細かい注意をするキャラに変わっていった。

二月、家に帰ってから夜も寝ないで、心を張り詰めて、でもいつもの強さでね、何も感じない心で検索が始まった。結局、論争の心境とあんまり変わってなかった。それは一年続いた。

検索でいつも、ヒットしてくる一番上は公的機関のガイドライン、しかしその後にネットの相談室みたいな一般からも意見を募集というのがあり、この回答は専門医が答えている奇特なものから、馬鹿発見器同然のまで玉石混淆。その後に続く大学病院サイト、医者の研究会議、やがてハードな写真入りのどこかの医大の症例PDF。で？

ああっ、もしかしたらそんなに？　怖い？　病気ではないかも、でもいや……うわーっ！　お、ちょっと待てよ……あ、もう駄目だなんで私だけ、……あ、もう駄目だ、……なんで私だけ死ぬの？　え？　なあんだ、これ十年前の資料、あ、これは私と状況、いや、ここが真逆、おお、二つの症例あり、同じ五十代女性でも死んだ人と生きた人。うむ、予後良好でも先は判らない、ぶるぶる、でも、なんか、もしかしたら大丈夫かも……。

ほっとしたのは患者さんの会の講演、腹立つのはインチキ精神療法、「この病気の患者の性格は」と書いてあるが、説明しにくい症状によって誤解される事をそのまま性格の悪さとして平気で書いてある。こうして、真逆の説に揺れ古いサイトにびびって、それでも、心は割りと平気。長く付き合った「友」だろうがこれ、そして私には荒神様いるから。

いや、そんな事よりも、身内にというか近賀椎人に電話すればいいのに、これが出来ない、というか親戚にも父にももう教えないと思っていた。心配かけるからというより、どうやって切り出すか大変過ぎる。中には電話しても以前から何かと、「うちにはそういう系統は」って勝手に遺伝問題にして来る人いるから、嫌で言えない。だけどこの病気は遺伝しないし伝染もしない、私ひとり病。

こうして、生きられるかもしれないと思い始めた時、また世界が気になった。だって元々気にしていた社会情勢が切実に深刻に命にかかわって来るかもしれないような、そんな、不運の人、に私はなっていたから。だけれどもね、もともとがそうだよ、私だけじゃないよ、今。

稼げるか食えるか、生きられるか産めるか、それが自助努力なんてまさに幻想だ。国策あるのみ。そう、そう、自分の自立や歩行ばっかりじゃない、医療どうなんの、例えば妖怪ＴＰＰ。患者さん、殺されるって私は思った。

だってＴＰＰにはきっとあのＩＳＤ条項っていうのが付いてくる(カマトト)。国より世界企業の都合が優先して、国策も国際裁判にかけられてしまう。で？　アメリカはこれを使って無論、日本の保険や年金を、ていうか民を食いにくるのだ。ＴＰＰをやるイコール国は売られるのだ。国策が世界企業に負けてしまう国になってしまうのだ。それで今後もし例えば、国民皆保険がなくなったら(想定内)、私はどうするの？　そもそもあのオリンピックだって、なんのために？　スポーツ記事おっきいと陰で必ずなんか変な法案が通ってるってさ。世の中なんでも起こる、ただ運と不運を平均化される法則とか今まで信じていた感覚を、気がつくともう私は捨ててしまっていた。なんか私のケース、不運には不運が重なってくるね。ていうかもう何が起こるか判らない日本の私ですし。

だけれどもその嘆きの一方、私には結局「自分だけは大丈夫ほーらなんとかなるなんとか」という感じがある。どうしても私のどこかには残っている。大地震の時もなんか、割りとそうだった。「私には神様がいるからね」。

世間の神社を拝まなくなってからは、熊野で拾ってきた石ころを小さい荒神棚に放り込んで、勝手に祀っていた。ひとり信仰。それが私の神、書斎に祀ってある荒神様、今でもよく夢に現れて励ましてくれる。私は想像の中でずっと荒神様とため口を利いている。――「ねえ荒神様、私、治せないの？」、「すいません僕に力がなくて」、「じゃあ、猫の健康だけでもちゃんと守ってね」、「はい、せいいっぱいやりますので」――これはつまり原始宗教のあり方そのままだ。哲学ちんぷんかんぷんでもフォイエルバッハの『キリスト教の本質』を読んだら、原始キリスト教の尼とか書いてあって私でもすぐに意味が判った。というのは、こんな信仰を自然に持っているからだ。病名が付いてからはそれも一層、納得出来た。

同じようにして難病患者に医師は普通優しい、だって治せないから。でも人間の彼らには「治ってあげられなくてごめんなさい、井戸先生ずーっと感謝していますありがとう」と私から言う。同時に今まで「猫ダンジョン荒神」等に書いてきた自分の「信仰」のあり方、神と対等っていうのこれ今後もこのままで継続出来るわけだ。だって神は、いくらぺこぺこしたって治してくれないもの。

　そして病の悪化でもし私の環境がとことんまずくなったら、私はただ自分の荒神様、つまり奉ってある石を海にでもぶん投げるだけ。そしてまた、他のどこかで拾って来た別の石に別の名を付けて、また信じる。こいつといさえすれば自分だけは大丈夫ってやり直してみる。確か古代人はずっとそうして来たんだな。つまり神を完全には頼れないから、私はまず医学に頼るわけだ。お相手がそんなに偉い神ではないから、やむなくなんでも自分で工夫するのだ。神と人が対等なそれは、ものがみ信仰と呼ばれる拝み方だ。

　グーグル、グーグルで一年が巡った。病気の名前って一見怖くなさそうなのが結構怖かったり、怖い文字にびびったら案外大丈夫だったり、実態と中身が一致しない事があるものだと、判ってきた。

　さらに、教科書にあるような古典的症状の確率も今は少ないと判ってきたり、怖いパターンに来ても進行が止まってたり、遅かったりするものがあるとも判ってきた。また医者が説明しない事や説明と合わないと思っていた事でも本も見てずっと調べてみると、私の場合、井戸先生の判断が正しいと判る事ばかりだった。

そんな中で、ある日ふと、私はこう言ってみた。あの、とても「使えない」病名に少し慣れた午後、人間はカモミールのお茶を飲んで、猫はクリスピーの小袋を療法食の上にちょっぴりかけて、平和……。

そんな中で、ああ、そうそう、例えば、このような表現はどうだろうか?――「猫は甲状腺亢進症、私は混合性結合組織病、ねこはこうじょうせん、こうしんしょう、わたしはこんごうせい、けつごうそしきびょう」、ね、これだよこれ。ふん、いいじゃん、別に、なんとなくリズム取れる、書けるよこれで、この病気についてって。ずっと痛くて転げ回ったけどその時さえメモも全部取ってあったしと(でも結局はリズムは取れてなかった、こんなのではまだまだだ)。ともかく、人間、慣れてゆく。ていうか立ち向かっていった。

指も腎臓も大腿骨も血管も、それればかりか全身に何が起こるか判らない体と判ったのだ、だったら、それならば。「あああの時、匂いに負けて広島焼き食っていた自分みじめっ、後ろで悪魔が笑っていたのにもううごけなあいっ」とかそんな落ち込み方も踏んづけて進もう。だってどうせ明日は判らない。ならばその日楽しい事は金剛石のようだ。昨日仕上がった幸福の壁は、未来永劫に絶対破れない、そもそも、もう過去になっている。しかも不幸の原因は自分の不注意でもなく、自分の怠けでもない、過去の喜びは病で不意に起こる不幸なんかに、侵せるものじゃない、例えば「栄光の三冠」、と同じようにして、その日一時、楽しんだ事は私の財産。記憶の樽の中。次の日にはわんわん泣いているかもしれないけど。

毎日はちゃんと幸福になっていった、というか少しずつ不安に耐性が付いていった。ま、ちょっとすりガラス越しの光になっていたりする「変わらない日常」。そして「今までよりも一層静かになって家族の良さが判る」。いいんだよギドウだって闘病しているのだ。猫と私は今別々のところで貰ってきたステロイドを、同じ屋根の下服用している。ギドウは二・五ミリ私は二十ミリから始めて一年後まだ、十三ミリ。

そうそう、でもともかく、この二十ミリから十三ミリの間を、ちゃんと書いておかないと。

絶望三日、検査は軽い目、周囲にはいつ告げるのか？　そして投薬開始。でもともかく、「死ぬの？」って何度も、先生に聞いた。だって難病だから。

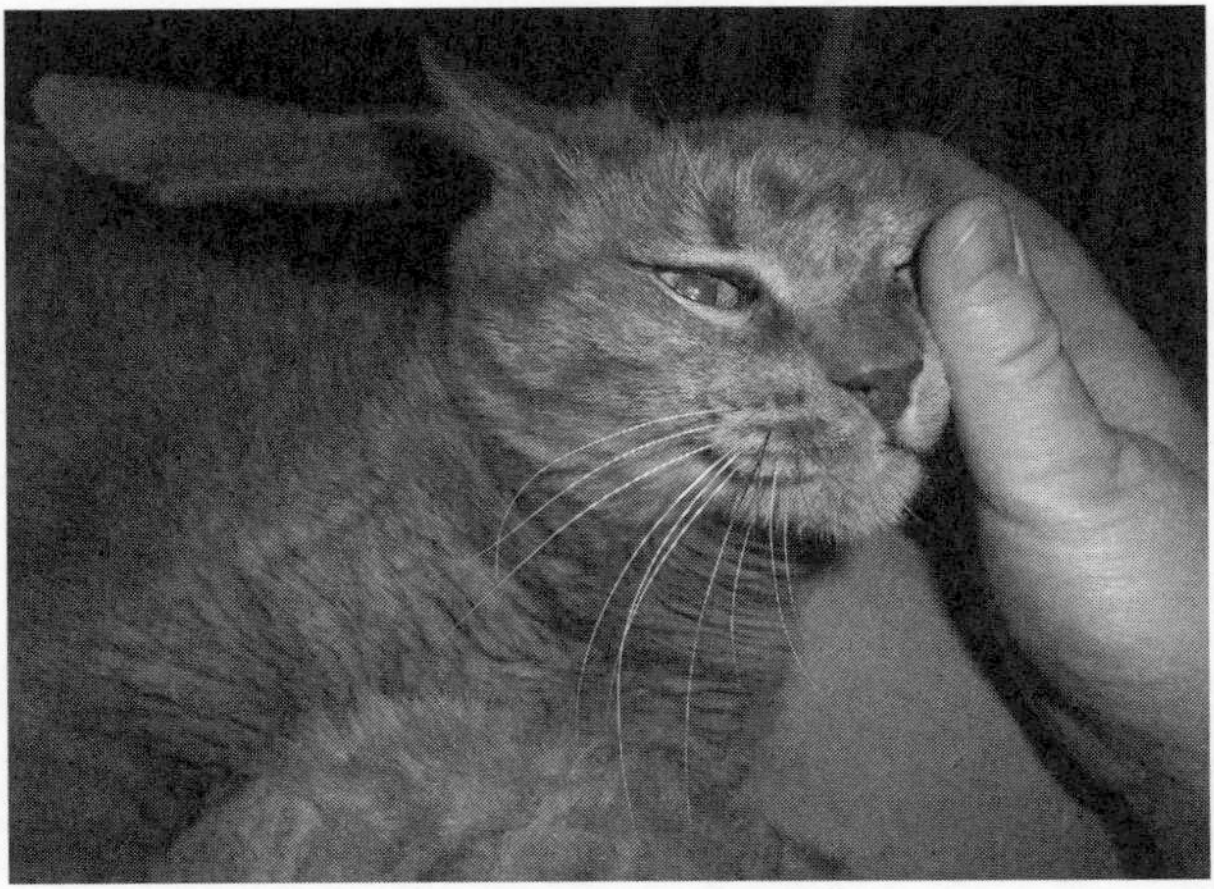

2

今時膠原病で死ぬ人なんて、まずいないですよって言われつつ生きるっ⁉

死ぬの？　死ぬの？　ガンよりは死なない？　でも突然死があるって？　だったらもう猫飼えない。だけど猫が死ぬたびに悪化した病気。そして悪化じゃなくって、増悪っていうのかなこの界隈では。さて、その予後は？　多彩すぎて予想不可な原因不明の病の。

そもそも予後なんて深刻な言葉、今まで自分の身に使った事がなかった、しかし「生命予後」、「機能予後」の二種類に分けて、時には「天寿を全う」とかそんな希望的フレーズも交えて、病名と共にせっせと検索した、と言ったって最初は怖いからもうクリック自体出来ない。

内臓病変がなければ当座安心かも、そして多分肺に来てしまうとなかなか怖いかも、でも自分ももしかしたら当分大丈夫かも。少なくとも大学院の任期終わる位までは普通に学校行って学生とコーヒー飲んでいそう。だけれども結局難病だからね、そりゃーもうそりゃ。

一周年目前、食事制限は？　「飲酒を特例少量に」、というの以外ほぼ解禁にした。といったってもう、体が「ヘルシーで彩りの綺麗な野菜たっぷりのバランス良い食事、但し良質の蛋白質も欠かさず、豆類、カルシウムも豊富」に慣れちゃってる。へ？　出来るかそんなの？　って、うん、肝臓の数値直すまでは「凄絶なダイエット」、続けていたんだもの。

腹が減ったのとステロイドの副作用で眠れなくて目の下に隈、動悸してきても、夜食べない、油抜き白砂糖抜き、白米極少、ブラックコーヒーだけで少し運動。まあ、運動っても、……膠原病は血管の反応が悪くなる病気だし疲れが大敵、またステロイドの副作用、大腿骨壊死の恐れで運動に制限が掛かる場合がある。だからごく軽い歩行とかお風呂で足動かすくらいだけど。

それで一応安心な数値になった時は、綺麗な色の生クリームワッフルの小箱をひとつ、まるごと食べた。それは泡で拵《こしら》えたサンドイッチのような、各種並んでいる儚い十二単《じゅうにひとえ》、クリームの白、抹茶と小豆とベリー、ブドウ、フランボワーズ、紅のジャム、雪から咲きだした花みたいで、体の中に世界がひとつすっと飲み込まれていった。食に関しては禁欲から解放、今は前より幸福な感じになっている。

ＡＬＴというのがその肝臓の数値、最初の八十八から三カ月で三十台に、今は十八、年齢より健康。つまりもし難病じゃなかったら「脂肪肝はこれで治る」って本書ける程。

とはいえ、治ってしまった後は、買ったおかずも増えてサボりもいいとこだ。ただ一年でも出汁取ったり手作りしたせいで、自分の作ったご飯が好きになっている。例えば彩り、これは別に療法と関係なく、元々から「綺麗な」料理が好き、食事も風景のうち。トマト、人参蓮根、カラーのピーマン。地味に小茄子を煮たのや里芋とイカも、別の意味で綺麗。和食器は値段関係なく好きで洋食も盛る。それは三十年前のお土産の有田焼、ジャスコの陶器市の、学生下宿の近所で求めた清水陶器市の、同じ頃三条の店で買った小さい前衛陶器。中には赤坂で買った高かった薬入れ？　も、景気一瞬良かった時に買った薄い白磁の湯飲みも、そしてエッセイのお礼や人から貰ったのは高価なのがある。その他、家の近くの西洋館のような陶器屋の品、私ごときにはもったいないから三年に一個しか買わないけどそのあたりは今回の食事制限の強力な慰め。他、やはり良かった時デパートで(フランスの核実験再開前)買ったバカラの唐草ガラスとパンやシチューを入れる白いクイーンズプレーン等引っ張り出して、そう、死ぬ前に。手作りのご飯は単調でも食器だけはとっかえひっかえして。

猫の寝姿と自分のご飯だけ、デジカメで撮ったのがＳＤカードで、三枚もある、この一年。

薬で症状は軽減したが、けしてまるまる幸福のはずはない。凄い贅沢、それはただ「暫く無事でいる」事。だって三日絶望し数度、聞いたんだ。死ぬの？　しかもその死因と来たら──、肺高血圧症、間質性肺炎、心不全、脳梗塞、肺感染症、肝硬変、肺ガン、さらに、原因不明の突然死。ふん、でもそんなのたかが買ってない医学書(電子書籍立ち読み)の円グラフだろって思う。そしてそもそもそんな死因って病院で死んだ人のものだけかもしれないのだし(でも実は、判らないそこが)。

自分の患者さんから「死ぬの？」って聞かれる事、多分、井戸先生はもう慣れているはず、まあ私の目には慣れていないもののように見えたけれど、例えば。

「先生、これ、息、詰まるの？　実は母も祖母も肺で……息詰まって死ぬのだけは嫌なんですけど私、そんな、三代も続いてなんて」。

「あ、呼吸？　治療すれば平気」。そういう医者の目は、結局澄んでいて、後十年生きたいと「希望」を述べた私にも、検査機器に向かう時のように気配を消している。

そうだ！　その肝心の検査の事をちゃんと書いておくと……。

私の受けたのは多分、割りと軽いめ、例えば、──肺のCT、全身レントゲン、筋肉について、腹部エコー、その後も毎月採血と採尿。血を試験管三本、尿は三分の一カップで。一方、同病の方の中には、毎回血を十本以上取っている方もおられるはず。検査も(私には必要なかったので受けなかったけれど)中には表面の麻酔だけで筋肉をずっと切っていくものや、入院して内臓の組織をとるものがある。しかしその痛みの程度がどんなものになるかはまさに、その人次第らしい。ブログを見てもただ、ハードかも、と推定したり、でもやっぱり受けないといけないよね、と思ったりで。結局、私は元々重症ではないし、症状に比較的パターンのある病態だったのかもしれなかった。

二十五日に告知を受けた後、そのまま肺のCTと肺のレントゲンに直行した。さて、結果は?

「今時、この病気で死ぬ人なんて、しかもあなたのそんな、緩いので」って井戸先生に朗らかに言って貰ったのは、当日午後である。

……「じゃ肺のCTにこれ持って、行ってきてください」と井戸先生はまず、明るい嗄れ声でファイルを渡し、私はその日生まれて初めてドーナツ型の、あのCTってものの中を潜った。私?

——「お、これ鉄腕アトムやないの? なんとなく、おっきいわっかが、ぐーんて動くのな、ははこりゃ結構古っぽい未来やのうCT、ぶーんってゆうのは人間コピー機だから? (なーんちて、ひどい呑気さだが実は泣きそう、というか必死)」。そして肺の検査の意味をあの時知らなかった。だってもし知ってたら恐怖で床に転げて叫んでるね、うん、知らぬがほっとけ。平気できゅっぴっきゅっぴっと歩いて廊下に戻り、またぞろ順番飛ばしてもらって診察室入って、荷物置く位置もまた間違え、すると三度目に会う井戸先生はもう裏声でしゃきしゃきっとし、目はひとなつこく、首を傾け、写真をぴっと示し、余裕、余裕。

「こおっれーっ、ふっるいものですねー」、「きょーおまくえんのぉー、あっと……かなー」。きょー、からは声も裏返って一層元気、ただ、かなー、のところから気配が消えて異様におとなしい声の名医モード。しかし、どっちにしろ何も理解してなかったその時点の私。まあ今だって何がなんだか判ってないのよ、とはいうものの。胸膜炎の跡とはそれは、要するに普通の、ただの感染性のものとかにすぎないという意味で。

要は膠原病由来の肺病変なし、そこから来る肺の線維化はなし。という結果であった。膠原病が肺のところまで侵攻してなかった、無傷だった証拠。おそらく、全検査においてそこが一番大事な点なので。なのに私はそれさえも無知、故に無関心で。でもそうか胸膜炎か、……そう言えばあの時、胸痛かったよな、とだけ。

告白小説を私は書かない(じゃあこれが最初かよ)。ただあった事は小説には使うもんだからそんな「胸痛」の「記録」、はちゃんと残ってます。そうそう、例によって小説に使いましたから。不謹慎？　誰が？　自分の病気ですが何か？

それは一九九七年、胸たまに激痛、ちょっと跛行、手も赤剝け。実は母の看病中……当時発表した「使い魔の日記」という幻想的短編にすべて、その時の体の痛み、ディテールを私は書き込んでしまっていた。その後二〇〇〇年「愛別外猫雑記」猫騒動の時、気管支炎をやったのでレントゲン撮ったら、それは曇っていた。「お、すると、私の肺って」……。

「煙草吸っている？　吸っていない？　何かあったらCTを」と、当時そこの病院で言われていても、「おお、そう言えばあの時、痛かったけれど、これ、そうなのか」とだけ、そのまま、咳が治ったからって放置。その年は他にもあっちこっち痛くって小指打っただけで歩けなくなったりもして、私は骨折と思っていたけど。でも、そっちの方はおそらく膠原病のです。ずーっとずーっと筋肉関節に来ていても、肺は無事だった、とはいえ……、「これからは？」と聞くと、「それ、判らない」、と暫くは井戸先生、様子を見てくれていた。

なのに、その時の私と来たら、……そんな自分の肺CT画像を前に、廊下にあった初期肺ガンの特徴の方を気にしていた。つまり、判ってないからね。でも考えてみれば一応それも妥当だったかもね。だってガンが合併している確率が高い種類の膠原病もあるのだから(例えば一部皮膚筋炎)。逆に、ガンになりにくくなるのもあると、こちらはネット、で見た。でもさ、これ結局当人にしてみれば当人がどうなるか、それだけ、だよ。まあどっちにしろ、「医学書に書いてある事よりも現場で実際の患者をみないとこの病は判らない」と教えるサイト、紙本、先生。また本をうらぎる症例や「例外的な病態に医者が対処しない」と怒ってる患者さん、その家族、ブログ等、等、なんか入り乱れでこの肺について、私はまだ未整理だ。例えば、ＭＣＴＤの肺病変は発症三年以内が殆どであると言われても、ブログにはもっと後でなった方が(但し他の原因でなったものかもしれないけど)いらっしゃるし。確かに、――「来た時点でなっているかどうかですな」と最終的に井戸先生は教えてくれたけれど、でも私が彼の言葉を正確に取れたかどうかさえ今も判らないわけで。ていうか――、どうせ原因も根本的治療法も判らないのでね。それで、ま、肺に来ないだろう、一応、でも一応ね、と判ったのが夏。

そもそも最初の何も知らぬ私、大事な検査なのに「ガンの心配だけ」。ていうか正確にはガンの心配だけしているふりで否認するばかりか、救ってくれている専門医をまず、無視してみていたのだった。

うん、なんかちょっとやはり当座、変だった。

告知された直後から暫くだけど、年相応の喋り方を私は捨てていた、子供っぽい口調、つまり、カマトトですな、なんかやつあたり的に、医師に向かって、キャラを変えていた。それは一昔前というか二十代の時に、初対面でたまーに付けた頭真っ白の仮面である。なにもしてない、じゃなくって、なにも知らない、ばかりか、なんでも聞く、空気壊す事にも無垢ですのでと顔に書いておく。タイミング良くやれば笑いは取れるけれど、無防備さを攻撃してくる人間には恰好の獲物。

しかもその時の私って「無防備」と称し、実は嚙みつく代わりにやたら質問をしている最低の人格となっていたのだった。普段は一応おばちゃんなので既にそんな事、しなくなっている。なのに、なんでまたそれをわざわざ引っ張り出してきて先生にぶつける？　それじゃこれから助けてくれる(はずの)方に失礼だろ、と思いつつも、なんだろう止まらない。そして急に「勝手に前向きになっちゃった」り、あああ。そして普段の読者には耐えがたいようなみっともない会話がここに続く。例？

「あっ、これ？　ええと、ガンに、ね、なっていない？」「それでえ、えーとォ、え？　胸水？　きょ、う、す、い、とかー溜まってない？」。医者？　優しい。気配を消している、名医モード。

「うん、……ガンじゃないですよ」、「胸水？　溜まってない」、「そしたら、この、古いものだけ？」、「うん、胸膜炎の跡だけだよ」。

こっちは普通に畏まるのとか完全にぶん投げていて、でも一方実はこういう専門医者がどんなにプライド高いか、節制しない成人患者等に対してどーんなに本心容赦なく辛辣か、つまり彼らの地声を私は知っている、なのに。「あー良かったっ」とその時の私は十九歳ミニスカ革ジャンガソリンスタンド勤務みたいな「美少女」口調に既に悪く嵌まっていて、身勝手にも、もう医師をお友達ヌイグルミのように心得てしまって「語って」いた(なんという、失礼な、申し訳ない、けど、だって、焦っていたのだもの)。こうやって、自分で自分を子供に押し込めるしかない。そうしないと語れないし、頭もかたまって声も出ない。場から浮いた不適当な語りでリズムを取る、へったくその私。でもそれで泣きもせず暗くもならず、別の人になって漸《ようや》く喋って。とはいうものの、それも結局短期で落ちついて(というのも当面無事そうって判ったからだよね)。そして、今では医者的にはどうでもええような細かい事ばっかいちいち報告する、無用に律儀なおば、に既に、戻っている。

難病会議のガイドラインとか読むと患者さんは病気と直接関係ないと思う事でも話してみましょう、とか書いてあるけれど、でもその時は、そうだね、なんか変な反応したね、私。つまり、ふいに大声でこう言い始めたり。

「あー、じゃあー、だったらもう、いいわ、それで」って何が、「それで」なの？

「要するに、私は腺ガンでないんですよね。そうか、膠原病なんだー、わー、なんだそうかー、ああ、じゃあもうなんでもええわ、ほんとね、ずーっとね、私は、ガンが怖かった、肺のCT撮れ撮れってここのところ身内に言われてて、でもガンが怖くって、でも膠原病って何？　多分、大丈夫よね？」。

おいおいそんなにして自分ですぐ、出した結論を押しつけるか医師に？　それをほーらまた自分のペースに持ち込もうとする不毛な努力で装飾しておいて、勝手な自己語りを延々。

「ええとね母も、祖母も、腺ガン？　ていうの？　あれ、で死んだの。要するに最後は肺に来るよねあれ？　でも、だったら違うんだなーんだ、いやー、良かったっ！　違って！　いたっ！」って、あんた。

そして次の回の診察からはもう検索済だったけれど、但し中途半端な理解のまま、要は絶望に片足が残ったままの状態で、調べ尽くしてないから結論も出ていなくって。故に、さらなる混乱でこんな聞き方。

「要するにあたしぃ、肺弱いんですよお、でしたらこの病気もお？　息詰まりますか？」って。そしてまたしても、「膠原病ってどんなの？　死ぬの？　保険きくの？」。うん、保険はカマトトで聞いているのであって、そこが年齢不相応な情弱さ語り、但し、

——この病の五パーセントから十パーセントが、動脈性肺高血圧症を発症する事だけはこの時もう知っていた。つまりガンのようにしてそれを告知しないかもと思ってびびっていた私。かつ、肺高血圧という言葉を出したらそうなってしまいそうで怖くて出せない。それは百万人に何人と数える難病中の大難——、ＭＣＴＤって他の症状は軽いケースがあってもそこだけはまさに予備軍で候補、で、それを知った時、自分？　むろん暫く、飲み込めなかった。そしてその後、ふいに自分の人生はまるごと、あれだ、悔しいって、一瞬、電撃。でもその次にはいつまで書ける？　って、どれを書き残すかって。つまりまるごと悔しいって事はなくなっていたけどね。

でも時々はやはり、別人になってしまっていた。そんな時、井戸先生は冷静だけど冷たくはない顔で、横を向いていた。

肺高血圧の診断後に妊娠して無事に暮らしている方(育児のため仕事は辞められた)と社長やってる方のブログを見つけたのはそのずっと後である。また難病でも進行しないのやゆっくりのはある。ただその時点で見てたのは、不運な例ひとつ、と運悪く古い昔の情報だけ。故に怖さ全開、検索もまだ下手。まあ、でもどっちにしろ怖いよ、こういう病気だもの誰が？　自分が(泣)。ともかく早まらない、やけにならない、それ大事かも。でも、そりゃー焦るさ。但しその一方で、奇妙な、妄想的な覚悟みたいなものをすでに持っていた。つまりもし仮に、私が誰かのせいでこの病気になりそれが肺にまで達したのだとしても、私はけして、その犯人も、誰も、殺さないと。殺す代わりにフィクションを書いて世界に残していくと。

千人の敵に囲まれてでも私は書くと。電子の自費出版でもして置いてゆくもんね、と。ただね、でもね、それまで肺は無事か？　あと少しなのか？


「死ぬの？」、「死なない」。「でも死ぬの？」、「死、な、い、か、ら」。

「だったら保険きくの？」、「保険？　きくよ、うん、医療費は補助があるからね」。

「書類どこに、出すの？」、「保健所、窓口で聞いてね」。先生は紙をくれた。

「いつも、お薬で治す？　治療費どのくらい？」、ほらこの「キャラ」は絶対こういう事を聞くのさ。現実的な事を、判りやすい言葉で、医学と根本的に関係ない自分様から。

「……うーんと、ぼくねえ、費用とか判らない、普通は、入院するのよ」。おばはんのわざと繰り出す馬鹿っぽい喋りに対してでも、それなりの優しい受け答えをしてみているベテラン専門医。

「入院ってもしするなら、いつから、どのくらい」、「大抵すぐ、出来るだけ早くにね、一カ月とか、二カ月」。「だけどうち、心臓が腫れる病の猫がいるの学校も行きたいし、本も書くし、あと十年、死にたくない」。ていうか、もし私が入院したら老いた病猫は？　誰が投薬する、三日預けたら多分、命がないよ、猫。じゃあその後、私生きていられる？

この病は普通、一見元気でもまず検査のために入院する。その場合は普通入浴、食事の制限もなく歩けるし動ける場合が多い。故に、他の患者からその元気さを不思議がられて傷付く人もいる。無論、倒れて動けず高熱のままかつぎこまれる人の場合は時に大量のステロイドを点滴されたり無菌室に入れられたり、退院してからも体力が落ちてリハビリに通ったり……当然無事元に戻る人はいるし、またそんな元気から再燃、悪化する人もいる。他、私のように、通院なしでステロイド少しで「なんでも／できる」ようになる人もいるに違いない。「私、今まで通り働けるのかなあ、うち、お金ないし」、「ああ、出来るよ、外来来てるんだもの」。ま、それはそうだった。そりゃ大変だけれどね。

仕事の都合等でどうしても入院無理な人のケースならば、ステロイドの量を落とさず、何かあったらすぐ来い等の注意をした上で何人も見た、とある医学書にはあった。

その一方、ネットを見ると仕事を休まず入院を断った半年後に、肺に来てしまったという人もいたし。まあ私の場合どっちにしろ入院しなくても良いパターンだったらしく通院治療となった。「ただね、もしこのＣＲＰというの、この数値凄く高くなるようだったら入って貰う」。井戸先生は外来でこの病を見るのは初めてだそうだ。私はこれでもまだ軽い方なのだ。故に、私の場合は投薬も必要ない、今後も採血だけでという意見があった程で。

肺の大難病の名前はやっと知ったものの、その後も実に、なんでも、かんでも、聞いてみるしかなく、だってその時の私はリウマチと膠原病の関係さえまだ判ってなかった。最初は、ただただ、リウマチ膠原病センターという名前を声に出して訝しんでいた。

膠原病、リウマチ、こうげんびょう？　りうまち？　まあそんな段階だから真っ白のキャラになっているしかなかったのかもしれない。その上である時、……。

「ここ、専門の、ところ」と発音してみるとばかっぽい声音にさえふと敬意が滲んだ。すると医師も、「そうです、私は、リウマチ、こうげんびょうの、専門医ですよ」と「ぼく」から「わたし」に戻って答えていた。おそらく、沢山ある患者の反応パターンのひとつに私はいて、ならば彼は驚いていないはずだろうと妙にほっとした。病気それ自体は多彩であり、纏め不可なものとしても、それでも、私はここでは普通なのだ。

やがて、……リウマチには膠原病のリウマチとそうでないのとがある。膠原病原因の代表的なのは関節リウマチ、しかし他の多くの膠原病患者にもリウマチの症状が出る、と判ってきた。

その後何かのついでに「ええと、〇大付属病院に知ってる人いるの」、とするっと口から出た。

「あ、……あそこ、得意な人いるんだよね、相談するといいよ」と医師は寛容。

さて、この肺CTの後から、医師はパソコンばかり見ているようになった。当日は無論、肺の無事確認って事を前提にして、今後通院でする検査の予定を立ててくれたのだ。「じゃ、全身レントゲンと、筋電図検査かな、でもこっちの検査はなかなか予約取れないんだよね」……そして、横をむいたまま「おっ、これこれ、筋電図、二日後に空いていたねー、良かったっ！」。

運がいいのか？　でも、なんか嫌な予感。一方先生はキーをパシッと叩き「じゃ、あと、かん、ぞう、みとく、かっ……」。異様に腕の良い医者かもしれん、とその、段取りを見ていて私は思う。こうして、――二日後の二十七日筋電図検査、その翌日二十八日、肝臓というか、腹部のエコーが決まる。エコーは最初の親切な師長さんが来て、検査予約の紙を書いてくれる。「これー、二十八日に持ってきてくださいねー」。

そう、そう、初診の時、最初に症状や経過を聞いてくれた彼女だった。思い出した。あの時、――「目見えますか」、「はい見えます」、「心臓どうですか」、「なんともないです」、「どうされましたか」、「ええと、私、ずっとストレスとかネットで脅されたり仕事を干されたり、痛くなってそれから急になんか物凄い熱と」、「うんうん、うんうんうんうんうんうん」。

彼女のアルトのはりがある声、共感的だけど早い動作、こしのある良い髪、そこから度々、親切にしてくれていた。というのも、――。

あの初診の帰り際に私はもう、治療費支払いの機械の中に診察券を入れっぱなしにして帰って来てしまったのだ。もともとちょっとした事で集中力を失ってしまうほうで、つまりネガティブ働きの時の不気味な瞬発力と闘争力は家事も日常も人間関係も全部切り捨てた馬車馬の走りって事で、故にもし例えば、そんなテンションを二十四時間要求され監視され続ければ身内とでもいられない。たちまちぐったりして失敗する、そんな、いつだって限界ぎりぎりの私。そしてもともと、そもそも、機械に弱い。どのような簡単な機械でもである。

そんな私が、なんと、作ったばかりの診察カードで、初めて使うその精算機械に入金する破目に、ああ困難だでも、おっ、……うまくいった(涙)、とわざわざ書くしかない程、私は何やっても駄目駄目駄目な人。

なのにどういうわけかその日は「ラッキー」で、……カードがまずスリットに無事に飲み込まれ(奇跡ですなー)、その上読める、おかしくない数字が運良く表示されて(うへへへへへ)、しかも素直に払うと釣り銭と領収書と検査細目がちゃんと出てきたのだ。紙が三枚も、しかしそれはいつも、そんなに次々とは出てきてくれないから、普通なら待っている間に不安になる。が、なんと、その時の私は「結構時間かかるよ」とちゃんと判っていた、そうなんだよへっへーん、その日は不思議とね。「なんてうまく行ったんだ」と私は感動し、無論その一方、カードを入れる度お金を数える度「いぇえええええっ、よいしょっ!」となんか気合を入れ続け、また十円玉を三個出すのなんか「ぺんぺんぺんぺん、ぺんっ! あたたた、たたたたった」と「優雅」に調子とって出来るだけ早く見せかけようとしてた。ま、要するにのろまをごまかしたくてね。ところが、その日待ち人数多い割りにこの機械は空いてもいて「はやくしろ」とかも、言われなくて済んだ。なんちゅか、オール大丈夫、「ラッキー」、だった。まあ結局動作は遅かったのだけどね。というのも。

手指が腫れているという症状と関節が痛んでて脱力しているという症状とで、実はお札を入れたり小銭を受け取ったり何よりもボタンを押して機械に反応して頂くという行為が今まで(という事はこの時点でも)微妙に下手くそだったのだ。しかもそれはもともとからあり、機械に弱いというこの本人の欠点に合併症しているので、まったくこういうのをするたびに私はへとへとになる事に決まっていた。でもその時は無事で、つまりほっとしたのだった。

だが、しかしそんなかりそめの安心こそ間違いの元だった。

紙三枚を受け取る。差し込み口から少しはみ出て返却された診察券に、「安心しすぎた、全て事を終えた、何もかもが完璧となった」自分は気付けなかった。取るのを忘れていた。また緊張感はここでピークに達し、その後には注意力のかけらも残っていない。ね？　繊細にして馬鹿？

長年、新しい事をするときっと何か失敗するぞ、と思って生きてきた。思う事によって注意深くして、ミスを回避すれば無事に生きられるから。でも、その時はうっかり安心してしまった。そこで機械から出てくる領収書を受け取って財布にしまい、検査中はステロイド等の薬を貰う事もないから処方箋受付に行く必要もなく(というか世の中のそんな窓口の存在さえ知らず)そのまま、車を呼び二度目の外来前、……無論、家中のどこを探しても券は出てこない。

総合窓口の大きい受付の横に機械が並んでいる、そこに差し込んで予約票を受け取らねばどうしようもないのに、動揺して違う部署で「説明」を始める、と、そこでまたいつもの欠点が……そう、全人格を受け入れて貰わねば許されないと思う迷惑な私、これが性格。

というわけでその日きっと、異様に深刻な、相手がムカッとするような謝り方を私はしているはずなのだが、タクシー、コンビニ等と違い、大病院という所は何か無反応(推定多人数に一気に対応するから)なのでむしろ気が楽。そこで正しい窓口に行ってまた謝り、診察券の代用となる紙を貰う、するとまたも相手は言語最小限。私はその紙でついに血液検査の窓口へ行くしかなく、私ったら採血の受付番号を記した札を今度はうっかりと相手に差し出す。ところがそれは自分で持っているものらしいのだ。で、また、相手は無言でただ我慢強く、何回も直線ですーっ、すーっと紙を返して。表情とかない。

疲れた、……診察窓口行かずに採血室の前の椅子に座りこんでしまう、と、名を呼んで急に背中をさすってくれる手。それは師長さんだった。強い力なのにとても安心で自信に満ち血行に良い。彼女は私が死な、ないですむ手の持ち主。

「大丈夫でしたか心配されたでしょう、診察券機械の中に入っていましたから、小さい受付に預けておきました、大丈夫でしたか、お顔さえ出せばすぐに受け取れるように、しておきましたからね」、ありがとうありがとう、もう一度そこには行きますから。行って受け取った。でも連絡いってなかった？　だってさっきそこ行った時には……何も、言われ、なかったもの。やっぱり、私、死ぬ、の？——うん、考え過ぎ。

この病気は死な、ない。でも、死ぬの？　うん「死な、ない」よ多分。そしてそれ以外の答えは取り敢えず「判らない」が多い、病気。さて、――この「判らない」はずっと、私を悩ませた。例?

「先生、呼吸がふいに切れてそれからしゅっと息が勝手に入るんです、例えば寝不足の午後に映像を見ていると」なんて言ってみた時はすでに四月。するとお医者さんは私の一言だけでもう、ふへっ、と気配を消して「あ? それ、判らないですね」と来るわけであって。何よ、また「判らない」かよ、誰だってそんな言われようカッとするよ。と私が(また例によって)顔に出すと、「ん? でも関係ないと思うよ」と相手はもうおさめてくる。でもね、「判らない」って言葉本当に怖いよ。あるいはそれは専門以外の診断なのでそんなの一般医院でしろという意味なのであろうか? はてさて、未だにわからん、……私はわからんちん。一方、世間の常識ある人々の場合はこれですーっと医師の意をくんでいるのかもしれないですけれども。ともかく、「判らない」はやって来る。それは何時? うん、どんな時も、……。

無論、問診の最中、――「瞼の上に紫色が出た事ありますか」、いいえ、「蝶のような紫の形が顔に出た事は」、いいえ、「体に紫の湿疹が出た事は」、「あ、今も、足に紫色の」、「ほ、ちょっとそれ見せてみて」。その時は紫色と脱毛について調査されていた(これは二月の話)。

で、その後、急性増悪から痛みが痒みに変わる段階、そんな中で右足首がことに痒くなり、皮膚の乾き方も変になった上へ、かきむしっても崩れない程に固いブツが、輪郭真っ白で結節っぽい紫の円形がみっつ出来た。私がジーンズを引き上げると、「あ？これ、なんだろう、わかんない」。先生、普通だと上機嫌と思うような裏返った笑いまじりの声でにこにこしていたね。これが「判らないなあ」、の初発だったかも。

そう言えばそれは確か私の病、混合性結合組織病の診断基準を満たすための質問であったかも。――「脱毛した事は」、「いいえぜんぜん」、「空咳、ありますか」、「何も、まったく……」。

佐倉に越して一年目に、例のガンかと思う程空咳が出たけれど、一軒家にファンヒーターを入れる以前にふと、梅干しにお湯をさして飲んだら治ってしまった。でもそれに気付くまでは寝ていて船を漕ぐようなぎーっという音、喉の骨が勝手に歌うような異音が呼吸の度に出て。しかしルルエースでは治らなくって、そりゃもう、空咳には梅干し。

「ここ十年も空咳ってした事ないです、いつも、鼻炎、くしゃみ系といいますのか」。

熱に、くしゃみに鼻炎に腹痛、腸はかたまり足もつれ、目眩に浮腫に関節痛、肋のきしみ全身脱力、加えてひどい厭世感《えんせいかん》、「がんばらないと、いけ、ない、のに、立て、ない」その罪悪感、立っていても意識の遠のく、呼吸不全に似た急な眠気、足元から落ちていく恐怖の疲労感。

でも空咳だけはない。もしあっても梅干し湯かあるいは、スダチ入りの熱いうどんでも「投薬」しておけば一日半で消える。

ねえ、「それ、判らないですね」って言ってよ先生。そこで笑うから私と少数(三十年来)読者は言いたいのであって(でもそういう時は言わないはずの、井戸先生である)。

そうそう、五月初め、数値はさして改善されぬものの、薬のお陰で三十代前半の動きになった私は、気候の良さと動ける楽しさで肺の怖さをつい忘れていて、……「あっ、じゃあ私これで助かる方に行っているのだわ」と口をすべらせていた。すると、来ました！「そーんなの、どうなるか、判らないよー」。にここしてでも、ただの窘《たしな》めでもなさそう、しかも。

ぱたっと心は止まり、私に湧いたのは思いもかけない怖すぎる罪悪感だった。無事で喜ぼうとする普通の行為、でも無事でない人は何も悪くないし責任もない。すると――後悔と同時に助からない側の「私」がこちらを見る、その顔がたちまち目に浮かんだのだ、なおかつ、「助かった」と言った途端にきっともっとひどい事や嫌な事態が起きる、ともう、まるで目に見えるようで。「人間、安心しちゃったら地獄に落ちるの法則」。その上自分は今までと違う世界にいる。

判らない、判らない、判っているのは「死なない」事だけ、但し合併症や劇薬の副作用で死ぬのは「判らない」。つまり専門医が判らない、そこが難病。

そうそう、そう言えばこんな「判らない」もあった。初診、まだ膠原病疑いの段階の時、「去年ストレスがきつかったので、……どっちにしろ、さすがにこれ以上の悪化はしないと思って」と私は強がった。すると井戸先生は、……「いやー、ストレスかどうかなんてそんなのわかんないよー」と、朗々とね(あ、そうか、……これが初発だわ)。


さて、(これは二月、二十五日)肺は一応、無事らしくて帰宅、そして肝臓二十八日、肝臓、と家のホワイトボードに記してみた。だって手帳とか普段持たないし携帯もない私。ええとでもその前に二日後だよ、そう、二十七日、キンデンズ検査だよ(とボードに書く)、でもそれは何？　なんか、怖い。「いぢめる？——引用いがらしみきお」。キン、デン、ズ、だ。「やっぱ検索より椎人君に電話しよう」てその時思って、でも結局、それもしなかった。

誰にも知らせない、確定前なんかなおの事だった。「疑いだけで親戚に言って騒ぐのって迷惑」という考え方。そして「この後わーっと力出すだろうな私、今固まっているからきっと、三日後あたり爆裂だ、じゃなんか書くか三百枚とか出来そう」なーんちて電話より創作だと(逃げてんのかわれ、うん、逃げていた)。だって病気した以上記録残すんだもんね私、ほら、記録者として私「公的存在」だから(という大義名分、でも結局は逃げ)。そしてストレスは芸術に良いのだもの(これも言い訳)。なにしろ——一昼夜八十枚執筆後一冊分著者校(しばしばその後に不明熱数週)、そういう得意のネガティブ瞬発働きが始まる直前、私はよくこうして何もしないで固まっていたものだよ、でもなんか、そうよねまだまだ取材不足だわねえと(涙)。

家にある家庭医学辞典(二十年前の)を、……見ていなかった。本に付いている埃が怖い、手が溶けそうで触れない、埃触るとなんか熱出るしね。まあ見なくて良かったかも。古い情報見るとがっかりするから。「例外なく死に至る」とか平気で書いてやがる。が、殆ど生きているぜ、ほんの二十年後だけどでもその殆どがな。

そもそも、自分から近賀先生に電話しなくなって、二十年越えていた。それは医者が聞いたら卒倒するような事を私の母がしたからで、でも二人はすぐ仲直りした。ただそんな母をかばおうとしてとばっちりで先生に怒鳴られた私の方は嫌気がさし、そこから十数年連絡を絶ってしまっていた。

……固定電話の前で、がくがくする私、別の用事をして、一日延ばしにして。

しかし、それにしても、知らなかった。自分の難病を身内に言うのって、こんなに躊躇《ため》らうものか。「こんな時は普通、どうするんですか」。つまり、言い難いから難病、説明が難儀、文脈が難解、それも難のうち。

他人には割りと素直に、気がつくと告げていた。ことに学生や親友や編集者には、だってもし「書く」のならこりゃよっぽど反応見ないと、あまりに珍しすぎる「テーマ」だもの。ただ今までも恐らく難病パワーで、私は書いてきたから。長年自分でも知らぬままに、笙野病と同行「二人」だったわけで。でも身内に、言う？

その上、要するに、椎人君は既に、身内とかそういう感じでさえなくなっていたのだった。時に彼の名が新聞に載ってたりすると親族で教え合う公的存在。一方椎人君の奥さん細子先生は優しいので病気になると私は彼女に頼った。何年かに一度。

親戚にはいきなり難病って言うのもあれだからと思って、例えばリウマチ症状ってあたりから話すかと計算して、でも必ずある家から、「家にそんな系統はない」とか構えられて来たし、そもそも、遺伝しない伝染しないと説明するだけで疲れるから。なんかもう口利くのもしんどくって。

また逆にいろいろ聞かれた挙げ句「ああじゃあ大丈夫なんだね」で纏められたら、自分から言いだしといてむしろ私はキレる「じゃあ一生黙ってよその方が楽っ！」。すーっと己の内面宇宙に沈んでしまう。でもそんなのも変で読者に叱られそうとか一応思いながらも(そうです本当は出来るだけ言ったほうがいいと私も思う)。そうだよな、「大丈夫」で働いている人もこれじゃ隠すさ、と共感。反応、決まってるよほんと、面倒だねと。それに「死ぬの？」って今度は自分が聞かれる側なんだよ。

知り合いが「膠原病で死んだ」人の話をし始めたり。でもそれって正確には「膠原病の合併症を起こして」死んだのかもしれない。「今時、この病気で死ぬ人なんて」と先生は言うもの。一方中等症のまま、何も知らぬまま、二十年超「働いて」きた私、厄介と困難と誤解と罪悪感を引きずりながら。

ところがああ、こうなると、……難病の人って周りに案外いるもんなんだという覚醒。どんぴしゃ同じ病名の人はいなくっても、隠して働いていろいろ陰で難儀してて、ていうの、ついに気付いたよ。つまり自分がそれなんだと判った途端に、相手の不可思議な行動への疑問が一気に氷解して、「なんで休み？」、「なんでそれ食べない？」、「そかーっ！　ナカーマか……」、そんな「同輩」相手に何年か前、転んで爪が剝がれた話をしていた時なんてただの不運な怪我として相手されていたよ。お互いがお互いを根本的に、どんな人間か知らないまま言葉だけ使っていた。まあいいよ、普通は永遠にそのままなんだから、だって私なんて。

「どの病院に行ったってどうせ治らない」、そしてとっても困るけど入院する程ではなかった「過労」を抱え、半生、なんとかやって来た。大体、自分の治療で大学病院なんて、抜歯で一度きり。しかもその時は妙に運がよくて、流れにまかせて一度も失敗せず帰ってきた。それよりも家に残してきた癲癇の長老猫が心配で心配で自分の事はそれどころでなかったのが……。

(さあ、どうする椎人君に電話するか、いつ、するか、悩む)。でも彼、そもそも日本にいるのかなあ。そうそう、筋電図でした。

ま、要するに、キンがデンなのよね？「キン」と「デン」で絞り込み？　そう言えば、「膠原病かもしれない」の時、なぜか「かもしれない」で検索していたな。

家に帰ればもう病院から帰って来たというだけで今までなら参ってるはず、なのに、トンでもない事態で崩れる暇がない、というか急性増悪以後空元気が凄まじい。ネガティブ働き最後の一回かもつまり、これ終わったら死に、そう？　だって……。

本当に？　本当に？　本当に？　本当……、普通目が覚めるよこんなの悪夢だもん。ところが、――ほっとするどころか起きている間中不安でいるしかない。悪夢からさめられないっていう小説を昔書いた「レストレス・ドリーム」、うん、だからさめる？って一応思うわけで、まあでもね、そう、長年正体不明でも慣れていた病気なので、別に特に「おおおおお、夢ならば、わあああ」とかそこまで深刻な感じにはなってくれない、つまり難儀さがやや軽い。でも時々ずーと空気が分厚い感じていうか、生命が不味い、そんな世界にいるね現在の私、しかしその上で考えている……「筋電？　検査？」ふーん、で？　そんなに取るの難しい「人気」検査が、まるで壊れたピンボール台のように、なんで？　急に？　空いているのかなー？　まさか誰か逃げたんじゃねえだろうな、てその時は思いもしなかったですよ。まあ、結局こうなるとネットより電話、椎人君より奥さん。

この彼女は育ち物柔らかな関西人、でも芯というかルーツは気の大きい四国のお方。腕のいい麻酔科の女医さんであれば、私の痛みについて尋ねるのは向いているはず。仕方なく電話でいきなり病名を告げてしまう、というかそのような自己都合でもなければとても一気にそんなあり得ない事態言う気がしない。実に気の進まぬ話題である。むろん、「フィクション」でやるのなら平気の素材だろうが。さて、「もしもし」——自分でかけといて？　短い沈黙数回、ほーら、言いにくいったら。鼻詰まってきた、でも泣くからではなくて、ただ言いよどんで。

そうですそこでついに「告白」したんですわ。は？「告白は」？「制度にすぎん」？んなもんじゃねえよ。告白、それは必要で手作りだよ。そして、告げれば無論医師の反応は濃い、というか電話口の相手は一瞬黙り、緊張が走る。だって膠原病って漢字で書けるよお医者さんは。あ、やっぱり自分相当な災難の中にいるのかもしれん、と相手の反応でふいに生々しく判って、つまりここで一瞬、否認が消えて、でも何も相談しないで勝手に千葉の病院でもう治療方針決めてそこでやる事にしているという、まずその報告から。そう、もし椎人先生だったら絶対大学に来いと言うに決まっているのに、私は身勝手。でもそれより何より、やっぱり病名があれやから、ガンではないけれどほら、調剤薬局でも膠原病って発音すると、ひらがなで書かれる場合があるほど知られてないから。だけど、でも、やっぱり、医者は知っている。「ああの、わたくし、ええと、実はですね」、お？　何も言ってないのに相手はもう医者的に黙っている。「あの、実は膠原病になっていたんです、ね」、「ええと、それでもう、方針を完全に決めまして、ね」、ていうかそこまで完全には決めていないけれど、なんかもうこれ以上動くのも嫌なんで、実際、今まで疲労感引きずって生きてきただれだれ人間だ。こんなに近くに病院あるのなら一生そこ行くに決まってるもんねえって安易すぎる？

「そして……いろいろ、あって、ですねえ、次は実は、なんか、筋、電、検、査、というものを、ですねえええええ、えええええ、と、ええと、痛いか、どうか、だけ」。「あのー、痛いか、どうか、それだけ、気になってええと、ですねえ」。そしたら近賀細子先生は弁が立つ理系。電話口でお子達も元気にはしゃいでいる。「ああ、はいー、はい、その検査はですねえ……うーん、……体に針を数本刺して二十分の間体を動かせないのですが、でも……針は年々細くなっておりますただ、ずっと二十分も静かにしている事は大変退屈ですので、なのでその間は何か、面白い事でも考えているしかないという、事で、ですねほほほほほ」、ふーん。受けなくてはいけないとぃぅ前提で話しているな。ていうか受けるしかないのだな。針が？　二十分？

結局それから毎夜、というか飽きるまで、多分三カ月程ずっと検索を続けた。MCTDの場合だけ調べれば、完全寝たきりになったり、壊死を繰り返したり、人工透析になったり、中枢神経に来たり、全身硬化を起こしたりという人は稀、とネットのあちこちでそうなっていて、まあ三叉神経に来たり無菌性髄膜炎だの低い確率であるらしいけれど、それは今自分がなってないからという全く原始的な理由で心配しなくて、ただロキソニンで誘発されてなるケースもある、らしい、あるいは誤解かもしれないけど一応その髄膜炎だけは気になったので大きい薬局で検索して貰った。医学サイトではイブプロフェンという名前しか出てこないのに、ネットではロキソニンでなったとあったから。

年相応に軽く白内障になっている私、目薬のために調剤薬局に行くそのついでに聞いたのだ。すると、――「ロキソニンはロキソプロフェンと言うくらいで、イブプロフェンと同じ塩基がくっついているのです、あなたのお使いになっているバファリンは判りやすく言えば系統が違います、故に、その髄膜炎の例を検索しても一例も出てきません」って白衣の眼鏡男子よありがとうね。

他、外国の製薬会社か何かが自社サイトに載せている詳しい医学辞典を見たら、混合性結合組織病においては、何年も無治療で寛解状態を維持する人がいるとあって、ああ、これもしや三十半ばから今までの自分？　って思ったりした。でもね、それだって半生の不具合だよ、遊びに行くのも涙の種、人に会うのも恐怖と試練、で暮らしてきた。後は家で仕事、出来るだけ安静、それが普通だった。なのにこれだけ病院通いしていたら、もうそれだけで過労で死んでるから。というか、軽症じゃない同病の方々が病院で待ったり通ったりするの、どんなに大変か。自分だってもしこの通院が新幹線とか、乗り継ぎ数時間だったら、絶対疲弊する。

ほら、検査の二日後検査、その翌日も検査、今まで、そんなのした事ない、なのに、なぜか今までになく疲れを感じない、しかしこのような事につまり仕事でなく看病でもない自分自身の治療に、私の特技ネガティブ働きを使っているだなんて全く初めてだ。

やれやれ！　この世の中で一番嫌いな場所病院、親が「別に強制はしないけど」させたかった仕事医者。そして世界で最も関与したくない物質、針、誰がなんといっても注射、小学校の時、脱走して日本脳炎の注射しなかった私。その私に対して、……。検査については、その痛みや弊害を書いてあるブログもある、また、受けて良かったとか、してくれないから困ったと書いてあるブログもある。胃カメラが怖く病院に行かなくなってしまう人もいる(のはリアルで見た)。でね、……、筋電検査は結局受けなくて済んだのだ別に脱走したわけじゃなくて。

しかしそのあたりが困惑のピークだった。ショックとは別腹の軽く厄介な不幸、その他には家の中でのたうち回る、住宅ローンの残った私という想像図も出て。でもそんな脳内より厄介かもしれないもの、それは、……不慣れな病院、まごつく窓口とまるで知らないシステム。そしてこれが死ぬまで続いても「慣れれば平気」、なはずの未来を忘れたまま、想像の中でどんどん膨らむ不安。かつ目の前の微難(って多分造語)で固まる私。あああ、なんたってお外が嫌いなんだよ、だってよそ行くと知らない人がいてばいきんが一杯で、怖い事知らない事出来ない事がある。叱られたりびびったりそれ以上に異様に疲れて、死にたくなってくる、皮膚に全てが刺さってくるようでことに指先はぴりぴりし肩は萎《しお》れるようで足は引きずり、故に人が側に立つだけで怖いんだよう。次から次へと起こる失敗不具合、足をぶつけ物を落とし息が切れる、何もかも間違えて目も眩んで。

そうこの微難の連続がまさに自分の「不幸」なのだ。積年、子供の頃から感じていた奇妙に深い悲しみ、ちょっとした事で「死んでしまいたくなる」。でもどう考えてもそんなはずはない。でもね、泣いたり叫んだりを今回もしなかった、だって。

普通悲しむところで私は一見けろりとしていて、その代わりに動揺し、次々失敗し怪我をしたり立てなくなったりしてしまう「わがまま」。もっと頑張れとずっと言われてきた、「講師に出てるだけ？　一週間にたった一回」。辛い時は「体を使えば治るぞ」と。

……故郷にだってずっと帰っていない私。遠出が疲れるので人に会わず帰ると再三言っておいてやっと帰郷した時、知らない人が沢山招いてあった。どこにも出ないで休んで帰るつもりだったのに、全員相手してその後で墓に行くと言われて冬の墓掃除を冷水でした。これでもう家に帰ったら倒れるか、いやせめて新幹線の中で休めば明日歩けるかもしれないと思っていて、グリーン車で帰ろうとし、……というかそうしとけば次の日も立って歩けるもの(高いけど仕事にひびくからね)、そして当時は自分でそんなくらいのお金は不自由なく持っていた。でも後ろからずっと身内がついてきた。「指定、指定」と肩越しに言われて無論、自分で払うのだけれどなぜか、どうしても事情が言えなかった「このなまくらもの」。そんな時は恐怖と絶望で相手を殴りたくなり自分が死にたくなる。だけどそうなる理由も自分では判らなかったし何もうまく説明出来なかった。文章の中なら読者には伝わるのに。ていうか、「おはよう、水晶——おやすみ、水晶」というエッセイ風の小説に使っている。

その他にも、医学書を見ると強皮症の症状がある人は夏でも家事にお湯を使えと書いてあるのだが……。

郷里で食器を洗っていてどうしてもあかぎれがでて指が割れそうで怖くて辛かった。お湯を使っていたら「あなたのためを思って」と言って冷水に変えようとする。必死で論破したら悪口を言われ相手に泣かれた。でも本当にそう、真夏に指の皮膚が割れ、指の先が裂けた、母の看病の時も。

私の病院恐怖症は子供の頃からだ、こんな私に医師にならなければなどと平気で言いきかせていた親というの、思えばあり得ない。さらにまた椎人君のような専門的な医者に大学病院をやめて三重県で開業しろとか言いたがる血縁。

母の看病の時、洗ったタオルを持って異様に痛む腰を(今思えばこの病だ)押さえながら、とろとろとろとろ病院の廊下を歩いていた私、……「お、その腰痛おかしい」、と椎人君だけがすぐに気がついた。結局、そんな医者だらけのところにいても、他の身内医者が何人来ても、判ったのは彼だけだ。「時間あったら、ちょっと調べるといいけれどな」。

あの時点で実はひどい胸痛もあった(胸膜炎は病院で感染した細菌性のものかもしれなかった)。でもそんな事だけではなく、いるだけで刺が刺さるような緊張感と辛さは、けして看病の嫌さではなかった(と思う)。感染するし怖いという感覚、そこには自分の居場所のなさも入っていた。

今の病院では居る間中、もうひとつの居場所のように私は平気にしている。これはケアの対象が自分だからなのか。患者ってこんなもの？　しかも、病院に慣れているあり得ない自分、いつのまにこうなったのかよく判らない。経過が良いから、という事もあるだろうし、井戸先生がソフトだからというのもある。医者は自分をわざと弱くして気配を消し、患者を安心させているのかもと彼を見ていて思う。話していると、時々気が弱くも見えてしまうのだ。が、治療や診断は強気で竹を割ったようだ。その他にも未だに、毎月採尿でパニックにならない自分、というのが信じられない。そもそも大学の健康診断で何十年ぶりかにそれをした時「発狂」するかと思った。無論採血もあったが、針を見ただけで「すーっと」なって。だって健康診断なんてそれ以前というと大学卒業時だ。なのに今、……「私の血黒くないですかなんか」。「いやっ、普通ですみなさんこうです」、とか言ってて平気。トイレは使い捨ての薄いゴム手袋を持参して平気。以前は病院に行くと違う自分になって、帰って来るしかなかった。

例えば四年前白内障になってから、一カ月に一度近所の眼科に行っていた。そこでソファで座って待つだけなのに、また感染だって目脂系の人には看護師さんがすぐ様子を見て注意する位気を付けている医院なのに、それでも私は毎度毎度、家へ帰るや否や靴の外まで拭いた。服も全部脱いで洗って、風呂に入って。

なのに今もっと大きいいろんな科のあるところに通っていても、……無論、膠原病は直接に感染したりしない。でもいくら自己免疫系のコーナーだからと言ったって風邪引きの人もいる。インフルエンザなら大変な事になる。それが院内でマスクだけして、平気でいて、肝臓が治ってからは通院日なのに、採血後、結果が出るまでの待ち時間(一時間半とか二時間少し超とか)に、院外へ出てお昼ご飯(天ぷらうどんかヒレカツ)とザート(ザッハトルテとかお汁粉)を食べる事の方が気になっている。つまり病院から出た体で風呂にも入らずに物を食べている(お絞りで手は拭くけど)。当然、医者に向ける視線も今までと違う。会っていれば安心だという感じになっている。そして身内の医師についても、たまにはこう思う。――「病院に住んでいるようなものだよねえ、椎人君は働いている間中、ずっとそうなんだね」。彼は、ずーっと病院にいて何十年もそこでトイレをしたりご飯を食べたりして労働する偉い医者って事？　大昔の会話をひとつひとつ思い出す。「お前、なんでユった事全部ずーっと覚えているんや、いちいち思い出してすぐ怒ってるやろ、俺だって一杯きつい事言われているのに」、と彼は困ってたが。……「病院では冷たい弁当、時間あれば食べるけど」、「なんでピザとか取れば」、「ちーがーうー、冷めてしまうものは頼めないんや、時間判らないやろ」、……「ずっと帰れなくて風呂も入らないと、体からふけの固まったような臭いがして来るで」。彼の持病はアトピーと目眩。肝炎にもなった事あるかもしれない。「親知らず？　そんなもの、悪くなる前に全部抜いた、体調良くなったよ」。「ＭＲＩ？　入るとすぐに寝てしまう、起こして貰うんや、どうってことないで、どこでも寝るから」。

まだ独身で大学病院の研修医だった頃の細子先生に「彼、どんな医者ですか」と聞いた時、「はいっ、……」、「怖いですか」、「はいっ、……患者さんに、大変、一番、優しい……です」。

小児専門の難病医である彼は患者以外の者にはとても厳しく、患者の親からは神様のように言われる。「椎人ちゃんはね、死んだ者を生かす、と言われているのよ、アフターケアも普通彼のようには出来ないのよ」、母は自慢した。彼の手掛ける手術は劇的に治る事が通常。昔救った赤子が十五歳になって手紙をくれる。

親戚が死病になる度、つまり病院での看病とか見舞いの時、椎人君と「すれ違う」。会えない事の方が多かったけれど、会っても殆ど口を利かなかった。男同士のようにライバル意識のあった子供時代から、知らない偉大な人になって彼はただそこに、彼を求める現場に出現していた。

……大げさで思い込みの強い俳人の祖母は「頼子が一番、この子は白雪姫」とか適当な事を言いながらも、自分の創作の時は私をたたき台にし、時に罵った。その一方「椎人は二番、努力家です」、だ。でも私は家の外に殆ど出なかった。彼は勝手に塾を探しテニスと体操で大会に出て、模試では全国に名前が出る程上位にいた。友達も百人を超えるほどいる。しかし少数だがいきなり彼と交際を断ってしまう人物もいた。

どんな時も、真面目にやらないのは「本人」が悪いと彼は思うのだ。また持っている言葉を使って徹底して逃げ道のない言い方を彼はするからだ。「ほほー、患者を安心させて殺してしまうようではあきませんなー」、「え？　糖尿病の人にあんこもちを、人殺し好きですなー、刑務所入りますか？」。まあ無論、私の方がずーっと口が悪いのだが。専門医になって大学に残るまではずっと不当な評価を親戚からされ続けた彼。十代になって、私が家でも学校でも眠ってばかりいるようになった頃、椎人君は私から顔をそむけた。出来ない、という事が彼には判らない。「椎人ちゃんはあなたに絶望したのよ、もうつくづくうんざりしているわ、無残よねえ」、滑り止めの私大工学部が補欠だった時、母は言った。

今はもう彼と会ってもあまり口を利かない、その理由さえ判らなくなってしまうほどに子供の頃から続く感情のもつれ、そこに積もった埃も歳月も一緒に凍結されている。

誰かがガンになると、それは母方の場合最悪のガンで今時でも治らない部類に入っている、しかも遺伝的なものだった。一方、父方のは切れば天寿を全うする(丈夫な父方はそれさえ滅多にならない)。ガン、どちらも、椎人君は必ずなんとかして「見舞い」に来てくれた。多くは、外国の有名病院から時差ぼけの顔で、或いは国内の大学病院から手術明けの不眠顔で。別にスタイルいいわけでもないのに「ダンディですね」とか同性から言われるがっしりした体。そして、病院なら彼は優しい声も出るし、というか、北斗の拳みたいな両手をなぜかもみ手態勢にしてすーっと病室に入ってくる。するとそこにいる初対面の医師に衝撃が、というか時に恐怖が走るのだ。知らないお医者さんに彼のいる病院の名前をけして言わない、そして大学病院では一層言わない「関係者て判るといい事ひとつもないでしょ、怖いケースとか最悪の場合をがんがん教えて来るし、確実すぎる方法で手術されて、その上入院期間は倍にされますで、ほんま、こっちも死ぬ程気い使うしかないし」。て、これはよその医師から、一般論で聞いた話だけど(本当?)。

母が腺ガンと判った四月から九月まで、自分は母と居たかったからいろいろ我慢した。毎日通って、最後に一日、椎人君の勧めで休ませてもらった。料理好きの母の最後の食事をなんとかしたくて毎日手料理を持っていった。桶にお湯を入れて垢をこすったり、看護師さんに内緒で下半身をシャワーで洗うのを助けたりした。トイレ介護や座薬を入れるのも始終やった。でも母は椎人君さえいれば良かった。「椎人ちゃんはね、私を抱え上げておトイレまで行ったの、そして紙が切れていたら二の腕にお湯を掛けてふいてくれたのよ、あなたに、出来る?」。

週一で来る椎人君に教えられ、私はタオルとお湯を使って止まらないはずのガンの咳を止められるようになった。それを教えた椎人君はやはり、母の胸の一番の救いの神だった。とはいえ叩き方にはコツがあるらしく彼にも他の人にも出来なかった。

でも母は最後に、こう言っただけ。「咳?　止まったふりをしてあげただけよ、騙されたのねあなた、料理だって点滴になってから無理に食べなくてよくなって本当に楽だわ」。そもそもいつも咳が止まるや否や、私の目をちゃんと見て、「椎人ちゃんのお布団とおやつ、出してあげて」。

ある時、母の頭が暑いというので片手で、ずーっと少しずつあおいであげていた。何十分も。「お前がしんどいの判ってるよ、でも自分が楽なものやから、……我慢強いねえ」と珍しく母は私を褒めた。でも椎人君は言った。「あかん、心臓に悪いんや、少しならともかく」、私が母の肩をさすると楽になる時があった、「ほーら軽くなった」と二人で、笑っていたら、「なってない」と「医者」は言い切るしかなかったのだ。

モルヒネ点滴になってからはトイレで支えるのが恐怖だった。もし少しでも管が狂えば……しかも看病する私はもうあの頃胸が痛み、跛行し脱力していたのだった。椎人君の来ていない日、「おいタオルが落ちたぞ今拾え、おい気が付いているのか」と後ろから身内の見舞い客に言われて、頭の中に窓から飛び下りる自分や家に火を付ける自分が湧いてとまらなくなった。

彼がいたら怒ってもらうのに、と看病中はいつも思ったけれど、でもどっちにしろそうした過去の話というのを彼は聞かない。「うるさい！　お前はあたりやすいんや」と言われるだけで。

母の病名を聞いたとき、泣かなかった。看病の途中で「やっぱり母に嫌われていた」

と思ってひとりで号泣した。「泣いた」と椎人君に言ったら「どこまでエゴなんや、患者の事を考えてあげるべきなのに、もう看病やめて帰れ」と怒鳴られた。

看病の間中母は何かくさい臭いがすると私からだと言った。干してある私の下着が気に入らないと言って信じられないような悪態をついた。しかしそれはガンの苦しさを考慮したら「なんでもないことやろ」。

「子供がいないから看病出来るわけでしてね、まったく子供の世話があってここにいない方がよっぽどありがたいわ」。女性が見舞いに来る毎に母からそう言われた。手足も体も少女のように小さく、腹を立てた時こそする赤ちゃんのような陰のない笑い声で、声替わり前の男の子のような高い声で母は……。

無論、その見舞い客は父方の叔母達なので大声で笑ってウケにウケるか一緒に泣きそうになって母を気の毒がった。だがそれでも、私がしたような看病を自分も受けたいものだ、と叔母達の何人かは母の死後もずっと本気で言った。

最後に、とうとう母は私にお礼を言うようになった。でもその時点でモルヒネが入っていて、時々私の事が判らなかったかもしれなかった。

「無神経のいじわるじじいが隣にいる。知らない中年のおばさんがベッドの所に来た」とか言うようになって、やがて果物でもなんでも麻薬の力で、「おいしいっ」と言って食べるようになった。一番終わりの前の日、「おいしかった」と指をくわえて、こちらをじっと見て、母は私にお礼を言った。死ぬ直前には「おかあちゃんゆるしてね、とうきょうゆき、おねがいね」と。

だが結局私は母の死に目に会えなかった。夜家に戻ってすぐ電話が掛かってきた。母の亡骸に着せる服を選んだのは私。でも、毎日通っていても、……私のいない時に死んだ。早くに死んでいくお母さんを許してね、って確かシンデレラの母親が言うのよなと、どっちにしろ似合わない事を思った。四十歳で母と別れるのは確かに少し早い。

病院に通った四カ月間、私はずっとムショにいるみたいだった。価値観の違う地獄で何もかも疑われ監視された。健康で体力のありあまる人々の中で、嫌われながら。

初七日が済んですぐ東京に戻った。胸の激痛は一カ月は続き、数百メートルにタクシーをつかった。もう故郷には帰らない殺されるから、と口に出した。つまり椎人君だって、その故郷の一部なのだ。

……針、針、針、二十分、と思いながら、びくびくと私は病院の廊下を歩くしかなかった。ところが、筋電検査の前に機械を使わない簡単な検査をする事になっていた、らしい。聞いてなかったけど、それで言われて、診察ベッドに寝た。この時点でキンのデンは絶対にやるもんだと思っていた。でも「これ、やってもねー、出ないかもしれない、CRP低いから」、予約を入れてくれた井戸先生までその日言っていた。そこでリウマチ科ではなく内科に行ったのだ。すると、……。

「私は古留地《こるち》と言います、よろしくお願いします」と若く見える男の先生(実は院長だった)が上からではなく、丁寧な感じで挨拶してくれた。靴を脱いで横になると額に指がおりた。きゅっと力が掛かる。こんなのでも結構、強い力で顔を押せるものだね。「はい！　これで出来るだけ起き上がってみてください、……あれ！　それだけなの？」。頭を上げる、でもじたばた。「これは、腹筋の検査なんですね、じゃあ、……こっち、逆らってみてください」。

靴下を履いている足の先をきゅっと持たれて私は出来るだけ押し上げる。ジーパンの膝の下に医者が腕を入れる、やはり逆らって足を思いきり動かす、筋力がどれくらいあるかを機械なしで調べるもの。逆らいつつ返答する。

「あ、腹筋？　でもそれって、……昔から弱いですよ子供の頃から」。そう言えば小学校の検査で背筋力とかが人の三分の一しかなかった事があった。急にそうなっていたのかやり方が判らなかったのか。ていうかそれどころか、小学校の運動会で急にどうやって走るのか忘れた事もあった。仕方なく馬みたいにしてぴょーんぴょーんと飛んだら、ウケた、そこでひとつ手でも振れば「英雄になる」かもだがそんなのしなかった。ただなんか走り方を急に忘れたのだよ、または出来なかったのだよ、……おお、医師って私に関心を持った応答をするね。そりゃ患者だからね、私。そして、医師はなんか驚いてみせるね？

「え？　腹筋は昔からなの、でも、足、強いねー、腕も、あれれ、こりゃあ強いねー」。

「は？　でも、そんな事言ったって今、灯油のタンクだって少しなら運べるよ私」、「えーっ！　ええ？」。

強いという言い方が自然なのでつい得意になり威張る。しかし驚きマックスだね。それになんだか腕相撲でもしているよう。ただ、そういう自分はやや馬鹿っぽい。新しいけど安い靴下を履いてきたのも後悔。もっといい柄がってどうでもええか。しかし対人でこの私をこんなにも呑気にさせているのだ、この医者は若く見えるけどたいしたもの、って普通？

「そうかー、だったら、例えば、今までと比べて、ええと、例えば洗濯物干す時とか疲れ易いですか」、「うーん、急に悪くなった後、むしろ痛いけど普通に戻っている、ていうか……」。

「でもこれなら全身の筋肉ＣＴで十分かもしれないね」。え？　針、なしでいいの。

「じゃ、これ持って」ってまたクリアファイルを渡されて「全身の筋肉ＣＴ」を撮りに行った。そんな中で。

私は最後に言われた言葉を繰り返していた、頭の中で、呆然として、だって。

びっくりだよ、こちらを見ながら彼ゆっくり言葉を選んで一語一語発音したのだけど、師長さんに最初話した内容も井戸先生に告げた事もよく知っていた、ばかりか。

「今まで……、お仕事もして……、お世話しなくてはならない、ものもあって……、ずーっと、頑張ってこられたのですねえ」と。それはかつて言われた事のない言葉だった、だって誰が私などによく頑張ったと言うだろう。大地震の時、被災者まで頑張らせようとするこの国にいながら、私のように許されない褒められない、いつも笑われ疑われる甘えた人間を。

そう、で、その後は安心してしっかり甘えてた。ただその筋肉検査の結果が怖いもんだからびびって固まってはいたよ。で、結果の封筒、ていうか防水シートみたいなもので出来たでかい袋を渡されて、小さい窓口の受付を済ませようとすると人がいない。じゃあってそのまま診察室に入ろうとすると——前に番号札をずーっと押し返してきた人がまたいて、たまたま止めた。廊下の椅子に座って待つしかなかった。なぜか？　受付が採血を手伝っているからである。窓口が留守なので私はここで待つ。ね？　そして採血中の相手を呼んだりしてもいけない。だって私がいらいらしたら、針がすべるだろ？　わー怖いようってなんか血の気が引いてきた、するとふいに、あれ？　腕相撲の相手が診察室からすたすたと出てきたんだよ？　「どうしてそんなとこ座ってるの、入ってくればいいのに」。

「強いねー」の人としか実は覚えていない。その日しか会っていない。彼が診察室で写真を覗き込む顔はちょっと暗かった。真剣という事か、それとも……。

「あ、ほら、……これ思った通りですね、年相応の筋力低下はあるけど、それだけなんです」。私、もしかしたら、「強い」、「丈夫」、不屈の文句屋ですが、……何か？

筋電検査をしなかったからとは限らないけれどなんかそのあたりから楽になって来た。その翌朝、起床時のトイレを我慢して食事を抜き、肝臓ていうか腹部エコー。診察券と予約の紙を受付に出す。ところが病院に行くと、「検査は来月です今日ではありません」と窓口で言われ、師長さんがくれた手書きの紙を見せて「そんなはずは」と言い返す事になる。奥からいつもの笑顔で彼女は出てきてくれる「だいじょうぶでしたか」、「だいじょうぶでした」。「だいじょうぶでしたか」、「はい、だいじょうぶで」。反射的に安心し、教えて貰ったエコー室に行くと予約は入っていた。ネットと寝起きのせいで、ついひとり言……「ええっと、心臓のエコーだったっけ」、「え、え、なんです

か ー！」と検査の人が驚愕して何度も聞き返す。

廊下にハロゲンヒーター、室内は暗くジーパンを少し下ろす。そう、腹部エコーだもの。お腹に冷たいゼリー、人間は腹で出来ているってたちまち適当な結論。さて、「お上手ですね、とても、お腹をうんと膨らませてください」、と。体に何かころころするものをあてられてそのころころのご都合に合わせてお腹を動かしてゆく。腹は減っていてもトイレ行きたくても、この検査はそれでもともかく、針がないから快適、血採られなくてラッキー。「ほら、お上手です」、ほほー？　うふふふふ？　私って本当に天下の検査名人？　いや、違うね。ふん「きっとみんなに言っているのだわ」。すーっと後から白衣の誰かが入ってくる。暗い、判らない。でも、……。

「脂肪肝かなー」というマスクした井戸先生の、気配消した声。「やっぱり脂肪肝」、なんか周囲の血管とか脾臓も見ているぽい。お勧めが決まってからした検査をふと、思い出した。あの時、確か十年振りにレントゲンを撮ってこう言われたのだ。

「あなたはガンでもない、結核でもない、膠原病でもない」って。その後学校から通知が来て「脂肪肝です」、「禁酒して一、二キロ減量した上で、再検査する事をお勧めします」って。

膠原病の検査って普通しない、多分滅多にないから。学校でも一度もした事ない。つまり近賀椎人に言われたのが最初。無論学校の検査に、膠原病向きのものって項目はなかった。ていうことは任期終えたら「うちにも来ない？」ってもう言っている余所の学校でも「あなたは膠原病じゃない」って診断が来るかもね。はしかの抗体とかは調べられたけど。じゃ病気なの黙って教えちゃおか、でも、結局悪化してばれるのかな。いや、もう薬だけで「普通に」動けるから。

　マイナスの体に与えられる、或いはそれを克服する精神力、笙野病のつまり、私個人にはそれがあったと思う。というかもともとの体がきっと丈夫なのだ。父方の身内には数日の徹夜に耐える医師もいたし、そう、父方ならば初産十五分、あるいは四男一女を出産、みっつの病院を設立経営した女性もいる。もしこの病気さえなければ、私は異様な体力を誇り、文学どころか本など一冊も読まずにテレビドラマを見て泣き笑い、子供を十人産んで一生を終えたかもしれなかった(なーんちて、んなはずねーか)。

　ずっと引っ込んでばかりいるように生きて居ながら、一旦外に出て人前になると、私は怪我を隠す動物と同じように元気にしていた。重いものはわざと持ち、大声で授業し、心でため息をつきながらせっせと席を譲り、書く「戦い」に出た。帰って倒れさえすれば誰も気付かない。五年で十四キロ「健康的」に痩せた。「朗々たる声ですね、すっきりとされて、天職じゃないですか」と人に言われて。でもその一方、……。

学生は不思議がる。「先生そこ風冷たいですよ」、「なぜ階段なんですか？」、「先生それ決定押さないと再生しませんよ」、ボタンをぎゅーと押す。ていうか押しているのに、——ステロイドが効くまでは自分がボタンを押し難い関節筋肉になっている事さえ、気が付かなかった。

結局今、彼らは病名のある私を心配してくれている。でも今までは自分だけでは本当に判らなかった。一定の、少ない力を使い果たせばもう、テレビも見ていられなくなるほど脱力し布団に倒れて長時間過ごす。猫の世話だけする。なのに治療後は「歩く力も音楽を聴く気分も」戻っていて、——その年の四月のガイダンスの時、黙っていようと思ったはずなのに、そこで、文学の場所で新入生と「同僚」を前にして、本来授業内容を説明する場所でいきなり、——予想外に私はこの件を「お知らせ」してしまったのだった。それでクビになるのなら仕方ないのかと思ったがならなかった。言いたい事言おう、というふっ切れさえないまま、言いだしていて、「私は人を傷付けるために言うわけじゃない、だったら言う」と。

何も考えてなかった。ただ「文学とは」って言った、なぜか、お勤め三年目のおばちゃんだけど、小説を書く授業を私はする「教授」だから。文学と他ジャンルを行き交う芸術論や芸術作品を提出する事によって、修士になろうという学生に創作とは何かを教える仕事だったから。文学は根本私小説だ、私小説は私だ、とそこまで極端に考えてるわけじゃないけど言葉は続いた、「文学とはなんだろう、それは全身性の病である、混合性の症状である」って。

病気に対して不謹慎？　誰の？　私の症状だよ、私が語るんだよ。学生はずっと聞いてくれて、「同僚」も同じように仲良く接してくれて。その夏にはまた「来年も遊びに来てくれるかな」という形で「今後の契約」のお願いもあった。治療開始からまだ二カ月も経たない時、「五年後は元気です、十年後は……多分、ええと」とつい、その時点で知っているデータを元に言ってしまった、でも、結局「肺」はどうなるのか。十年と言った時ちょっとだけ声がもつれて、生存率八十パーセント(二〇〇七年データつまり、今はもうちょっと生存率高いはず)、ただその時。

私がどんな顔をしていたか自分では判らない、周囲はもう全員忘れているかもしれない。覚えている人はそれを定型の中に回収して、慣用の言葉で切り取るかもしれないし。

通勤にタクシーを使う事を偉そうで誤解されるから出来るだけやめようと、前の年随分頑張っていた。四月はもう薬がきいて家事はがんがん出来たけどまだ外出時の階段等危険な程ふらふらだったので、結局最寄駅より手前の勝田台から車で帰った。

特急駅までタクシーで出るのをずっと地元の人間から不審がられていた。私の本もよく読んでくれるのだが、むしろ論敵の方の熱心な読者、複数のサイトに(多分一人の人により)笙野は金がないように言いながら家から特急駅までタクシーを使っているどうなんだろうか、と繰り返し疑問を投げかけている。でもそれは私が無意識に自分なりに症状と付き合ってきた結果である。怪我をしたり仕事出来なくなったりするよりいいからそうしていた。

呼びつけてくるような偉い人とは交際しようもなかったし有利な仕事でも出来なければ断った。飼い主不在だけで吐きつづける、絶対依存猫ドーラのためもあった。が、今思えば、ドーラはそうして私の体を守ってくれたのだ。外国だってドーラが怒らなければ出掛けて異国で入院する羽目になったかもしれなかった。また寒がりのドーラは、実は冷えが大敵の病気を持つ、私の悪化を防いでくれたのだ。

「人気もねえのに忙しがるなよ」、「流行作家気取りかよ」、「痛い痛いって元気じゃん」、「やりたい事だけはちゃっちゃとしてねえ」、「なんでひっこんでんの金儲けで忙しいからかあ」、「大金儲けてるんだよねえ、タクシーつかっちゃって」。

少量のステロイドで元気になった自分は、歳より老けたおとなしいおばちゃんである。

今思えば風邪、神経痛、何もなかったのだ。ステロイドを飲んでいるのに傷の治りも割合に速い程で。ただ困るのは集中力だ。創作にも授業にも工夫がというか、時間と準備を要し、また何よりも。

薬で抑えているから「なんでも／できる」。でも病気は今までにないほど増悪している。最初楽に動けるので有頂天になった。しかし本当は休むべき時かもしれない。

今まで、痛みや苦しみが増すほど、私は代表作を残してきた。短期間で「水晶内制度」や「金毘羅」を書いた。見る夢がそのまま描写になって行くほど、肉体と精神は連動した。

「金毘羅」を書く前後仕事に集中すると鼻血が止まらなくなった。それらの最終章を仕上げようとすれば「鼻血を出すしかなかった」。しかもその瞬間を待っている間の実況を作中小説にし「鼻血待ち」という題名を付けたりした(血小板減少等あったかもしれない)。『片付けない作家と西の天狗』という短編集の、「猫々妄者と怪」という短編に入っている。

心身が同行するように書く私の文、外から見た時、その時点では何のエビデンスもない表現である。なのに少数とはいえ読者はいつも、生々しい説得力をその中に見てくれた。根拠なければこそむしろそれは普遍性と抽象性を持った。不発含めば論争歴も二十年越え、言論統制の度、「言葉の血栓が詰まる」などと「一、二、三、死、今日を生きよう！」にも知らず知らず書いた。ところが本当に血栓の出来易い病気なのだ。精神的嫌がらせを受けた時も、心より先行して体がやられた。その後さらに次々と「神経痛」、「歩行困難」もひどくなって。

個人は孤独でいても、社会的存在である事が可能だろうか、それはマルクスとフォイエルバッハの見解の相違の重要なるものだ。個体は孤独でも人体は普遍だと私は思う。そんな身体が孤立しても心に言語という名の社会が存する、とフォイエルバッハは言う。そんな心身の同行具合は、ひとりでいるしかない私の心身を、記述のベースにした小説によって追求されていた。要するに私はフォイエルバッハの側に立つという事だ。体は心なのだ。心は言葉を生む。心身の通い道に落ちた言葉を、私は拾ってきた。

その延長線上にまた最近の「猫ダンジョン荒神」や「母の発達、永遠に／猫トイレット荒神」などの荒神ものがある。

でもね、そうすると……フォイエルバッハが判るのは膠原病の人間だけなのか？　まさか。健康な人間の内面には何もないのか？　個人の身体に特異性がないのが正常なのか、いや、病気はある。そして隠れた病気を書いてもそれは人に通ずる。また、人間の所有が個人を規定するという観点は可能であると思う。そこから言えばまさに私のこの病気は私自身を規定して、私小説となり、妄想小説となり、体の声はそのまま作品になっている。

前年八月半ばのメモ、「うで上がらず、ひざ上がらず、よろけきけん、いたいいたい」、「食欲なし、くるしい、あつい、しんどい、さけびそう、やっときづいてバファリン、K社からTEL」。ただ絶対に言っておく、そうしてやった事は全部楽しかったし、会った人は全員親切で好きだったし仲良くしてきたよ。沢山笑って、食べ物は全部美味《おい》しかった。パーティではメロンケーキ二個も食べた。一個は人に上げようと思って取ったのだけど「クリーム禁止」って断られた今、やっと判ったの、その人もステロイド飲んでいて、私よりずっと量が多かったの(涙)。

私の生活をさも見てきたように(現代作家の生前に)いろいろ書いているあつかましい嘘本が複数出ているわけだが、無論誰も私の持病と生活の不便についてなんか、ひとことも記してない。見てきたように親友みたいに元夫みたいに勝手に書きながら、当然の悪意で、あるいは無意識に人を見下しているだけで。

持病オッケーの保険ってあるけれど高い。なのに生協にむしろ掛け金も普通の保険の半分位のがあった。入院二千円のに無事に入れた。だって今後、もし入院でもするとしたら……個室に入れれば仕事出来るだろうし対人ストレスもないだろうから。無論行動不自由になるのも怖いけれど当面は入院の大部屋が一番怖い。さて、「もし良ければ、どういう事情ですか、教えて下さい」と生協の人は聞いた。「膠原病の軽いの検査入院さえしない程に」と答えるとすぐに納得した。

今はなんとなく通院には慣れている。どういうわけか廊下にいて、家より気分が安定する事さえある。外来前日は無論不安なのだが、採血を済ませると落ちついてしまう。電子カルテになってから混乱は減っている、窓口も顔見知りが出来て誤解も解けて。何よりも、ここに来れば「同じ人」がいる。——

「近県からも患者の来る混雑した廊下」、「関節リウマチ含み千二百人の膠原病患者、常時三十人は入院していて」、「全身性エリテマトーデス・SLE患者百五十人」、とも。ならば有病率だけで推定すると私のMCTDは……？　ただ、これでもきっと少ない。例えば、同じ日に来ているかどうか？　しかし歩いていて同病の人とすれ違う機会は、私の場合、多分ここだけであろう。別に「そうかも」と思っても声はかけないけれど。この廊下に来ると、検査の結果は不安でも、その場では落ちつく。

でも「同じ人」って何？　同じ境遇だから？　いや、むしろ利害も対立するだろうし、結局は知らない人なのだ、つまり事情も収入も政治的立場も全部違ってて言葉だって通じないかもしれない程、なのに一面、同じ医学用語を使用する世界というだけで妙に穏やかになれる。

ひとりひとりの症状は違う。同病の中の孤独、でもそれを感じるのはむしろ闘病ブログを読ませて貰う時。そしてこの廊下で黙っている時も一緒にいる感は発生してない。地面に輪をかいてその中にいる。ひとり住まい歴四十年にもなるから、今までは何をしていたって地面の輪なんて見た事もなかったけど。ここにはいくつもそんな輪がある。

ここは取り敢えず自分が「うわっ」とか「……」にされない場所。難病が全部日常と繋がっているところ。

ここに来ればむしろ体はさっと動き、物を考える速度も普通になる。家に帰る時は、違う人込みの中であるけれども、検査明けに一応安心して外食したり買い物も済ませたりするし。だけどそんな中で。

共感してくれ手紙をくれた読者はこれからの私をどう思うんだろうと、思うくらいはいいよしかしね、時々ふと思うの、「うわー、あたし、なんびょう、なんだー、やー、やーっ」て。要するに「自分で自分を拒否する状態」ね。

さっきのは地面の輪、でもこっちのは地面に一本の線を引かれて、その線の内側にだけずっといるようだ。なんでもないのに、今までと変わらぬ日常なのに、病気の正体が判って症状が取れるのに。でも、なんか皮膚の下にエイリアンいてる、体をうちゅー人にのっとられてそう、とか。

読者は今まで私の世間では通じない言葉を受け取って、自分で楽譜を歌う人のように想像し共感してくれていた。笙野頼子の個人の周辺をぐちぐち書いた、或いはそこから妙に壮大に発展した空想世界を読んで、使用して、そこから世界経済や核を見たり、言葉そのもののリズムを楽しんでくれた。私のはマスコミで通じない言葉なのに読者は個人の内面やむしろそれぞれの違う体験を媒介にして、言語に向かう想像力をお互いの道具にして、世の中に流通させてくれた。このように、個人が個人を翻訳して、「誤解」が発生すればこそ仲良く出来た。でも、――。

でも、これからはどうなるのだろう。忌避されるという事はないと思う。ただ、無意識にさーっとスルーされるかも、無論それは今までだってあった事だ、論争のたびに、とはいえ、これからは未知の医学用語として避けられるのか。やれやれ、せっかく直接描写の、まじものの私小説に突入してみたのにさ、或いはエビデンスがない事で私は今まで普遍性と抽象性を獲得してきたのかも。だがここに病名が付いた自己免疫の不具合、これによって、「私は健康なんですがでも笙野さんは」とかなんでも保留されてしまう仲間外れ？　いえいえいえいえ、ま、どうかミステリーの解決編と思って、思って、私はずーっとここにいるから、同じところだから。

病院の待ち時間は今のところ周囲を見たりぼーっと考え事したりしているうちに過ぎてしまう。ていうか家にテレビあってもネットしか見ない私にはここの廊下の付けっぱなしのテレビが珍しくてならず「そうか、これで洗脳されるのか」と言いながら結局夢中で見ている、首を振ったりして。要するに私は薬が効いていて平気だから、座っていられる。でもステロイドの効かない人や、重症でなくとも疲れる人、実際に跛行してたり、ひとりで車椅子にいる人もいる。例えばここにひとつソファか何かあれば、とかコロコロのついた小さい椅子でも押して歩きやすいものがこの廊下に常備してあればいいのかも、と思う素人考え。まあでも患者さんはおおむね、静かに待っている。

……中年の女性はひとりで来ている人が多いようだ、若い人は配偶者や母親といて、高齢者は付添いの必要な方も。しかしそのあたりをすたすた歩いているのは或いは私だけかも。ＭＣＴＤを例に取れば、男女比は一対十五とかで女が殆どだ。結構長い待ち時間だけど本を読んでいる人は少なく、携帯も持っていてもまず使わない、お喋りもまれ、内容はほぼ「待たされるわね、いつまで？」という類のもの。「なにもしてない」を書いた時は、開業医の小さい待合室で会話も半生を語っている人がいたけれどこの廊下は静か。ユニットボックスに一応マンガとかあるけれどあまり読んでいる人もいない。

患者さんは同世代かその上の同性が殆ど。真っ黒に日焼けしてというタイプは無論いない。易疲労があっても毅然として、なおかつ周囲に細かく気を配っている同年、とても良い印象。不思議と、私のように鼻が低く瞼の腫れた女性はほぼいない。モデルかスチュワーデスかというようなスタイルの若い人が通り、お洒落をする人は完璧にしている。でもステロイドの(まだしも軽い方の)副作用には、中心性肥満とムーンフェイスがあるから。なおかつこの病気には食べても食べても痩せる場合もあって。

待ち時間の文句を言っている人はいても、薬の減量が遅い等言っている人は見た事ない。同じ廊下にいる他人様の症状を忌まわしそうに告げ口しながらこっちを釣ってくる人物は一度、「あー、そーなんですかー」と異様に愛想良くして黙殺した。

ステロイドは三月一日から、四週間二十ミリ、その後減量して十週間十五ミリ、六月から肝臓が良くなって十三ミリ。

近賀椎人先生に告げたのは薬が効いて、寛解直前の頃にやっと。気が付くと私は謝っていた。でもそれは本当になんとなくだ。しかもなんで謝るのか自分でも不明。

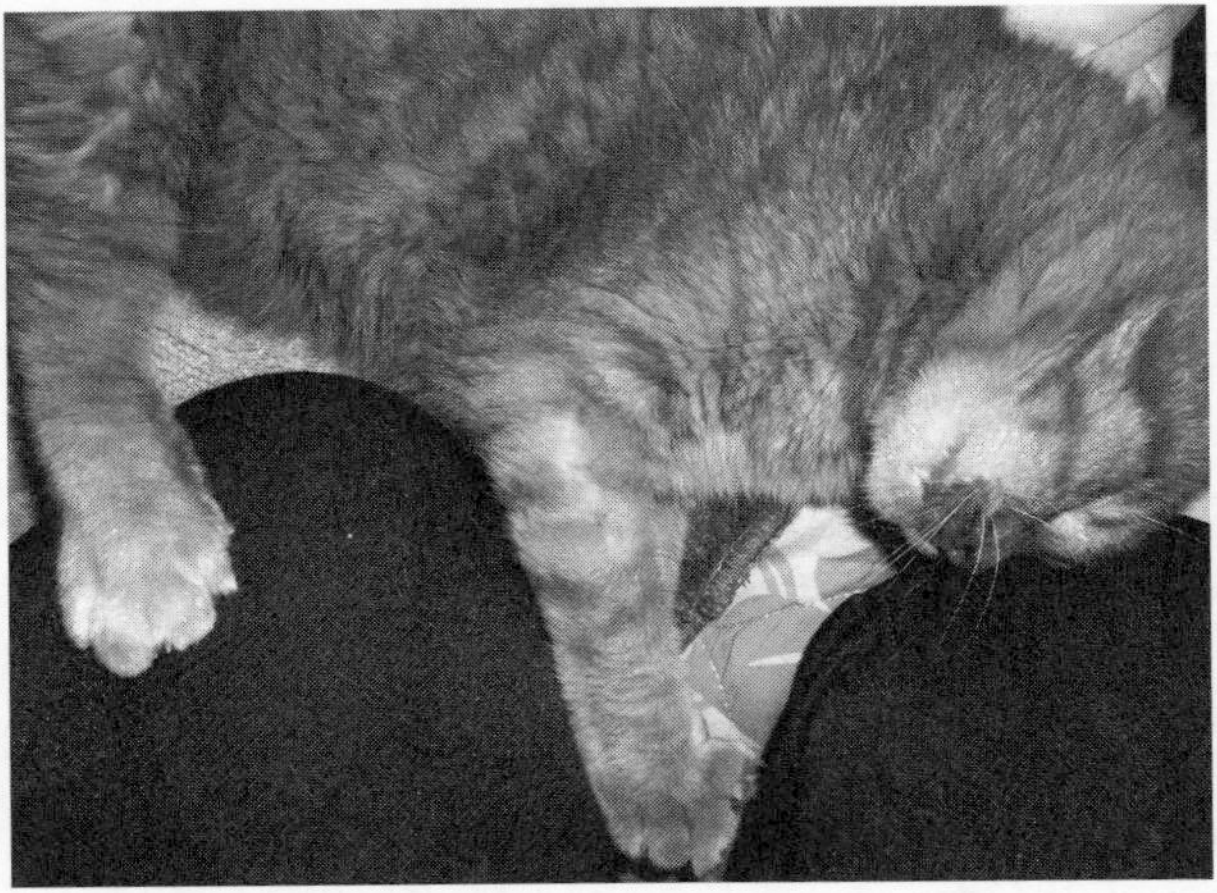

3

……はい？……え？……ふぉ？…何？…これ？ コレ？ これこれ？ …ちゃっちゃ？ らっちゃ？ ちゃらら……らっちゃ？ ちゃっちゃ、ちゃっちゃち ゃらら？ らっちゃ…ちゃっちゃ？ ちゃっちゃっちゃらら、らっちゃ ちゃ、て……そう、ステロイド副作用(但し作者の場合は二十ミリ服用時のみ)のひとつ、要は不眠ちゃんの「煽り」ですね。つまり眠れない笙野病の夜はこんな感じ。

三月一日開始二十ミリ四週間、三月二十九日から十五ミリ十週間、六月七日から十三ミリに、寛解、その量で治療一年目。

「なんでも／できる」、私になっていた。寛解の六月、診察室に入ると井戸先生は散髪したての頭、それまでの不眠不休感が少しだけ薄くなっていた。病院の中の理髪店かな、と私は勝手に思い、誰か重症の患者が無事になったのかとも。

でもいくら中等症だって膠原病の中でも有数の判りにくさと幅がありすぎるＭＣＴＤ、

混合性結合組織病の患者がここにいたのだよ、なので、もしかしたら私も結構心配かけてたのかなー、とも一瞬思ったり。ともかく、「とくに、……問題はないよーですなっ」と先生はいつものキャラが妙に薄くなってその分落ちついた声。自分の生命縮めて患者生かしてる、と思える医師の声が低い以上、私は多分もう助かるのだ。

ＡＳＴという普通は肝臓を見るはずの数値で筋肉の悪化を私は計られていた。極端な話、少し運動をしただけで全力疾走したように筋肉が壊れる症状。多分、それはステロイドで抑えられたのである。同じようにして関節の症状もこの薬で抑えられた。少量のステロイドがよく効くケースというのはこういうものらしい。

重い物が持てる、痛くなく歩ける、そんな回復の他にありとあらゆる、細かい動作に、改善が見られた。例えば今までならお菓子の袋の口がなかなか切りにくいし無理に力をかけようとしてもただ袋ごと地面にすぽっと落ちてしまう、あるいは一気に破れて中の菓子が飛び散るというのが普通だった。

他、レストランの重いドアを押しても開かない、でも閉店かというと店内では人々がうまそうにスパゲを手繰っている。また、贈答用のワインを選ぶのに瓶を片手で摑んで引っ張り出そうとして、おや、また万引き防止で針金を付けたのね出て来ないんだもの、と思ってよく見るとそれは安いワインで特に針金でなど縛られてはいない。

細かい事だけれど私には年来、しばしばなんとも言えず嫌なこういう不具合があった。災難というと大げさだけれど自分でも原因が判らず、年来辛かった。

ところが今、この年になってそれらが激減した、むろん「大技」の方も、歩くのも動くのも殆ど困らないようになった。痛み、強張り、脱力が軽減していった。それはしばしばぶり返しはするのだが。調子よいともうまったく驕りの頂上、我が世の春と言える。それも一週間で診断確定出来、痛くない検査だけ、最速で治療が始まって程なく寛解した。どうせ運は悪いんだし先は判らないけれど、取り敢えず病院と科の選択は間違ってないもよう。紹介してくれた一般医まとも。ていうか、要するに井戸先生名医、自分的にはそう。

だってその六月、いつも具合悪かった嫌な光線の季節、紫外線を避けるようになったせいもあって、薬の効いた私は無事に学校の階段を昇り降りしていた。荷物も無事に持ち家の中は少しだが片づいてきた。筋肉と関節にこの薬は効果があり、ただ強皮症の指や皮膚には効かないかもしれない。でも私の場合ＭＣＴＤ、混合性結合組織病の手の腫れには効いたようだ。

薬を使わないで様子をみるという選択もあったらしい、大昔、多分初発の時に少量服用して無事だった事を私は言った（不安なら知り合いの医者にセカンドオピニオンを求めるだろうという事で副作用等の説明はなかったのだと思う）。というか、医師側から見れば二十ミリからというのはそんなに心配な量ではないのかもしれなかった。

「使わないという意見はあるけれどね、僕はこの、手の腫れを取ってあげたいと思って」。

井戸先生はほとんど触診をしないし聴診器も使わない。皮膚も遠くからさっと見て判断する。ただ二十ミリ二週間後の手指腫脹改善直後、両手の指の腹全部を真剣に揉んで確かめてくれた。「ほら、ここも、ここも、しわがある、腫れが引いている」。すごーい、着ぐるみから人間のカタチに戻ったわい、と私がふざけると先生はちょっと困って「し、しわのある、手に戻ったねえ」と言い換えてしまう。それから一年、この腫れはまれに薬を忘れると少しぶり返すが概ね正常な輪郭になっていた。ばかりかこ一年でさらに正常化し、つまり爪がどんどん大きく見える節のある指、そして指先にも歳相応の縦皺まで出て来た。「先生、そう言えば巻き爪がなくなりました」。

ＭＣＴＤ患者の多くにある爪の甘皮の上の黒点がなぜか私にはない、それは血流が指先まで行かず、爪のところで止まってしまうために出来る血の固まりらしいのだが、ＭＣＴＤ患者でなくてもたまにある時はある。ところがこれがルーペで見てもない。膠原病の多くの症状はこういう血流の悪さから起こるものらしい。

レイノー現象も血管の収縮から、肺高血圧症は血管内部の肥厚から起こってくる、らしい。しかしレイノーはステロイドではなく血管拡張剤等で防ぐ、らしい。

とはいうものの、どの治療がどんな文脈で行われているのか、全身との関連、副作用との関連、数値の読み方、私のような患者にはちんぷんかんぷんだ。手の腫れをとる事の意味も多分井戸先生には判っていて、私には判らない。

膠原病の医師はきっと大変だ。だって症状が全身に亘るから、そして一例一例が全部違うから。原因不明で、その上不治ならば予測も難しいから、かつ患者はそんな異様な設定にまったく慣れていない、一般社会の認識で生きているから。

判らない判らない、判らないの海を泳いできて、でも判らないなりに自分の生き残り方法を自分は知りたいと思っていた。知らないと不安だった。

寛解した後、——「ひとつの病気は最初から治るか治らないか定まっています、但し適切な治療を受けないと治るものも治らない、ええ(良いの関西弁)医者にかかっているようでひとまず、安心です」ってメールを、椎人君から貰った。

井戸先生を信用している事は前提だけれども、それでも何も知らないままだと不安で仕方ない。予測の立たぬ病で専門医さえ判らないとしても、それでも自分なりに納得を、というか今後の覚悟を作っていきたかった。

「肺の事は肺だけ見ていては判らないよ」と椎人君は言うが、膠原病などはまさにその拡大形かも。だってどこに出て来て何をしでかすか判らない病気ちゃんが、どんなふうに連動していつやってのけるかもしれない増悪を予想しながら、患者の苦痛を最小にして治療の方針を決めていく、のが膠原病医の仕事らしいから。そして、治療の殆どは投薬である。ていうか膠原病は内科。

例えば、「とんでもねえ病気になりやがってあたし」と何回目かの診察で、思わずいきなり、井戸先生に言ってしまった時。

「とんでもない病気、ということは、ないよ」と「しな、ない」の言い方で専門医はすぐ答えた。

「油断のならない、なかなかに手ごわい病だけど、一生付き合ってゆくものだ、なめては、いけない」。地声になって珍しくねつこい目をして。そうなのだ。大難病の肺高血圧症でも治療を長年続けてゆくのだから。ましてや「あなたのようなそんな、緩いので」。「そうですね、ステロイドだけですね」。

でも、緩いと言ったってこの怖い薬を使って暮らすのだ。――ステロイドという薬の副作用はどこかで知っていた。というか、うすうす感じていた。昔少しかけてとても効いた。だから今さら拒否するか？という位の「親しみ」はあった。ただ勝手に切ってはいけないだの再開して副作用がきつくなる場合はあるらしいので、不安はあった。でもまあそれはそれ、なんか判らなくなったら椎人先生に電話？　いや、やはり細子先生の方に、と頼る所もあるわけだし(例えば彼女筋電図の時は私のためを思って「表現をぼかして」くれていたのだから)。それに椎人君とは疎遠になっていても、彼女とは冠婚葬祭の度になんとなく口を利くようになっていたし。そもそも二人が結婚する時にわざわざ和解というでなく私は出席した。というかそれ以上に、――名医は難病の人を、どんな人であれ助けるだろうと思っていた。難病専門医は自分の生命を減らして患者を生かす(と思う)。

自分の治療というのはもう確立されたもので、なおかつ他の薬という選択肢がないのも判っていた。

それは筋肉診断してくれた先生にも尋ねておいた。「頑張ってこられたのですねえ」と言われた後で。

「私の治療はステロイドなんですか」、と。「あのさっきポスターで見た生物学的製剤というのは使えないんですか？」と。病院の廊下の掲示板にそういう薬が紹介してあったから、「高価らしいけどステロイドよりは怖くなさそうかも」って。

でもここで既に、私は医師にとんちんかんな事を聞いてしまっていた。だってそれは関節リウマチの薬なのだそうだ。ＭＣＴＤには多分使わない。答えは当然に、「それが、……あなたのはステロイドしか効かないんですよ」と。なので井戸先生には「量は、多いんですか」とだけ。

「四錠からです、朝」。二十ミリって多いのか、微妙なのか？

井戸先生は決断が早く段取りも良いが、患者への対応は慎重である。やつあたりされたり、検査をすっぽかされたりしても優しいようだ。私にも常に患者の側に立つ事を態度で示してくれる。いわゆる「話を聞いてくれる」時間はないけど、尋ねた事には数値の話でも全部答えてくれる。専門家が一番うんざりするような事だと思うのだが。「あ、それは血小板の数値じゃないんですよ(汗)」。

特定疾患の申請書類もすぐ作ってくれた、ブログなどを見ているとこの制度の存在自体を教えない医師がいる。他、中には担当医も決まらず、検査結果もろくに言わないところもある。ネットでは専門医もあんがいに悪口を言われているね。膠原病の判らなさ故に起こったトラブルや患者側の誤解というのも中にはあるようだが、それでも「病院変われば、そこ」とつい液晶画面に言っている時がある。だって井戸先生なら……。

私の書類を、「二週間程度でお渡しします」と窓口は言った。お役所相手である以上その時期は全患者一斉である。お医者さんは治療が仕事、こんな書類書きとか雑用もいいとこで、日本の制度では余計な用ばっかりさせられて難儀している。

そこで電話の催促を無論、私は締切りを割りと守る方の作家だけど、敢えて、そんなに急にはしないで、やや「ご様子を見た」つもりで「二週間後」のさらに数日後に掛けて、取りにいった。ところが作成した日付を見ると、頼んだ翌日になっていた。うわーっ、ごめんなさい、と言うしかなかった。その上書類の判らない所を先生に電話して尋ねたらすぐに連絡が付いて、教えてくれた。この時期徹夜する医師が多いにもかかわらず。

六月から、診察室に入っていくと、検査結果の紙が私の目の前に置いてあるようになった。問診が軽くなり、十分診療のマスク越しだけど質問時間はそれで充分になった。とはいえ井戸先生に質問しようとするとやはり勉強しなくてはいけなかった。信じて委ねる事と、その意味を自分で知って納得しておく事の、両方が必要だと思っていた。

現場において、ステロイドの分量は各医師によって経験が蓄積されてはいるが、残念ながら、まだそれがうまく共有されない状態だと医学書にあった。ていうか、ひとりひとりの得意技だな、そうするとこれは職人的な、何か。

全身、全レベルのあらゆる事態を想定して、かつ、井戸先生さえ、「判らない」って言うしかないのも仕方ないのかも、経験が共有されていないのだとしたら、「判らない」

が答え、と思うようになった。

その上そもそも闘病ブログは、膠原病のブロググループを検索してもそんなにはない、閉じます、というのや、一個も記事のないの、更新ほとんどないのも含めて一応百は越えるが、結局、そんなものである。うさぎ飼いのブログなら何千もあるけれど、膠原病自体数が少ない病気であるし。また、症状も様々で同じ病気とは思えなかったり。無論、患者さんばかりなのだから、ご本人にも判らない事だらけで、でもそれはともかく、体験の共有という形になってはいるけれど、なにしろ少ない。

最初の頃、まだ治療が始まる前、自分がこの先どうなるのか、似ている人を探した。ただ私よりずっと重いケースが殆どで、無事な方はやがて趣味等の別ブログに移行するようだった。結局、私の症状とまったく同じ人というのは探してもいなかった。

あの時、一夜の急性増悪は物凄かったというのに、それは勝手に治って筋力さえそんなには落ちなかった私。だけれども今やステロイドは減らないし冬に入ってからの足の症状はとんでもないものだ。でも「あなたのようなそんな、緩いので」って言われてもいる。その上今まで、実は出来ない事が一杯あったとこの年で気づく私。「死な、ない」というのも少しずつ納得しつつはあるが……。

重症の方のブログにしても、急変があって更新が止まり心配していると、プロバイダの引っ越しだったり。悪化しても何カ月も経ってから復帰されたり。

また、同じ病名でも、はしばしが似ていても人間の家族といる人は私とは違う、賑やかな別世界である。でもその一方、その方が体調の良い時に家事をされたり、旅行に出たり、時に無茶をしたり、しているのを知ると、私もまたそんな小康状態の幸福感には入り込んでしまう。実際、こんな種類の喜びを健康な人は理解するだろうか。――難病と判ってたった一カ月程でまさに納得した。というか今まで自分が書いてきた幸福の一面はまさにこれだ。

つまり(別に難病という側面ばかりではなく)、今までだって私は結構幸福だったのだ。例えば痛くても、いろいろな事を克服して、義務を果たしてから猫と休む幸福。自分は疲れているから休むのは当然だと言い聞かせて、でも言い聞かせるまでもなく、いくらでも眠れる安心。もし休みがなくても休める日を夢見て少し横になる喜び。そうして室内の変わりばえしない景色を見ていても、それが静謐という音楽になっていた。ぼーっと脱力して、異性も富も別に、いらなかった。無事が一番で。

ただそんな欲の少ない体が次第に痛くなり、目の前の日常や食べ物まで苦痛になってきた。這って動いて怒りが湧くような。ところが薬が効いた。

昔からの不全感や、理由なく自分だけ「出来ない」悲しみ、責めたてる義務感、怠け者意識、それが消えて、ともかく年来の痛みから解放されている。しかも子供の頃からさえ不可能だった持続運動(というこのふざけた大げさな言い方自体がもうね)やとっさのトラブルへの対応が少しでも可能になった。といってもそんなに大層な事ではない。

例えば、——学校行く直前にガラスコップを割ってしまう、それも猫のいる部屋で、だとか、そんなケース、そのようなちょっとした困り事、昔だったら一生後悔さあどうする、おまえは地獄に落ちるんださあ猫は怪我するけどどうしていいか判らないし大変だぞって、で、カタマって泣くしかない体で、ぶつかりぶつかり、無理に動くしかなく、猫を無事にしてもそこで私の手はガラスまみれ……ところが、今ではそんな壁が越えられる。だって見渡して、何が起こっているかすぐに判るのだから。つまり動けるからこそ、判って処理が出来る。びびらない疲れないでさーっとはいて、新聞紙とかでぐるぐるまいて、かけらを残さずに素早く片づけ、しかも遅刻せずに外出出来るようになった。或いは、——うっかりとトイレに貼るカイロを落としてしまっても、すぐに体を曲げてどこからかさっとビニール袋を出し、手を汚さぬようにたちまち回収出来るし。

思えば、……いつも昔から体の後ろ側が引っ張られるようで、少なくともここ二十年は上体を傾けたり腰に手をあてたりして、だらだら歩いていた。無論、元気な時は元気だった。例えば二十代前半、八センチのハイヒールで数キロ歩き通学する事が出来た時期もあった。が、その時代さえ既に不明熱は出ていたのだ。

痛くなく、安全で、制限はあっても一応無事、それはありがたいだけではない、生きている事の本質的な良さがむき出しになっていて、なおかつ、遠い不安や遮る虚飾のない穏やかな喜びに満ちて受け止められる。

でもその一方、副作用も人次第で私だっていつ何がどう来るか判らない。ただ、今は幸福、でも治療の現状を把握したくてあせる。

医師は説明不可能と思っているか時間がないからか、何も言わない。でも理解したい。ステロイドの効果はネットを見て嘘か本当かも判らないサイトの定石だけ一応飲み込んで一応、信じていた。そして十五ミリが続くとき、「あれ、減らないの」なんで、と思っていた私。でも、——まともそうなサイトだって打ち間違いもあるし、アメリカの製薬会社の日本語版等はそもそもＭＣＴＤへの見解が違う。医学書は正確でも、知らない専門用語がずらりと並んでいて、なかなか読みにくい。そこには未翻訳みたいな見慣れない横文字の他「機序」とか「増悪《ぞうあく》」とかひっかかってきて、「増悪《ぞうあく》」なんて最初「憎悪」と私は空目してた。その上で「なんか、カッコイイ」と思ったりはするのだが、むろん、まあカッコ良くない見慣れないフレーズも一杯だ。ともかく、ここで「怖い」とか言っていられない。だって、——自分がなるかもしれないのがある。ていうか本にあった大変短い爪って足指一本ちょっとなっているよ。そしてここ越えると皮膚色の皮膚潰瘍、緩慢に進行だの？　骨が？　出るって？　ねえ、でもそれは「稀」にだよね？

　二十ミリから十五ミリになる時は順調だなと思った。ただ十五ミリから肝臓のＡＳＴの方の数値が停滞した。とはいえネットに一般論として、薬の効果がここで停滞すると書いてあったので、無事、納得していた（まあ嘘かもしれないけどね）。

　そのあたりで井戸先生はちょっと弱気そうにしてパソコンから取り出したばかりの処方箋を何か重いものを持つように腕をぐーんと張って、顔の筋肉を結構固めて「はい」と私の方に寄越して来ていた。なんか平行移動で。いつも患者の要求は基本受け入れるし、また私が関係ない事を言ってしまった時は「はははは、そうそうそう」とにこやかにしている彼。でもこっちは薬を減量してくれと言った事はない。他の人はよく言うのかもしれないけど。たまには言ってみた方がいいと書いてある医師のブログも見た事あるけれど、本当に医者かどうかまた、膠原病科かどうかも判らないし。

　そんな十五ミリ期間、動きが楽になっているにも拘わらず呼吸が苦しくなる事がしばしばあった。肺にきているわけではないと検査で判っていたが不安だった。階段を登ると息が切れるのだ。治療前は教室のある五階に上がるのに大量の汗、息切れ痛みで、手すりにすがっても三階の廊下の椅子でへばっていた。ではその治療後は？　二十ミリの間は春休みで十五ミリになってから授業開始、なんと五階までそのまま上がれるようになった。けれど、その時点では足が疲れて、息も切れた（ちょっと訳ありでエレベーター使わなかった）。

ところが十五ミリの最終週、十週目の終わり、いつも息が切れるところですっと鼻から空気が入り、肺の底まで酸素が入るのが判った。背中を曲げもせず肩もかしげないで、そのままの姿勢ですっとふくらはぎが上がり登れたのだ。体が下から持ち上げられているような楽さがあった。薬、あるのみだ。

いつも患者の側に立っているけれど井戸先生は薬の事だけは厳しい。軽く「朝忘れて夕方に」と言うともう点目になっていて、「あさ」とだけ言う。

素顔の彼がどんな人物か私は知らない。ただ信用出来る。医者の人格即職業倫理とスキルだと私は思っている。他、彼真面目な人なのでいじってはいけないとも。身内に難病の専門医はいても、自分が専門医にかかったのは初めてなので、検査の間つくづくといい医者やなー、と何度も、思った。しかし、そこまでいい医者にかかれる自分は運が強いと言えば言えるのだけれど、でもね、こういういい、い、い、い、い医者を必要とする自分ね、と時に、しーんとなった。つまり本当は風邪引き腰痛だけで愚痴を言いまくって、「あのヤブめ」とか言いながら三軒先の医者に三年に一回だけ行き、そういう健全な人生を送りたかった。なのにこんな病気……、だがそんな中にいい刀やなー、いい家やなーという感じでいい医者やなーと思う事は出来る。すると何か爽やかというか良い景色が見える。井戸先生は内科なのに外科の人みたいにすっぱりしている。

まあ大腿骨壊死とかキたら私は泣くが、ただこの一年どう見てもまさに救われる医療だった。

今までのが軽快した、ばかりではない。無論、へたりへたり、ぶり返しぶり返しだけど、それでも一応「なんでも／できる」ようになったのである。しかも子供の頃から困難だった事が。むろん普通の人と比べても仕方ないが、それでも自分的には上出来になった。まあたまに元に戻ってしまう時もあるけれどそれだってもう理由が判ってるから対応方法があるし。というか罪悪感とか動揺とか感じないで済むから。現在？　家の中の伝い歩き？　足にカイロ貼って階段下りる時は仕方ないけれど。そう、靴下カイロとかそんなもんじゃない。背中に貼るようなので足先くるんでないとなんか指によっては萎縮してきてしまうから。厳寒の時は家の中も警戒状態で。

でもまあ外出の時は靴カイロだけなのでまったくかろやかだよ。駅のホームで小走りとかも可能。とはいえそれだけではまた足先が危険になるので、今後も冬期は時間制限のある外出になるかもね。

五月後半まだ十五ミリの時、近賀椎人先生についに電話した。奥さんがその日なら帰っていると言ったから。但しいつもは家に帰るとほぼずっと眠り続けるとも。

「もしもし、椎人君、ごめんなあ仮眠しているのに」。一週間に一日しか家に帰らず、二日しか普通に眠る事の出来ない外科の難病医を私は起こした。大分前に奥さん、細子先生の方に例の筋電図検査の相談をした時口止めもしてあった。そこはお医者さんでちゃんと黙っていてくれた。

「ええと、実は俺、ちょっと変わった病気になってしまったんや、でもな、もう大丈夫になって」。「え？」、椎人君に私は自分の事を俺と称している。以前はというか子供の頃はもっと乱暴な言葉で喋っていたし殴り合いの喧嘩もした。「もう方針決めて治療しているんや俺、ガンやない、死なないし、杖もついていない、それに肺も肝臓も大丈夫で全身の骨も関節も変形してないし」、「んー、それ、なに、かな」。

「歩けるし、もう見かけも完全に元気なのやけれども、最初にな、一晩で全部の関節がいてもうたかとおもて」、「うん、うん」。

「前からな、俺ずーっと痛かったんや、先生ユった通りにな、肺のCT撮って」、そこでやっと病名。

ああ、MCTDゆうやつな……と、肺に来たら今の病院では手術とか難しいかも、ていうか、肺に来たって心肺移植なんて出来るはずないし。それでもこじれれば椎人先生の知り合いに頼むしかないのか？　どっちにしろ相手は迷惑だろう。

今までと違って普通の人のように喋りながら、でも椎人先生は結局ありがたかった。

「○○さんていたやろ、子供の頃、あの人全身性エリテマトーデス」、知らなかった。

「ずっと元気にしてはると思うよ、お子さんもいてはるし、それとMCTD、先輩にもいる」。

「大学病院やめはったけど僕より年上で、その時は歩けなくなっていた、すぐに回復して、故郷で開業されて、もう二十年越えるけどお元気やと思うよ」。

「確かにかなりきれいな人が多いと思われている病気かもしれん」、「うん、俺ブスやからまさかって思ったんや」、「今はステロイド飲んでんねん、後は胃と骨の薬」。

「ああ、うん、うん、飲まないと駄目やで、そして減らす時はゆっくりとおそるおそるしはるはずやから、勝手に減らしては駄目や」。

「ステロイドはプレドニンていうの四錠で、二十ミリからなんや副作用は調べてもよく判らん！　でも手の腫れが引いて骨の形が判るようになって、爪の大きさが倍になっているで」。

「二十ミリで、今十五ミリな、大丈夫、心配ない」。アメリカなら六十ミリでも外に出ていると本にあったけれど。でもあの国は皆保険もない、貧乏人は日帰り出産しているようなところだから。そして椎人君に頼らなくてもいいところを私は見せたかった。

「もう、とにかくなんでも出来るんや、歩けるし動けるし噛めるし、腕上がるし、さっさっと足も上がる、もの凄いわ。そして肺はなんともないのやけど、呼吸、前からアレやったのが楽になった、鼻の腫れが引いて空気がすーっと入って」。

「ああ、うん、鼻の腫れも引く」。

「鼻筋が出来たんや、鼻が高くなっているわ」、まあそのせいでムーンフェイスも丸顔ではなくてマントヒヒ的になっているのである。ジャングル大帝のマントヒヒみたい。(つまりタテガミ込みの輪郭ね)真ん中の細くなった鼻と元からの長く膨れた鼻の下のせいで。

治療うまくいったんやなと言われてそれからごめんな椎人君となぜか何回も言った。彼のいる病院に行くのなら飛行機だし、無論遠いだけではない、偉い身内のところで自分も気を使うけれど彼の立場に、どんな迷惑がかかるか判らない。というより、なぜかもう血縁にあまり会いたくない。既に出家したような感覚に襲われている。普通の人のように彼は喋り、それでも井戸先生が言わなかったリスクについて少し触れた。「でもな、少ないリスク、考えんようにしよう今は」。

もしそうなったら、万が一、彼を頼るのか？……「ノーベル賞とるかもしれん薬作ってるでここ」と彼は言っていたけれども、でも、名医の身内が難病になり、それを相手の職場の近くで晒してしまうという事はなんとなく怖かった、そのせいで結局、電話で起こした事を謝るだけなのに病気になったのを謝るふうに私は謝っていた。本当は別の事を言って大声で笑おうと思っていたのに。

「覚えてる？　椎人君、あんた、昔私のアホを治すために医者になりますて言ってたやろ、でも治ってない」と。彼は小学生の頃からずっとそう言っていた。母は私が筆で立つまで常に、「お前が椎人ちゃんの足を引っ張る一生じゃまをする」と嘆いていた。私は「立派にやっていける」ようになってから何十年も経つ、なのに……。

骨壊死については大分たってからメールで尋ねた。「骨壊死はある場合もあるが、薬はきちんと飲んで、やはり、ゆっくりおそるおそる減らして貰って下さい」。

さて、この薬は最初に最大量を投与する。私にはとっても良く効いた。副作用は不眠。

それで数日後、三十代前半の体になっていた。

「二十ミリ一日四錠です」、朝、朝食後に。

最初、大病院の処方箋って院内に薬局があってそこですべて手に入るものだと誤解していた。でも紙には院外処方と書いてあった(不安)。窓口で尋ねて、そして調剤薬局ってものは病院のすぐ隣にあるものだと信じ込んで探して、……なかった。すると、いつしか、体の筋肉がもうだらっと流れて視界に紫色のパチパチが走るようになった。道の真ん中で貧血ぽくなって、タクシーで帰り地元の薬局へ、無論、その時点で、まだ薬は飲んでいない。

結局最寄り駅の眼科の近く、いつも白内障の薬を頼んでいるところに行って、すると、「フォサマックの在庫が切れていますので、恐れ入りますが夕方もう一度」……患者は普通ステロイドの副作用止めで胃薬(うちはネキシウム十ミリ一日一回)とこのフォサマック等の骨の薬(週一)を併用するのだけれど、でもたったそれだけでなんか頭爆発しそうだった。そこで、ま、疲れているからだな、とすぐ冷静になり、けして自分が悪いのじゃないと自分に言いきかせつつ、でもなんかキレそう(繰り返す、別にまだ薬は飲んでません)。一旦家に帰るとまた、だーっと脱力して、目の中きらきら。

まったくこれは病気だ、このまま我慢したら大変かもしれない、でも効くの? なんか変な事になったらどうするのか、夕方、もう一度出かける、といったって駅の手前一キロ以内なのにタクシーを呼んでしまい、薬局へ入る。ええとステロイドは毎朝、胃の薬は一緒、骨のやつが週一、これは結構厄介で朝食前空腹時服用の後、三十分飲食禁止というか水だけは可、またその三十分間は横になってはいけない。その他、なんか歯医者が心配とかネットにはあったけれど井戸先生はよく歯磨きして、心配しないで、と言っていただけ。

副作用検索はしていたけれども、その時点で大腿骨壊死というものを私は知らない、というか別の膠原病の人が薬と関係なくそうなる場合があるのだと誤認している、ほどであるから、当然膝骨壊死とかそんなのも知らない、でもその他のものだって結構怖いのだ。

高血圧糖尿病白内障緑内障、免疫力の低下による日和見感染、多毛脱毛に多汗喉の渇き、多幸と鬱状態、高脂血症、中心性肥満、食欲の昂進食欲の減退、ニキビ、ムーンフエイス、不眠、ミオパチー。

は、ミオパチーって何？　なんか副作用で筋力落ちるらしい。でも多発性筋炎で落ちた筋力ってステロイドで戻るケースがけっこうある。なのにステロイドで筋力が落ちる人もいるの？　これ未だ判らん。筋力なら私、無事になって、関節も戻って元気なので。ともかく少し運動したり赤身肉食べたりして筋肉の維持をこころがけています。その上、多幸と鬱？ってなんか正反対の副作用が出ているけどこれは人次第って事なのかな。じゃあ、私には多毛と脱毛のどっちが来るんですかい？　でもまあこんなのはどっちも来なかったけど。多汗が、すんごい。

　他、二十ミリだと傷の治りが遅くなったり感染症になりやすかったりする。そして刺身等なまもの禁止と、ネットにはあった。まあ別にその時点で特に食べ物とか執着していなかった。つまりなんかそれどころじゃなくて。

で、フォサマックも無事受け取り(医療補助申請前だから当然有料)横になろうとしたら今度は目が冴える。でもまだ飲んでないよ。明日の朝。

で？　効くの？　まあいいや、ついに検査終わってさーっと静かになってやっと家で寝ていられる。じゃ、休むだけ休もう、と、家の中は無論、しーんとしている。

　というのもつまり、気が付くとギドウが「お静か」なんですわ。うむ、老猫にしてもね、そうだよね、君、なんか週一の「お勤め」のお留守番でさえ不満なのに、こーんな連日出掛けられたらもう茫然自失だわって、……ごめんね。要は飼い主が立てなくなっていても、単に目の前にさえいたら安心なんだよね君は。

……二十ミリと言えば、取り敢えず自分的に心配なのが白内障だった、元々あるものなので、ならば、ひどく進行するかもしれないかも、と。目は近くの医院で一カ月に一度見て貰ってますと言うと、井戸先生はそれを続けてと指示。まあネットで見る限り、量的には短期なら平気そうだ……。

まったくっ！　結局、誰に何がどんな副作用が当たるのか、効くのか効かないのかも運次第なのかい？

さて服用から数日、最初の二、三日は一応膝も肘も痛かった。でももう一日目の夜中から、ずっと肩チクチクするのに妙に小説の「仕掛け」が大量に頭に浮んできてどんどんメモを取る(つまり不眠)。二日目の夜中にふいに税金計算始める、三日目、腫れていた手指が片側だけ、さーっとしぼんで、すると一方はしわしわで一方は水膨れ、たるーん、という怖いながめになる。そもそもすでに食欲はすごく、四日目のお昼などはつけめんも二倍、五日目は冷蔵庫整理してから、買い出しして、気がつくと猫砂袋を片手で摑んで、ぼんぼん投げていた。確かに肩とか少しは痛んだけど。いつのまにか、体は、勝手に動くもの、になった。こうして手が伸びる足が上がる、というか、「階段を駆け上がってまた駆け降りる、なんで上がったのかは忘れている」、でも体は元気というか「動けるから嬉しくて動いている」、のにそれが意識出来ない。そして、意識出来たらもう既にそれに慣れてしまって前がどうだったかいつから出来るようになったのかほぼ判らない。

　台所を横切ると、行き過ぎてしまう、それも腕を肘のところでまげて元気良く「しゃいしゃいしゃーい」という感じである、足も滑るよう、一度もものにぶつからないで、どんどん行き過ぎる。上げようと思ったところで上がっている足。しかも脱げない引っ掛からない引きずらないスリッパ。「しぇっしぇっしぇっしぇっ」とひねる腰について来る両腕。床に紙が落ちていると、しゅたっと拾いぴょんと飛び、楽に立ち上がる。でも意識していない。ただ気が付くとそうやっていた、というだけ。

　さーっ、何か用事するぞ用事するぞ用事するぞ、お茶碗をひとつずつわざと運びいちいち洗う。行ったり来たりするのが快感になって来る。

　そうそう、三日程で階段を楽に降りられるようになったんだね。気がついたらなっていた、それから何日かして、階段を駆け上がろうとした(二、三段だけど)またほどなく、降りながらズボンをはこうとした。それも早口でなんか大声で明るくひとりごと言ってわははははって、うんそれが二十ミリ二週間後。その時点の私は、これで(カギカッコなしに)なんでも出来るって思った。躁になっている？　違うよ、痛くないからね、嬉しかったのさ。

手の触診が済んでからメモを取り出して先生に告げた、時間がないのか先生は紙ごと持っていってカルテに挟もうとしたが、コピーが取ってなかったのでそこで読み上げた。その上でメモは、自分で持ち帰った。

ええと最近なんて、あくびが、出なかったですよ、そう言えば、くしゃみも、なかったです。それが今ではすぐに涙出るし口開くし、だって以前だったらもう、首曲がらないでしょ、ところがぽきぽきっ、ていいながら曲がりはじめてる、やがて筋肉が肩とかお腹とか、きゅっと、ていうかぐーっと上がるようになって……も、とにかくなっんでも出来るっ、洗濯物を以前はドラムから出す時に、前に屈むのが痛いし手が中に入ってゆかないし指先がぱたぱたして、引っ張りだせなかったっ！　ところが、今？　いきなり蓋あけて右手だけでごーん！　片手で全部摑んでぐるっと引っ張りだし、反対の手をそえて手繰って、かごに、ごろん！　丸ごとぶん投げてますっ、いやー、お陰さまでそうそう、猫砂の袋も片手でぼーん、ゴミ袋も置場のてっぺんに、片手で、手首、くっ、とふっただけで、ぼーん、いや、もう、もう、いやもう、もう、なんでも、できる、なんでも。

「つまり、なおってきた、のね」。

「それで階段でズボンをはこうとしたの？　はけたの」、「えー、そんなの危ないから止めましたよ」。

しかしそれにしてもなんで着替え中に私は階段にいたのか。ズボンが立ってはけなくなったのは数年前だった。そしてこんなの語れるの主治医しかいないから。というか自分の体調に根本感情移入してくれるのは井戸先生なので。彼、心配な点があると心底顔が曇る。でもだからって結局時間はない。ボンベ引いてる人も杖突いてる人も彼を待っている。私の持ち時間は十分だし自分だってだらだら精神問題を聞いてもらう気はない。私は作家、私の精神は文学の素材だから人に渡さない。

「道に迷っても怖くないんですよ、どんどん歩けるので三月に選挙行ってさ迷ったら楽しくって、ああそうだそう言えば今は顎もうまく開くんです、イビキが消えて、息も鼻も楽です。舌も前は棒のようになっていた。それが今煎餅食べられるし味が判ります、後おトイレに困らない、心配しないで電車に乗れるのです！　前は腸が固まったようで苦しくて苦しくて、でもそれがなんでもない……選挙の後ていうか出掛ける時に、なんかデジカメ持って出たんですよ、前の年はいくと決めただけでもう道で休みそうで、痛くて、ところが、……そんな事以前は考えもしなかったのに、今年は梅の花の写真が欲しいなんて。でも別に庭園のとかでなくて道や民家に咲いているのでいいんです、デスクトップの壁紙にしようと思って夢中で撮ってるうちに、……そこは知らない小学校の前。なのに駅裏をぐるっと一周、さらにもう数キロ歩いてスーパーで竹の子の重いのを買って茄子人参次々買い込んで、家帰ってから押入れを二つ掃除しまして、竹の子の皮を手で毟《むし》ってもどこも怪我しないで茹でて刻んで」。

「そっか、そっか、なおってきたのねそっか」。

「なんか今までずーっと痛かったらしいです自分ではそんなものなのかと思っていたので。ああそうそう財布の小銭がさっと出ますよ、指先で掬い出せて、レジが怖くない。ハサミの出番もない、袋、指でぴっとちぎってっ……」。

治療前、例えば、夜執筆して朝起きる、新聞リサイクルを一束纏め、少しの段ボールと一緒に玄関に出す、軽く朝食を作り、美味しいと思う、で？　その日はそこまでだ。いきなり眠くなって起きると夕方、既に息が詰まって不明熱が出て、階段が登山になる。

でも今は、坂道で腰を落とさずに歩けるのだ。薬で軽快してから冬に入ったら、結構調子悪くて辛かったけど、なのにそれでも、治療前とは違う。歩く時私の目は前を見たまま、体が相当にだるい時でも、登っているあいだ、背中を傾けない、足はすっすっと上がる。腰が落ちない。足が地面に着く。この当たり前の事がどうやって出来ているのか、気がつくとそうなっていて続いている。ただスリッパは時々引っ掛かる。足指もごくたまにだが疲れるとぶつける。

白内障進行なし、高血圧もないです、猫に引っかかれた傷口も普通に治ってます。ただ二十ミリの時、膝のカイロで低温火傷したらとんでもない水膨れになった事が一度、まあそんなのも絆創膏貼って平気で風呂入ってて、一週間で消えた。精神状態も多分平気、痛みが取れたので冷静になっている。ていうか今まで体も心も抱え込むみたいにして外界をやり過ごしていたのに、他人に普通に感情を表現する事が出来るようになっている。ただ困るのは精神っていうより集中力が散る事。今までの私は病的集中力で仕事してきたのに、それが穏やかな普通の感じになって、でもその割りにちょこちょこといろいろ気が散って。「ああそうか健康な人って気が散るものなんだ、だから小説なんか書こうとしないんだ」なんて。

でもね、何が副作用かどうかさえ実は、もひとつ判らないよ患者本人にだって。ただそれを観察して書き留める筆だけはずっと病気に翻弄されてきた肉体の外を飛び回っているからね、どうしたって、私は翼、私は筆。

というわけで、今のところ副作用は多分軽い方だ。

一年たったけど、未だに目も血圧も血糖も何もなっていない。たまたま、運が良くて？　いやいや、数年たったらどーんと来るかもね。でも元々の白内障さえも進行していない。糖尿は遺伝がないから大丈夫なのかも。まあ多毛も脱毛もないけれど天然に髭濃いよ。以前から時々男のような毛が顎に少しあって。筋肉はミオパチーとか今はなくて、むしろ向上というか治っていった。或いは関節が治ったのでなんでも持てる運べる歩けるようになった。

三月は薬のせいでなく結局不安だった。だって「死ぬの？」はあちこちに残っていたし、今でも二、三割死ぬ、とか関係ない科の医者が心覚えで(多分すごく古くさい数字、例えば本人の学生時代の)ツイートしているのを見るとしーんとする。だから「なった」ばかりの三月なんて、夜は「お静か」だった。

奇妙だったのはそんな時過去の時間の中に閉じこもろうとした事、それもドーラがいた時よりももっと前に。つまり、高校生時代とか、あるいは、二十代、新人賞貰ったのに母親に反対されて上京し切れず、京都にいたあたり。だけど一部の年寄りだってそんなものかもしれない。過去とか記憶ってこんな大切で良いものなのかと驚いたのだった。

三月はまだ、夜食に玄米粥を少し食べていた。取り寄せの漬物を何種類か小さい漆塗りの重箱に入れて、内側が朱色だから茄子と野沢菜と柚子白菜、とか桜色の千枚漬けに浅漬けの胡瓜《きゅうり》。ちりめん山椒とまつたけ昆布。ほとんど水分でもお腹が一杯になると少し眠れる。でも食べていたせいか脂肪肝の数値のALTなんかが悪いままになっていた。何も判っていなかった。それで「私、死ぬの?」と思うと、過去のささやかな生活に向かって、思い出した記憶を生きてみていた。いつもひとりだった時ばかりを。

前の年の秋に買った小さい焦げ茶色のダイニングテーブルに向かい(照明はもうLEDの電球に付け替えていた)、三十年も前に食べた裏千家の側のあんみつを思い出していた。元禄時代から使っているという粗い布の暖簾、ガラス器に盛られて、サクランボは載っているのに墨絵のような印象、……でもあれひとつ九百円とかしなかったか、骨董の飾ってある昼も暗い店内、まったくあんなに京都らしいところに、よくも長年住んでられたものだ。しかも没原稿ばかりの癖によく二、三回とはいえあんな上等なの食べていたよな、私、なんかあつかましい人だったって思い出して。なのにそんな思い出の中、食べ物も景色も、出て来るのはきれいな色ばかりだった。とはいうもののなぜか祇園の八坂神社の茶店の松花堂弁当の色はとうに消えていて、鳩が顔を掠めたのは覚えているけれど、その喜びはあんまり残っていない。結局は普段の風景が蘇るものだね。例えば北大路のおろしうどん、紫野のスーパーにあったドンクのパンとケーキ。今、現に食べているのは玄米なのに、違う食べ物の思い出から昔の時間に入っていって、思い出すとそのまま脳の空間にずーと旅行出来る。だけど台所だから目の前にギドがいて、結局幻想を安定させているのは、その根本にいるのは、今の生きた猫と、漆のきれいな色だ。

高校時代に家族が出掛けた時、というか出来るだけ留守番してひとりになろうとし、そのあいだに家にある古いレコードを聴いた。クラシックばかり、でも今の千葉の家にはジャズしかないから、アマゾンでわざとブラームスとかそんなのを買って、お留守番気分で聴いてみる夜中。すると京都も伊勢もただ止まった時間から湧く、幸福感の源になって出現する。そんな思い出がほんわりと、楽しく暖かい。でもふと気付くと自分のいるところだけ仲間外れかもと軽く悲しい。

昔母から「なにもしてないものは風邪の治りがはやいわねえ」と言われた事あるけど今までずっとあった発熱とかなくなって、結局風邪薬なんかこの一年一度も飲んでいない。というか風邪だとおもっていたのが膠原病だったわけで。無論痛み止めもなし。カイロだけは循環不全とか執筆痛みとかで貼るしかないけれど、それも晩秋からで。

「三月に熱出てない体、こんなにも楽……」。劇的に動けて、でも眠ろうとすると、なんか、不可能、……あああ、特に二十ミリの時のあの不眠は凄かった。そしてなるほど元気ではあるがやはり二十ミリの昼間、外を歩く時の浮遊感ときたら。

　羽衣を着ているというと良さそうだが、実は天狗がついているとかそういう感じ。歩道でも坂道でも、スーパーの中でも、体が空間を受け止めていない。足が勝手に持ち上がるし、胸と背中は冷たい水の中を泳いでいるよう。これ、季節柄一層そうなってしまうのか？　その上にわーっと顔だけが軽くなって、紙の面のようになり風に流されそう。そしてその風は自分が歩いて自分で起こしている。道を、飛んでいる？　倒れそう？　いや、なぜか倒れない。すーっとひっぱられて空飛ぶように、実際足が宙に浮くように前に進む。

　これ、飲みはじめなんか、霊柩車の前を信号無視して通り怒鳴られてしまった。そこは押しボタン式のところで、まだ押すのが怖かった。ボタンが反応しなくなる指先の症状がずっとあったから、さて、でもこの原因はなんでしょね、やはり関節か筋肉で、まあ脱力、これ一度、この脱力手で持った銭無しスイカをうっかりすっとタッチしたら「そのまま」通れた事さえある。でも、「おやっ!?　これ確かもう五十円しか入ってない、五百八十円乗ったんですけれど」って、すぐに駅の有人窓口に行って説明、精算した。

——脱力しているといろんな事出来なくなっているのに、なんかオムレツだけはすごくふわふわに焼ける。箸を付けるか付けないかのタッチで金色の木の葉形に纏める事が出来て。——まあそれはともかく、ふらっ、ふらっ、ふらっ、ふらっ、つつつつつ、つー

(動けるけど、怖い)。

　気が付くと歩行者ボタンを押さないで横断歩道にいた。霊柩車の運転手が怒鳴ってきた時は、満面の笑みで謝ってやった。大きな元気な声で、相手は喧嘩売るつもりでおばさんと怒鳴ってきた。でも私はそれまで八十歳と間違えられずっとおかあさんと言われてきたのだよ？　それが歩けるようになっておばさんになった。いやー嬉しいね、あ、り、が、と。でも、……その車のボンネット缶切りで開けるぞって、別に思いもしない し言いもしないのに事件当日の寝入りばなに絵が湧いて来た。その後小説書かないとって思って『新潮』記念号に短編を書いて、薬が十五ミリに減ったところに二十ミリでぶっ飛び書きをしたそのゲラが来たので、……ぎゃっと叫んで一杯、著者校した。

　やっぱり、薬減らさないと、……六畳フローリングには故ドーラが暴虐を重ねた「爪研ぎ用」ローベッドがまだあり、その上にはでも、新しい例のマットレスが載っている、台所に慣れたギドはひとりの時間も欲しく、私は未だに二階で眠っているのである。そこでは四季の衣類がベッドの脇に積み重ねられて、クロゼットも閉められたまま、タオルさえベッドの枕元に積み上げてある。だって「忙しくて片づける暇がないから」、激務で？　疲れてる？　まあ書く事は過酷で心身をぼろぼろにするらしい。私は苦にしてなかったはずなのだけれど、でも気が付けば病気の疲れが……、ていうかやっぱり変だったのね。

とはいえ、ステロイドで「しな、ない」にしたいせいなのであろうか？　妙に春色が好きになっていた。枕元に積み上げたタオルの色はそんな暖色甘めの下に以前の茶の濃淡が隠れてしまい、一方、食事の制限は甘いものから消える。ともかく肝臓を治さないとと思う理由は、増えていった。でも膠原病で肝臓が悪くなる人はしばしばいるけれど、今思えば私のそれはただ少し普通に悪かったというだけの事だ。だけどその時は死に繋がるように思い込んでいた。「肺に来た時、肝臓が悪いと使えない薬がある」とネットにあったから、でも井戸先生の言うように「そんなに悪い肝臓ではない」のだった。で、節制中はお菓子が食べられないせいで、マカロンや果物の色のタオルをつい手に取っていた？　クッキーの模様の布、でも子供の好きな色目ではなく、少し陰っている。よく乾かしたタオルを新しい枕に敷く、それが時には草木染の手拭いだったりする事もあるけど、でも、お花、ピンク。さらにはお菓子の匂いのハンドクリームなどという自虐的な代物の香りの中にいて、といったって別にきれいに片づけたわけでなくただ、体は自然に「おや」とか言って落ちている紙屑やゴミを拾うようになったので、少し寝室は「明るく」なっている。やがて、……洗ったまままぶん投げて春夏秋冬地層になって積み重なっていた、室内着とスーパー行きの服、それをいつしか夜中に跳ね起きて全部片付ける。ついでに階段も拭いて、台所に下りて流しを磨く真夜中。すべて、ステロイドの力で、いきなりそうなっている。だるくないから毎日風呂にも入れる。

「なんかさー、動作って、楽しいね」、って不可解な発言かな？　この意味ご理解頂けるでしょうか。洗濯物を干す時に楽しい場合がある。細かいもの全部引っ張ってぱっと振ったりして、まっすぐに干せる。着る時じゃなく干す時に形を整えて裏返しのものは裏返して、干して取り込む時にまた表に返して、時間も筋肉もぜいたくに使える、つまりもう「主人公」は、疲労していないからね、っていうかプチ不眠だからずーっと起きていられて、それでそんな無尽蔵の時間をざぶざぶと泳いで、体を「端正に(よく言うよ)」動かす調和的喜びに浸りながら、細かくきっちりと何かを進行するわけで、「こんなの、初めて」。

そんな中で筆者は凱旋行進曲(アイーダの、というかサッカーの音楽ね)をわざわざ聴いてみる。「そっか、そっか」、人間て行進曲平気なのだね。きっと音にあわせて体が膨らんだり喜んだりする生き物なんだろうね。でもその一方で、「死ぬの？」と尋ねている、誰に？　しかも、いつのまにか。ていうか、――難病というものが私をしんとさせる。選ばれてしまったというインチキな思い込み、それが呪いっぽくて、実際はブスの癖になんか捕らわれの姫みたいな、または仲間外れの子供みたいな気分になっていて、でも頭に浮かぶ景色は全部美しい。だって、――。

何の理由もなく死のうとする体、そこから死がなくなった、別に生きる喜びが際限なく湧いてくるわけではない。ただ体が平常になっているそれが、新鮮でありがたい、お、これ人間の普通？　なのね、嬉しい、ほのぼのと幸福だ。が、しかしそれくらいではなかなか自分の事態(良いほうの)を理解出来ないし、ま、ひたれない。ただね、心配の中にもいろいろ楽しい事があるというだけでね、その楽しさから染みだしてくる幸福がどんなに澄んで明るい感じのものか……しかも少ない取り分をつくづくしみじみと楽しんでいると、ついに権力に妬まれるでという気分にまでなってくる、……要するにどうやってもこうやっても連中が関与出来ない、ミクロすぎるレベルで、自分は「満足」だ。っていうことはやっぱ自分普通ではないね。そして、夜。

ほーら眠れない、シーツに付けた肩、背中、腰、ふくらはぎ、足の指、とにかく全部の筋肉がびりびりとまたひくひくと揺れ、つっぱり、そう、普段ならそこで眠気がさして。でも私は元気になったから起きるんだよ？　それとも副作用なの？　心臓がちょっとびびる。だけど動悸さえ軽く明るいよ、だってもう痛くないし焦げ感もないし、体もすっきりだ、でもまあどう考えたって万全ではないね、というのは無論私個人にとってという意味なんだけれど、またこの薬特有のこれも個人個人で差があり様々な出方をするケースのある副作用について、ちょっとおいといて、その上で言うのだけれど。ああ、いろいろ問題があったねこの二十ミリ期間。治療にはどんぴしゃでうまく行った量なのに。

寝ていられない、起きる、普通は困るはず、ところが、今までは疲れてぐったりと倒れてたそんな日々が異常だと病名が付いて、やっと自覚したという段階でしかない。さて、そしたら、普通の睡眠というものはどういうものか、その時点で私はまるで判っていない。或いは子供の頃は知っていたのに完全に忘れてしまっている。

ステロイド君を服用して私は人間の体がどんなものであるか知った。そして多分すごく遠い日に失った元気で制限のない日々の幸福を思い出して、そしてそれを少しだけ再現出来るようにもなったのだよ、でも、しかし、それ以前だって私は結構幸福だったのだよねえ、ステロイド君。さて、すると？　これは不眠なのか？　元気なのか、まったく、どっちなんだ私？　すると……おお、やっぱり、聞こえる、聞こえる、それは？

——ちゃっちゃやちゃらら……らっちゃちゃちゃっちゃ、なーんか一晩中こちらを煽る薬に、話しかける私。

ねえ、君、そう、そこの君よ？　そもそもね、私の元々の幸福ってのも結構いいものだったんだよステロイド君よ。つまり、私は何か用をする。そう、いつだって用はしんどいものだったけれど。例えば創作は楽しくとも著者校はしんどいし、紙類を片づけてさっぱりしたければ、それを紐で束ねて指定の日に門の前に出さねばならないし。ほーら、しんどい。

ま、それやこれやで、ね、例えば、校了明けの私はシーツの染みになって熱を出していた。だけどそんなでもすごく調子悪くないのならむしろ、いっそ私はその熱が幸福だったりしたものだよ。だってよく眠れるからね、そして他の事何もしたくなるから、この状態をそう、今、纏めるとね、つまり幸福とは社会に対する義務を果たした後休む事だったのだ、すると、これはこれでなかなか、楽しいって！　ただね、その果たす義務というものが時として、もひとつ社会から義務というほどには認めてもらえない場合があった！　ああ、筆で自活するとかそういう話ではないよ、え？　何、あっ、ステロイド君はもう寝ているの、でも、私は、目が冴えて来て、……。

不眠、そう、眠れない私は、語りはじめてるの、いつしか(誰に?)。そして気がつくと、こんな自分のお喋りをワープロで打たずにはいられないの。夜も心が起きていて体が動く、書いて書いて、なのに、纏まらない。じゃあ、眠ればって？

でもどんなに寝ようとしても起こされるからね。いきなり寝返ってうつ伏せになり、そこから背を起こしてつい正座となる膝、その後マットレスに掌をついてああ、「よっこいしょ」ってそこで、なんで？　立つの？　しかもぴょんと飛んで起きるの？　でもほーら起きた。そんな揺さぶられる体感のままに。

駄目だよ寝てなくっちゃ休まないとと、急性増悪の二月、治療開始の三月、それはまだまだ、春休みの中、私は毎年契約のお勤めだから、このままずっとお休みにしたら来年クビになる、でも専任の人と違って書く方を延期して、そうそう、もう「渡り職人」だからそんなの平気、まあ「サボった」結果は自己責任になるけどこの際だから自覚的に厭味《いやみ》で言っちゃおうよ自営業は「有利」って!?　で、「有利」に、「好き勝手」、休養するのだよ四月までは。

でもね、休めないの……なんか、「煽りに」来ているよ、なんか「湧いている」よ。

で？

ちゃっちゃやちゃらら、らっちゃやちゃっちゃ、ちゃっちゃやちゃららっちゃやちゃっちゃ、ちゃっちゃやちゃらら、らっちゃやちゃっちゃ、ちゃっちゃやちゃらら(お！)。

気が付くと上体が布団から転がり出て、足がなんか軽く床を擦っているもう、膝を立てようとしてシーツを擦っている、そしてちゃっちゃやちゃらら、らっちゃやちゃっちゃ

(おーっ……)、でも嬉しくない。なんか、焦っている、それは体そのものが感じる根拠のない軽い、罪悪感。

そう言えば十代の時にあんまりしんどいのでこんなの夢みていた。なんか疲れて疲れるから私、別に膠原病なんてなりたくなかったし、そんなもん知らなかったし、特別な自分とか要らなかったただ、誰か私をなんとか擁護してよ、と空想で思って。

脳内で私はぱたっと倒れているもう動けない。ていうかもう寝ていていいので、空想の中とはいえ涙目になって若い私は寝てる、だって私を責める寝てるのを笑う人々に向かって空想とはいえ、ほーら、なんか偉い医者が人々を諭してるじゃん「みなさんいいですか、この患者は、ちょっと動いただけで死ぬほど疲れるのです、ほら、もう筋肉が壊れている休ませないと」って、なんか、当時から本当に疲れていて周りが呆れる程教室でも寝ていたので(受験どころかよ……)。

で、それが本当だと判って、ていうか自分の体は自分が一番よく知っていたっ！ってことですかね、だから寝ていていいんです、と、今まで通りに寝ていようとして。

でも今までだったら、「私はこれとこれとこれの用をしただから疲れてて当然だから休むの普通」ってお経ほど繰り返し涙声になるまで自分を宥《なだ》めつつそれでも寝られたよ、なのに、なんだよこの騒々しさってば。

「こんな、眠っていいの、私」、「だって、元気でしょ、あんた、そりゃ真夜中だけど」、「なのになんか知らないけど、頭が起きている」、「ねえ、だったらわざわざ、どうしてそうぬくぬくと布団の中に入っているわけよ」、「起きられるなら起きなさいだって、今まで本当に寝てばっかり」。

　でも夜だけじゃなかった。昼寝しようと思っても不眠、音楽聴いたら聴けるけど疲弊して微妙、ふらっ、ふらっとするけれど気持ちは明るくて、おおおお、休んでいいのだよ病名ついているし、休まないと大変な事になるかもよ、って、だけど夜中に、衣類整理それも押入れどたんばたん、寒いのに書斎へ入っていく。昨年の三月？　足指の症状はそう言えばなかったね、というかなんか足の裏黒っぽくなっている汚れている？と思った記憶ならあるでも、それって実は汚れじゃないの血行のせいで皮膚が黒くなっているところなのだ。ああそうそう、だったら少しはレイノー出ていたのだあの時から。

　薬の副作用だと思っていたのは、歩いていてふらっと来る目眩と足のよろけ、でも多分違ってた。それって結局は病気ちゃんの仕業、但し副作用だと書いてある患者さんブログもあって、でも自分の場合は病の症状でした。そうそうステロイドって他の医者に掛かる時も必ず申告です。事故の時も鼻風邪も抜歯もすべて「〇ミリ飲んでいます、膠原病です」って要申告。インフルエンザ注射は確か五ミリ以上の人優先で受けていいはずです。なんにしろ感染すると大変な事になるから。

さて、顔は？　服用一カ月目、薬が十五ミリに減ったとたんになぜかドーンと腫れてマントヒヒ化、「変ですね先生、二十ミリの時はなんともなくて十五ミリに減ったら急になるだなんて」、「ああ、それは腫れる時期になってきたからだよ」。でも不眠はましになった。フラフラは続いてた。動作は、二十ミリの時と殆ど変わらない「なんでも／できる」。

四月に学校が始まったらASTの数値はすぐ悪くなった、面白がって通っても疲れるのかもしれない。ALTの方も悪くなっていた。これは学生と一緒に油物食べたからだろう。

春はホームセンターにウッドデッキや庭に植える花を買いにいった。そこに備え付けの大きいカートを押すと歩行器のようで、結構重いはずなのに喜んで押し、庭土を覆うものをその中にどんどん放り込んだ。防草シート、ソーラー照明、陶器のリス……笑いながら車と共に走りだしていた。随分長いこと草抜きしてなかった、というかぼうぼうに荒れ果てて人の入れないような庭、やぶからしも枯れて、それさえ取れなくなってた。週一でなんとか学校にでて、他にはたまーにスーパーに行って、家の中ではよろけて。なのにその春はなんと庭に敷く白い小石を買い足してしまった。一袋十キロをふたつ、

だって⁉

外出して軽く買物する。家に帰って、休むために座る。今までならそれだけで重労働、たちまちバタンきゅーだ。でも今は、休むつもりでいても……いつしか立ち上がり、はっ、と気合を入れそこでもう、なんとなく体の向きを変えてしまっている。なんですかあなたまるでカッパと相撲でもとるみたいですね。「ええまあ」、で、もう一回はっ、と体の向きを変える。おや、階段の隅に大きい埃、でもそれより、早い目に冬春物を洗濯して初夏の服を少し出さないとね。いや、それよりなんだか久しぶりに本の大移動がしたいですわ、おっと冷蔵庫の蓮根がもう古いひとつこれを活用して、そうそうどうせもう一生飲めない(と勝手に悲観してた)日本酒ぶちまけて料理に使っちゃえあれ、今「ひょうすべシリーズ」の書き出し頭に湧いてきたよ、そうそう、それよりも体調のメモとっておかないと、だってこの病気の記録をするべき人物は私しかいない。

ああすべてのものが見える見える、今まで出来なくて体を屈して、我慢とさえ感じなかった事が今は、欲望に、行動に、変わってゆく。しかも、なぜか、それが、出来る。でもね、何か変だよね。胸の動悸もね。

膠原病の専門医が大変だと思う理由、問診でしか判らない部分がある場合。一見患者の主観のように思えてもそれが症状かもしれない事、劇薬の副作用と治療効果を、同時に考えねばならない事。経過を見なければ何が起こっているかさえ判らないところ。

階段を上がった二階の手すりの上、そこに猫模様のマグカップ一個、何も敷かないで直接置いてある。かつて長老猫ドーラの生きていた時、その猫缶に貼ってあったシールを集め、応募シートにずらりと貼り、もれなく貰えるから貰っておいた品。これが形見になるの判っていた。「ドーラに貰ったの」って言おうと思って。でも言ったら泣くかもねって。ところが今そのカップに励まされている。長老が薬飲めって言っているのだきっと。昔彼女の癲癇薬等入れていた薬入れに今は私のステロイドが入っている。

ステロイド二十ミリから外来四週間後「そっかそっか、じゃ、十五ミリ！」……九週間後「うん、うん、元気になって、良かったね、うん」、でもそう言っていた時、井戸先生は少し照れくさそうに下を向いていた……十四週間後、呼ばれるのがいつもより早くって、「肝臓、良くなったね」、「最後の週に、フラフラが消えました、呼吸も楽になって」。薬は十三ミリに……十九週間後「数値、落ちついてきたね」というのも肝臓の話、こちらはすーっと腹にまで血の気が蘇った気分。「十三ミリだと気分が良いですね」。「気分が良い！　それは良い事ですね」。ここでやっと十五ミリでさえ不眠できつかったと私は気付くのだ。鈍い！

骨壊死の有無なんてＭＲＩ入れば一発で判るけれど、私は閉所恐怖も暗闇恐怖も普通でないので、「検査するのだったら検査しますよ」と言ってもらってから、さんざん相談して、結局止めた。ここの機械だと実際その場にならなければどの位体が入ってしまうかが判らないらしい。しかも下半身だけの検査でも相当に入ってしまう場合もあると聞いた。骨壊死は普通「三十ミリとか使った人の中からなるものだけどね」と井戸先生、でも私にだって「可能性はあるよ」と。

オープン型？　と呼ばれる頭の入らないタイプのＭＲＩは近賀先生のところならばあるらしいけれど、でもどっちにしろ暗いところの三十分だけで私は発狂するかも。子供の頃から電気付けっぱなしで寝ていた程で。

なんか最近弱そうな人がすごく太っているの見るとついつい「ステロイド？」と思うようになった。というのも半年で十キロ増というのもありの世界だから、なおかつ食べてなくても太ってしまうため節食しろとか言われて泣く人もいるらしい。

でもまあともかくお薬が効いて、お陰で庭も片付き、衣食住全て「軽快」したね。ただ劇薬である以上今後も出来るだけは減らさなきゃいけないから。ていうか少し減ったので段々に体も「おとなしく」なっていきつつある。まあその一方で不眠はなかなか根深いけれど(肝臓が治っても隈は年内ずっと顔に留まっていたし)。

難病と判ってから呆れた事、なんか「うわーっ」と言って、私の前から急にいなくなってしまったやつがいるよ。連絡断絶？　ていうか判らなくて思考停止しているのであろうか、また難病までも論争に利用するのではないかと思われてびびられているとの事、へん、ふっふーん、あたし別に、そんなのしないからさ、だから、あっそびーに、おっいでーよ。

その他、今までいちいち人情深い言葉を上から発して積年人に頭をさげさせていたような慈悲深そうな方がドン引きしながらも根掘り葉掘り人の不幸だけは知りたがってですねえ、その上でなんとかして私に「どうぞおかまいなく、一切気を使っていただかなくても結構です」と言って貰えるまで「大丈夫、なにかあったらねえ、なんでもうちにねえ」と言い続けた事むしろ、私にとっては、快感でしたわね。だって、ふふんざまーみろ病名、教えてやらなかったわい。そのかわりに「健康と思っていただいて結構ですっ」て怒鳴っちゃった、ほどで（まったく、おもてなし国民よのう）。

なお、「死ぬの？」が（今も時々）発動するせいもあるのだろう、肺が定まるまで、自分には世の中の多くのシステムが輪郭に見えた、結果その中に入っていけなかった。でもまあ今だって前からだってその傾向はあったね。虚しくはない。そこでフル稼働している人々が羨ましいわけでもない。だって、それらのシステムの多くを別の角度から見る仕事を、私は今までしてきたから、ずーっと文学をやって来たからね。

で、十三ミリからはですな——。

ここからのしたい事は全部書き出したよ。やっておくべき事かな？　つまり今この特定疾患めはいわゆる活動期ってやつで体の中で暴れまわっている、らしい。ただ薬で抑えているから動けるし生きられる。そして、「薬で抑えてそれだけなんだから油断してはいけないよ」と言われつつもやっぱり、ここまでなんでも出来る限定期間中に、私はやり残し、思い残しを消そうと思うのさ。つまり人間はこんなふうに体を使うのだと。とはいうものの、六月七月、家の中にいて、紫外線を感知するスワロフスキーのブレスレットを、私は付けていた。

八月中、夏の集中授業が終わった後、お風呂に防滴のCDプレイヤーを置いて、すりガラス越しの光の中、オペラを聴いていた。そうだよ、「たったこれだけの事を大層に」ねえ。だって何かする事を考えるだけで昔は疲れた。でも今はすぐに何かを思いついて、それで疲れずに済む、楽しんでいいのです。

そもそも風呂の外の鉄格子に夏に入る前、グリーンカーテンに見える窓隠しを付けた。

「どうしてそんな事が出来るんですか難病なのに」って、別に中等症だからマイペースなら出来る事は沢山あるのです。だって体が動くようになって、したい事はほぼなんでも出来る？ようになっているからだ。こうして若緑の光の中、夜なら少し開けても大丈夫な程で、昼は森の中に座っているようだ。でもオペラは結局ボロディンとかマスカーニの繰り返し程度。ていうかこの状況で難病にオペラってなんかつきすぎじゃない？……音調が反響する波の上に薬湯の泡。大腿骨にひびかない足の運動八百回。朝は海老と冬瓜《とうがん》と苦瓜の冷たいスープ、野沢菜シラスご飯、小茄子の漬物とトマト一個と桃。正午は日除けをした寝室で小山彰太の「無言歌」、それからドン・バイロンのラップ入りジャズ、「お、今日の客は判ってるぜ(とジャズ喫茶ごっこ、大昔にブルーノートのドミノゲームで当たったグッズを並べてあって、コーヒーはドリップだけどカップの中に粉が少し入ってしまっているのさ)」と自慢顔でブレッカー・ブラザーズの「アウト・オブ・ザ・ループ」に替えると、あまりの気持ち良さに眠ってしまう。でもここでも過去なのだ。ブルーノートでブレッカー・ブラザーズ、トニー・ウィリアムス、新宿ピットインでエルビン・ジョーンズ、無理して行った後は疲れ果てて二、三日寝ていたけれど、行っておいて良かった。思い出を使って楽しむとね、なんか繰り返しがきくね、そして痛くないね。

そうそう、だけれどもここに来るまでに毎日、すっごい変な言葉の野原を通るんだぜ、それで今幸福？　え？　運動したから気持ちがいいのかって？　いやだから抗核抗体だの変な言葉クリアした上のある、そういうところを走り抜けないとここに来られないってそういう意味。このね、楽しくて、大事な猫のいるところに。息を切らして、戻ってくるんだよ。野原を抜けた幸福。でもたまに抜けられずに落ちる。出られない事はないが。そう、私は自分で自分をいま否定しているぽい、自分を仲間外れにする世の中に負けて。

　要するにこれ、今までの私が今現在の私に無用の制限を加え、差別して不毛な悲しみを与えたりしているのだ。でもね、私の体はひとつ、加えてこの症状も体質も経験してきた「難儀」さえもずーっと続いていて、つまり症状以外にも続いてきたものがあるはずなのだから、ね。だからきっと今の自分と前の自分は折り合う事が出来るのさ。ごめんね、新しい自分。でもやっぱりまだちょっとびびってるよ。あまりに安楽で気持ちいい毎日に呆れ果てながら。

　とりあえず庭が綺麗になった、震災の時に箱にしまったままになっていた食器も棚に戻って、そりゃもうなんでも出来るから、庭には年来欲しかったソーラーライト付けてギドはそうして綺麗になったところに下りて、もうウッドタイルも自分で全部敷いた。これからは草抜きもしなくて良く、砂埃が風で入ってくるのもへって、蛍光灯の横に鉢を並べて、ペチュニアを夜眺め、猫と涼んでいる。そして、ふいに頭に浮かぶ……ポーの一族って？　なんで？　昔、「メリーベルみたいな」知り合いがいたから？　あ、そうか。日光避けてたせいだ。四月にはもう「ほーら避けるぞ」って。その一方家事は捗って。十三年前の引っ越し当時のまま埃を被っていた段ボールまで、全部片づけて。何年も困っていたり面目なかったりした事が、毎日のように次々と片づいて、そればかりじゃない。いやー、人間ってとんでもない事から幸福を得る事があるもんだね、生まれてから今まで一切判らなかった。人の世のシステムがすーっと解明されて。夕食は三時過ぎにおろしそばと赤身の一口ステーキの用意をして新蓮根を煮ておいた。蓮根には人参と枝豆と生姜を散らしてある。飛龍頭とか油揚げは食べなくなっている。だってなんだか知らないけど肝臓治さないと。まあ節制したって悪化する時はするらしいがな。

一日、した事や見た景色やその日の顔色から自分を理解する。一番大切なのは眠る前の気分。いい風呂、いいご飯、猫との調和、音楽、でも書かないと、書かないと、書かないと。なのに、固まらなかった。自分が揺れている時、毎日、不眠故に書いて。

4

はぁ？「薬物で人間の感情や動きはコントロール出来る、だから人間の内面には何の意味もない」だって、えぇ？「メジャー成人病ン千万人の大部数の前に混合性結合組織病八千六百人は無力」だって？　ほほー、そんな事言ったって無力って万能だぜ、だってデモ覗いてお菓子買ってモノレール乗ってバスに乗って、そして、ほーら悔しかったら治してみろ、この私を。この笙野病を。とりあえず、私は「なんでも／できる」。

「無茶せんといて」、「無茶せんといて」って妙にふけ作りな声で井戸先生が言う。そんな、八十代みたいな声出して、危険なのか私？　つまりステロイド飲んでいると怪我をした時に治りにくいからなのかな？「足の先とかにね、怪我すると大変でしょ、今量が多いしね」。

十五ミリになってからも私の蛇行は続いた。体調が良くなったせいか五月だから出来たのか。井戸先生は、はははは、と笑ってて時々止めて。「怪我したら駄目だからね」と言いながら一緒に嬉しそうで。でもその時肝臓はまだもうひとつで。例？

ええええと、先週は石を二十キロ買ってバケツに入れて庭にぶちまけて、それから、家の裏の何年も前に切ってそのままになっていた枯れ木をノコギリで切って捨てて、それからその下に十年敷いてあったウッドカーペットを取り除きたいので、刺だらけの枯れ草が二メートルくらいになっていたのを全部抜いて、ただその時にね、ちゃんと軍手とゴム手をはめたんです私、なんか今までそんな事出来なかった。動こうとするとさーっと気持ちが曇る、埃がついてるから触りたくないとか、なんとなく体を抱え込んでスルーしたいとか、それ自分が怠けているのだと思っていましたよ、でも違っていた。手の皮膚がぴりぴりしてきっと血行が悪いんです。だから動けない。ところが例えば、食器洗いでもね、薬飲んで手袋してお湯さえ使ったら、さーっと洗える。そうそう、ウッドカーペットのパーツが枕木みたいになっているのも、止めてある金属をひとつひとつ平い、気で、ペンチで切っていった。通ってる針金を全部引っこ抜いて、分別して粗大ゴミじゃない方に捨ててしまいましたよ。

以前はどうやっていいかさえ判らなかったですよ、ただ積み重なっている木と枯れ草と枯れ木、そして沢山の針金、それらが黒い固まりみたいで、ていうか壁にも思えてた。ところが「出来る」と思った途端にまるで一本の紐で繫がっていてその紐を引いたらぴーっと解けるゲームって、もう結論が出てた。私が駄目なのは頭脳でも精神でもなんでもなかったのです。その正体は筋肉と関節の痛みだった。

実際、ばっ、と紙芝居の紙が取り替えられるみたいにして、庭の眺めが変わっていったのです。っても、どうせしょぼいですけどね。廊下みたいな狭い庭だけど結局、根本体力ないし、不器用で防草シートはみ出しているし、でもともかく、一面に敷きました。そしてウッドタイルでカバーをできるだけしてから、残りを白い石で押さえていく。途中思い付いて防犯ジャリにしたらと少し迷った。でもあれは軽すぎてうまくシートが押さえられないから、やめておきました。まあともかくね、もう草は抜かないですみます（と言うと井戸先生は喜んだ）。今までは私、段取りの判らない人でしたよ。いつもなんでこんなに何も考えつかないんだろうって思っていた。ところが体さえ動けば、やり方は付いて来る。出来ると思ったら、考えも湧きますね。

以前なんて目の前にあるハサミや紐でも視界に入っているのに見付けられない事がありましたから。ウッドタイルは一度、部分的にだけど、敷けるところには敷いてみたんです。

でも、これは失敗でした。つまり木の板を土の上に敷きつめれば草が生えてこないと思い込んでいたんで。そもそも庭いじりなんてそんなにした事なかったから、無論しばらくは良かったのだけど、当然隙間を破って、雑草が凄い事になって、放置しているのと変わらなくなった。そのうち板が割れてきてしまってクギは出てくるし、まあどうやったって家の庭はきっと変ですけど、でもともかく、防草シートを敷く時にその上に膝をついて、結局、なんかちょっとひっくり返りそうになったり、やはりスーパーマンではないというか、絶好調でも左肘だけ固かったりするわけで。

体も良くなって良い季節の五月だったけれど、その月、子猫で貰ってもらったリュウノスケが十三歳で死んだんで。大切にされていたのは知っていたし自分は自分の治療に専念すべきと思う一方、空元気というか確かに無茶をしていました。

急性増悪直後から次第に消えつつあった耳鳴りも、彼の死からまた復活してしまって、現在も止まらない。でもそんなに大変ではないし普通に聞こえています。というか三十代から不調になると、耳鳴りは出て来るものだったので。

で、そうしていると「死ぬの？」がまた少し頭を擡《もた》げてきて、辛くなるとまた脱力が勝ってきそうで、薬が効いているから体は動くけど、心が脱力になってしまった。なるほどこれが健康な人の悲しみ方なのかと無理に理解してみようとするが、結局、肺とか骨の事を考えるだけで血の気が引くわけで。要するに、――猫が死ねば病気は悪化するに決まっているんですね。

学生と一緒に海芝浦に行く直前には、肝臓の数値が上がっていた。検査で二十台になっていたものが四十台に戻った。或いは知らないで洋酒の入った食品でも食べただけだったのかもしれないけど、でも私は普段から、……バター、チーズ、コーン油、ゴマ油、蒲鉾《かまぼこ》、竹輪、スナック菓子禁止、売ってる惣菜類も全部禁止にしていた。シンプルなものばかり食べて良くしたつもりでいて。それで落ちついてきたからと安心して、少し制限をといたところだった。しかしそんなに目茶苦茶したわけではなかった。ステロイドのせいで肝臓に脂肪がついた可能性に井戸先生は言及し、私は耳鳴りの中で恐怖していた。猫を失った落ち込みのせいもあった。口をもつれさせながら、私は言っていた。

「肺に来たら、もし肺に来たら肝臓が悪いせいで、カルシウム拮抗薬が使えなくなって、助かるはずのものが……」と、パソコンで見た事を。すると、……。

「なにも、そんなにも、別に、そんなのでは」と言われてそれから……帰り路呆然として、そうかもう大丈夫だったのかと。どうしたって肺の事は判らないと思っていて、というより聞く能力がなかったから聞けなかった。こわくもあった。でもそれならばもっと早く聞けばよかったのか、結局は、——「来た時に(肺が)どうなっているかだけですな」というのが井戸先生の経験から出た言葉だった。ただともかく、どうなるか「判らない」と最初は言われていたから(それとも当時の私には別種の、危険があったのか)。なお、ステロイドや免疫抑制剤で血管内の肥厚を予防出来るか、つまり肺の病変を防げるのか？　統計的な証明は得られないけれど、しかし手応えがあるという説があり、それが、救いになってきた。

いつしか、……肺に来てしまった方の私が時々、自分の後ろにいるような気がふっとする、という感覚も次第に薄れていった。でもそれでお祝いするという気にはならなかった。だってどうせ何が起こるかは判らないのである。一度、なんとなく青いバラの花束を取り寄せてみた。すると次の週、スーパーにそりゃレベルは違うだろうけど青いバラが売っていた。風水的には奇跡の?青いバラ。非科学的だけど大丈夫だよ、と言われた気分になった。

郷里にはずっと何も話していなかった。ただ近賀先生にはメールしておいた。つまり大変なケースというのは肺に来てからなので、それで彼も安心した。

パーカーだったらほら、グレーのストライプと薄いブルーのをもう持っているよね？　でも新しいの買った。しかも季節の終わりに必ず安くなるはずの夏物の白をすぐに手に入れた。お盆前にただ一度、学生と取材授業の、海に行くために。

はぁ？　来年も着られる濃い色を買え？　ねえよ！　来年なんて、ていうか、あるかどうか本当に判らない。肺に来なくても病気が、例えば炎症等が、再燃してその後は「無茶」も出来なくなってしまうかもしれないからね。故に私にはそういう普通の計算がもう、虚しいのじゃよ(でもそれって爽やかだ、ちょっと不謹慎だけど)。そしてまたそんな小旅行が「冒険」な今の私。

ほら、そういうわけで、ね、デブの天使ですよー？　マスクして顔腫らして風に靡く白い羽。夏の海に行く。今までだってずっと夏期講座として海に行って来たけれど。というと？

「タイムスリップ・コンビナート」という私の小説は「マグロ」から電話で誘われて、海芝浦駅に行く話である。って不条理すぎるかな？　でもまあこれも私の芸風。別に代表作でもないけど芥川賞受賞作、その舞台に学生と毎年出掛けている。だってそこは面白い場所だし、自分が小説に使った舞台、行って、どうやって書いたか等その方法を教える。コースは？——学校から品川経由、鶴見線入って、古いベンチで待つ間も入れて一時間以内。なのに気分は小旅行、ていうか首都とは何かが見える「旅」ね。電車の中で沿線の建物のメモを取り続け、さらに？　郊外とは？　危険施設とは？　それらを、目で理解する。目的の駅はまたトレンディドラマに出てきた「デートスポット」でもあるからそこも観察。
家を出る時から旅行気分、カットソーは紺と白のボーダーでもボトムはいつもの。杖は自分の研究室に置いたままで、何ら使ってないブロンズ色。但しそれは万が一の時用。つまり骨頭圧潰とやらが起こって突然激痛跛行になってしまう場合のため、その日、半日持ち歩きました。当日のスニーカーと同色のもの。
夏期休暇中の静かな朝、少人数の学生、机の上に並べた資料の写真も自分で撮影。板書も気持ちいい。だって指の力が戻ったから。

海に出掛けます／そこは異界です／無事に戻るため／仮面を付けましょう／私と「私」は「ちがう」／戻ってきた時、人であるように……。

午後からまだ暑くなりそうだね、なのに灰色の都心、……ざわざわ漂いながら慣れた地下街から、うねり出る私、行って帰ってくる間、私小説の「私」をキープさせるのが一番大切というような授業、なのだが……おや、……やっぱり学生にも向き不向きあるね……さて、……鶴見線で迷う(いつも来ているのに)、「はい、書いてみて」、駅の屋根にかかる緑、光、学生を外気の中で待ち「私」は光に顔を覆う。そして鉄骨とスモッグのコンビナートに、揺れる古い電車で、入ってゆく。音と金属と熱と気配だけを捉えようとする。それは私の非公式ファンサイト管理人が、爆発しそうと感じたその道筋。でも私、なんとなく死にそうな気分、光が怖いのか、まさか、これが最後の海？　十代、いつも海と太陽で具合が悪くなった。それは朝熊山から見た海、揺れる真珠筏、鳥羽や志摩のホテルの海、熊野の遠足の、あの時、石の浜を歩いて異様に疲れ、眠気に襲われた。でもその広さや海の色は、優しく。

さて、……一見どこも悪くなくまた今もどんどん平気で歩いているのにわざわざ予防のため杖を持って歩くというのは、異様に後ろめたいしうさん臭いね。そのうえ席をゆずってくれるという学生につい辞退してしまうし(ごめん)。

平気で駅の階段を上っていると、札幌から来た男子学生が後ろを付いてきて「先生、杖なしでも大丈夫ですね」と嬉しそうに言う。そこで「ほーら元気やで階段で杖振って踊ったろか」とかまうとたちまち安心してわははははっと笑った。とはいえ何かを予防しようにも、何をしようにもまったく患者本人だって何も判らない。骨頭圧潰の可能性はこのままでも、まだ数年はあるのかもしれない、無論病気自体が再燃してステロイドを使いまくる事になればとても危険になる。そりゃあＭＲＩをすれば一発で判ってずっと安心。なのに、私は暗闇恐怖症でそれも出来ない(甘い？)。

今、「タイムスリップ・コンビナート」を少しだけ引用する。そこはＪＲ鶴見線の終着駅で長いホームの一方が海に面している。〈中略〉一方が海で一方が東芝、——と私は、二十世紀に書いた。

池袋の学校から一時間も掛からない夏の海で、なぜか惑星という言葉を連想する私、光の塊は囲んでくる凶器。四月から避けていた日光の中に出て、海に面したプラットホームに一瞬立ち、フードもマスクも取らない。

……そのまま夏休みに突入した。夜中はイヤホンでアイーダを掛けて、使えない原稿を毎夜書いていた。同じ事を繰り返し綴り続ける、びびる私、平気な私、「死ぬの？」な私、「死な、ない」私。

そして昼間は夏中、多分楽しかった。

出来なかった事を全部してみていたし、中でも壊れているはずの家電や器具が蘇るのを楽しんだから。

……そうだ今日はまずこのラジカセね、蓋を閉めるのは思いっきり押せばいい。なんだ、これ、まだ使えるよ……すごいね、少しも調子悪くないね。

おっ……、なんという事だ十三年もの間、壊れているまたは使い方の判らなかった室内物干し。高さ二メートル近くて室内で毛布でもなんでも干せるはず、なのに丈だけ延びてもきちんと止まらなかった。そこでやむなく、私は延ばさないでタオル掛けに使っていて、「不良品だわこれ、新品の時点で止まらないのだもの」、と。でも今夏ならば、――この支えを上げて、プラスチックのレバー、かたまっているのだとばかり思っていたものを、両手で押したらそれがパチンと止まり、高さの調節が出来て使用可能になる、かも、と。

両手の親指を揃えてぐーっと押してみた。たちまち、納得。筋力の低下は全身CTでは出なかったけれど、やはり長らく、指のあたりで何かが起こっていたのだった。それと手首の関節にも不具合があったはず。さて、さらに手首から力を送るようにしてゆっくりと押すと、ちゃんと止まった。「ああ、これで、……洗濯物何も困らなくなった、これ確か五百円で買ってこんなに一杯干せるの凄い得したと思ったら使えなくて」と、でもまあ本当は得したのでなくて私の体に損失があるのだろうが、ただ出来なかった事が出来た達成感というのは主観的に得っぽい(本年一番の成果でございますぅ)。え？

なんで別のもの買わなかったのかって、要するになんかやけになってたの、これの丈が延びなくって、つまり今までは室内干しの時は部屋のあっちこっちに掛けていたわけで。

……さあ次はこの固定電話の子機です。使って十三年、なんか表示出なくなってきた、メーカーに電話したら子機の蓋をずらして中の電池パックを確かめてみたらって、「部品の製造は五年間」ですって？　ふーん、憲法違反じゃないそれ？　五年なんかで部品の製造を止められたら、私たちは最低限の文化的生活が出来ないんですけど。

そこでこれもまた親指を揃えて、ぐーっと、蓋をずらしてみた。結局開いたけど、断線はしていない。つまり修理は諦めたけど、でもね、開いたという事が私には希望。

そう、そう、でも、やっぱり、ベストワンはこれかなー、――台所、別に全部が使えなかったというわけではない、だって三口あるからねこのガス台、だけれども時々ひねっても点かない時あった。この、ガス台の調子が悪いのって本当にびびる。一度は実際に故障していて、でもその時は故障していたという事がむしろ嬉しかった。だって私が悪いわけじゃなかったからさ。ただ、その後、どこも悪くないのに時々ちょこちょこ点かないのって、なんか変だったんだよねえ。それで十三年にもなるのだからもう買い換えようかと思っていた。でも、今、手首をきゅっとして持ち手に力をやや加えて捻ると、なんだちゃんと点くよ。青い火が透き通る。

今までだったら調理に手間取るというか結構困った。ところが、まず、――肘にくっと力を入れるのだ。そしてなんか指先に力を送るのだ。或いは手首から指にかけて力を入れるのだ。そうするとガスのスイッチの持ち手を押す力が加わる。たちまち指先に力が籠もる。そのまま無事力を加え続けられれば、ぼっ、と炎が伸びる。ってもこの具合判っていただけるでしょうか読者様、いわゆる筋力の回復とはちょっと違うレベルなんです、つまり、筋力を少し余計にかけるという事なんですわ。意識してこれやらないと、結局、私の手先は、脱力しているので。

悪いのは脳でも神経でもなく、筋肉関節。

胡瓜や沢庵を切る時もそう、どんなに注意しても今までなら、寄席の切り絵のように繋がってしまっていた。それがまな板の上に手を置いた時、今までとの違いがもう判るのだ。親指よりの手首の関節、ここに力が入っていて、持った包丁よりも下に手首がすとんと落ちる。つまりうまく力が入っているからね。トントントントン、と音が聞こえ、包丁に添えた人差し指が、何ら怖くなく上下して道具を動かしている。リズムは？　あるよ！　刃物をすっと引くと手首がトンと下りる。指の先まで血が通っている。あああ、これも脳や神経の症状ではなかったのだ。ステロイドで関節が正常になっている。もしまた少し脱力していても原因が判ってれば、意識して力を余計に掛ければよい。

実は、ずっと怖かった。だって子供の頃からの軽い不具合。けして障害ではなく不器用であった。その怒鳴られる不器用の自覚的補填、それが、今ここに可能となっている、そう。

なんでも／できる、なんでも／できる、なんでも／できる、なんでも？　うん？　なんとかなる？　なんとかなるかも？　もし、調子良ければ、注意すれば、油断無く行けば、薬飲んでいれば、「無茶しないようにね」、「無茶せんといて」、「足先気をつけてね」。という条件のもと保温保護に励めば、え、保温なのになんでアイス食ってるかって？　私の数値と体調なら、少しはいいんだよ。ていうか別に「だからちょっと注意して自分なりに休んだりしていたら普通に活躍出来て」、「まあ年より早いけど少し隠居方向にシフトすれば、ずーっと頑張れる」。その上で、できる、ことは、したい、したい、ことは、できる、できる、うちに、します！

関節と筋肉、関節と筋肉、か。年より老けるのが早いのだと思っていたよ。でも「本当の私」はどこも痛くない。「ははー、薬飲んでるお前は嘘のお前だろ」ってか？　「だから文学者の内面なんてそんな程度だろ」だって？　わはははは、バブル期からずーっと来た言いぐさだよな、「薬物で人はコントロール出来るから人間の感情に意味はない」っていう中二。

ていうかそれ以前に「これ」誰が報告出来る？　笙野病患者の笙野症状をさ。私しか知らないし私しか書けないで。

　自覚して薬物をコントロールし使う、自覚して副作用を軽減させる、自覚を維持しながら時々はまた不器用が不具合と呼びうるものになってしまう、けれど、――おおでもそれも微調整で正常化可能、だったら殆どなんの問題もない、まあだからって、「胡瓜の薄切り猛スピード」、なんかは絶対無理。ただ単に長年使えなくなっていた関節や筋肉が今使用可能になった、というだけの話。それにもともとのドジというのがベースにあるわけで。体力だって、やっぱ、ないよ。

　そもそも今でも、動揺するととっさに、右左が判らない。ただ、多くは「そうか心臓のある側か」と思い出せるけど、でもドーラが生きていた頃など、何かとこの長老猫の心臓（左）を右だと錯誤していた。小学校の時、副委員長なのに行進で右と左を間違え反対側に誘導した。今も、タクシーに乗っていても方向を指示する時に恐怖で言いよどみ、たまに間違える。

　ただそんな私でも人間はこうやって体を使っているのだなあ、と納得出来た。ていうか、私はもともと歩行も動作も全体にはまったく正常に出来たのだ。長年の痛みや何かは病的だったとしても、故に、自分の動作にごく軽い不自由があるなどとは思ってもみなかった。今、やはりまだ少しは痛いけれど、腕が伸びない日もあるけど結局幸福だ。この幸福感はリウマチ系の病が軽快した人にならもしかしたら共有して貰えるかもしれない。

いや多分、今までの読者も共感してくれるだろう？　精妙な、そう決して微妙ではなく精妙な幸福、そんな幸福の中にいる状況が生の不全感から生まれて来るケース。逃れようもない不全感の中の自由、そんな時間を拾って私は生きてきた。無論、病の無い状態が良いに決まっている。しかしこの生は私の生で、今までの過去だって取り替えは利かない。自分の体はまさに自分の所有であり、もし「関係性だけの存在」ならばこんな身体史にはなり得ないのである。

でも、ま、そう言っていられるのは痛みがとれたからだね。何十年も続いた体の「死にたい」がなくなったから。しかも正体不明のものが暴かれた時、それを書く筆を持っていた私、……。

ガスの火が点かぬだけで、肩が凝っただけで、「死にたく」なった。立てなくなる三日程前「殺してよ」というひとりごとが出たのだって、けして痛いというだけではないし嫌な気分だけではないという事、結局、不可解だからそういう言葉しか出てこないのだ。でも本当に死にたいかというとそれは違う。「なにこれ、トクホン貼っただけで治る死にたさなんて」。

いやー、こっから眺め渡す私の過去ってやっぱり、未知の宇宙だね、しかもそれは現れるや否や一挙にその生成が見渡せるという、整理整頓された暗黒宇宙なんだ。これ、なんか今流行《はや》っている引出し一杯桐箪笥みたいに、開けるとなんでもずらーっとこう並んでいる。で、その感想？

「お、そうかそうか、ずっと疲れてた、あああああ、あの時歩けなくなってそれから、外出怖かった、あ？　なんで日光が駄目で、自分自身にかぶれるかのように生きて来たのか判ったよ今、だけど結局判らぬままに歩いて来たこの道こそ、私の文学じゃないか」、「ごめんな、自分、今まで責めたててこき使って」。

殺すかわりに書け、て学生にユってる。「悩んだら目の前のものを書け」、「書けなかったら書けない理由を書け」、それと「殺すかわりに書け」。

難病というこの荷物を殺せないから書く。でも昔から私はこれを書いてきた。もともとの正体が病気だったとしても、私の私小説は架空のまま一般読者に対して機能して来た。ミステリーの解決編なんて言うとミステリーの好きな人は「じゃあ病気が一番大切なの根本なの」と誤解するのかも、でも私にとっては種あかしなんて女優の素顔に過ぎないものなのかも。

夏の苦痛だった台所も、今年は楽しかった。猫と膠原病患者の家は、冷房控えめ。そこには、……さっと両手で掬ったサニーレタスの水滴を加減して巧く軽く振り落としている私がいる。それは手首や肘から指先に力を送り、あるいはごく自然に投げるように食べ物を盛りつけている、……トマト、アスパラ、焼きコロッケ。そしてカンパーニュパンを餅焼き網で焼いて、なんら火傷せずさっと取って。「いちいち言うなうるさい」って？　そうだよね。こんなの全部みなさん子供の頃から普通に出来るもんね。私今もずーっと不器用でひどいけどね、だって慣れてないもの、その上に昔っから出来なかった人が、たかが半年で人に追いつけるはずないもの。ていうか、全てがまだらに出来ていて、理由の判らぬ微不具合にいちいち強く深く足を引っ張られて、なんでも出来るけど半身は闇の中、でもすごい進歩、そんな感じ。

だってもともとのドジとかそういうのまでも治るわけじゃないし。だけど今は食器の洗い残し部分とか見ても絶望しなくていい。気分が黒くならない、それはただ関節に力入っていないから洗い残すだけで。「お、今日はまた筋肉の炎症がね」とかそんな事を言って。少し力をいれていれば或いはちょっと見直せばクリア可能。

なんだろうこれ、今まで欲しかったものの多くを手にいれているよ。ねえ書斎の猫神様、荒神様！　たかがこんな事で？　私は満足してる。故にどうかこの静謐と極楽浄土の日を「一日でも」長く、後はただいくつかの復讐だけを遂げさせてくだされば結構です。ともかく何より、無事にギドウを二十歳越えさせて送らせてください。——え、なんか私？　この心境？　かわいそうだね？　ふん、そう言っとけば死なないと思ってわざと静かな切迫感出してんだよばーか、厄除けだよーん、かーっかっかっかっか。その上で、……。

「へえ、それでいつ死ぬの？　ずーっと元気な狼少年婆」とか言われたいものだ。だって人が倒れるの待っているそっちの方がずーっと不謹慎だもの。とか言ってでも、やっぱり、甘くない。

ていうかほんの少しでも寒くなってきたら、もう。

　夏が残っている九月半ば、むしろ涼しくて気持ちいい朝。なのに起きるともう左右対称に肋が、きゅっと「持ち上がる」。その痛みは移動する、多発して、全身を渉る。だってすでに、今までの音楽がもう、合わんね。夏は終わるから、昼風呂オペラとかも、もうやってられん。でもなんか癖になっているからとっさに他の事思い付かない。なんで？　というのも夏の間中は朝起きるともう、毎日その夕方まで何を食べるか、音楽は何を掛けるか、どんな風呂に入るかをだいたい前日に決めておいたから、それで安心ではあったのだよ。そして名曲CDが増えていく日々？　昨日はお昼にバブで半身浴、持ち込んだCDはルサルカ銀色の月、ならば今日は夕風呂かな？　だったらマルセイユバブルバスを止めて枇杷《びわ》湯を煮出しといて、音楽はどうせマスカーニだ、朝の果物は桃とバナナだし。その他にはたんぱく質カルシウム赤身肉青魚、豊富に摂取して、ゆっくりゆっくりと夜中まで過ごす。但し、脂抜きカロリー制限あり。どうせ不眠だから目の下に隈。ま、今お休みだし締切りはない。おや、でも手指の爪から少し血が引いているね、そして、うっ……、くっ？　いやいやいやいや、これはたまに来るね、怖くないタイプの胸痛だね。急にちょっとだけ床に両手を突いてやりすごすのももう、慣れてきております。え？　痛みまた来るのかな、いやでももうこれなら大丈夫なの知っているから。しかし、本当に楽になったね。この、ステロイドってマジよく効くね？　でもそれは私のケースだけなのかな？　あ？　なんかどんどん不安に耐性ついてきて、ほーらこの痛みはやはり、肩なので、私の場合は結局は首へと、左右対称に抜けて行くものでした。しかもなんと二十秒程で治ってくれたよ。ほっ、これで終わりかよ本日はよ。さあ何して遊ぼう毎日が、……老猫の毛玉取りだ。

それから秋が来て寒さが来て先端潰瘍の画像をぐぐって、自分の左足の人差し指の微かな、異変にびびった。ひとりで怯えていた。足の指、失《な》くす？——つまり臀部《でんぶ》潰瘍でも指先のでも、重症でも、結局自分の凍えるところと同じところが、病変しているから。恐怖は晩秋からずっとである。左足人差し指の親指側、そのカーブが微妙に急になって、ほんの少しだが欠けて見えた、でも今ほぼ回復した。ともかく凹んではいない。それでも人差し指全体はすぐリウマチぽく赤くなる。指の甲には時に浮腫が出てくる。その一方で寒いと中指と薬指の腹もべこんと凹んでくる。

最悪の時、つまり冬の寒い日油断していると、ひとつの指の末節は萎びたブドウを、想起させる。

冬は早朝にも起きて五時間ごと、ユベラを塗る。靴下を脱ぐだけで皮膚は白や紫になり、爪先がちりちりし嫌な痛みが走る。一度一本だけ爪のところまで凹んだ事があって、触れると先は爪しか当たらなくなっていた。指の肉がなんか下に垂れていた。普段でも他の指より、そこは柔らかくて元気がない(中身が少ない？)。

毛細血管が収縮して真っ白になっている日の足の先は、昔お葬式の時に触れたドライアイス入りの死体ほど冷たい。で？——「死んじゃ駄目、起きなさい」。「人差し指Pの隠居時代だわ」とふざけてみるけれどちょっと血の気が引く。冷凍庫の中を素手で掃除した時になるような白さと強張り。しかもそれは靴下二枚でもカイロが冷えてきたら起こってしまう。

最初はパニック、カイロにくるんだ足をストーブに近づけて火傷しそうになった。でも今はそんな失敗しない。というか、何をしても普通でなくなる可能性があるので、私は全力、すでに自己管理の権化になっているわけで。

寒いのもいけないけど空腹や寝不足、ストレス、緊張も影響する。お腹が空くと足の指の間に氷のかけら発生。ステロイドの食欲昂進もあるから人前でも焦って食べていたわけ。一度真夜中になんとしても冷えが取れない時、いきなりクリームパンと餡パンを食べたら治った事がある。

ルームソックスと五本指靴下プラス、カイロでもやばい時は、ボアの発熱スリッパをその上から履く。一階と二階に一足ずつ置いてある。室外のゴミ捨ては巨大サンダルで、こうなると室内歩行までもよちよち歩き。それでやっと少し足先の寒さが弱まった時は、首に汗ぽたぽた頭に扇風機の風、なのに……足先は雪。冷たい床に二十分も座れば全部の足指が霜焼け的になる。やがて痛みが走り爪の下が凍え心がしんとする。

で？　そこからお風呂で温めると指は紫になり、患部の皮膚の凹みが戻ってくる。一時間入ってやっと霜焼けの回復みたいにして、湯の中で足先にようやく血が通う。

春になって「通常営業」に近づいて来ても、それでも左足人差し指の末節親指側だけはどうしても、ごくごく一部とはいえ、ふにふにのままだ。しかしその位で食い止められたからもういいのでは、という諦念が既に兆している、ていうか今。

上から見た限りではまったく正常、うまく戻ったように見えているわけだ。

そして今後もし実際に指が減っていくとしても、ネットで見る限り私のタイプの進行は遅いようだ。二十五年で、「すこーーーし」、とかそんな感じ。還暦引く二足す二十五は八十三……「ユベラ効いてますね」とお医者さんは言ってくれてるし。

でもそんなに生きられるのか、生きたらめでたいが。


正月、足の指の写真をデジカメごと持っていって先生に見せていた。「これリウマチみたいになっているのでしょうか、根元が腫れているので先端が萎縮して見えるのかそれとも内部組織が消失しているのか」、「どっちにしろ循環不全です」、て確かにそうで、素人ががたがた言っても仕方ないのかも。強皮症についてもちょっと聞いてみた。だってＭＣＴＤからそっちに病名が変わってしまう事が、ある事はあるのだよ。日本人はＳＬＥへ変わる事が多いけどさ。で、「強皮症も昔は重症でかちかちになってから病院に来ました、しかし今は教科書のような典型的なのはまずありません」と、ただ、「皮膚潰瘍起こしたら入院して貰うからね」、無論、しっかりしっかりと私は頷いていた。その時は夏のような温度の部屋だけではなく、高圧酸素療法というのもあるらしいのだ(これ、高圧酸素の部屋に入れられるのか?)。

こうして十月からはもう、厚い手袋をして外に出ている私。しかし、今までどうして平気だったのだろう。やっぱり薬で関節筋肉は庇えていても、この指先の循環不全は一年でこんなに悪化しているのか、……これこれ落ち込めよ少しはって言ってみるけど、でも、私はただ寒いだけ。手袋の中でちりちりする指先、なんにしろこの感覚の先には布越しのドライアイスを想像するしかない。

外出の滞在時間を出来るだけ短くしておき、室内でもあったかいものを見れば取り敢えず、指を載せてみたり、なんか甘いもの食べると足先に血が通う事あるから、夜中についつい飴嘗めてしまって、……。

それでも秋の、まだ足指の症状が靴カイロで無事というレベルの時、まだまだしたい事をやってみていた。例えば、モノレールに乗りたかった。毎日でも乗ってみたかった。それはユーカリが丘の山万鉄道の遊園地のように可愛い車体のもの。拙作「だいにっほん」三部作の最後でこのモノレールを出した。確か取材のために無理に一度乗った(のだと思う)。たまたまハロウィンで車体には可愛いお化けの絵が描いてあった。ギドウの病院はこの最寄りにあるので、本当は薬やご飯を取りにいく時にいつも乗れば良いのである、健康ならば。

治療のお陰でギドウを病院に連れていくのまで楽になっていた。今まで彼を血液検査に運ぶ時、前日から緊張しかたまった手首で私はびくびくしながらタクシーを待った。六キロあるから結局電車ではいけないが、落としそうになって恐怖したり、腰痛で参ったりする事はもうない。

かつては軽い薬を取りにいくのにもタクシーで行き、それでやっと執筆や授業にひびかない日々だった。でも今年は体調が良い秋の一日、モノレールに乗って猫病院に行き、タクシーの中から横目で見ていたお菓子屋さんに寄った。小さい焼き菓子を一種類ずつ買った。公園前のホームに腰掛けて五時のチャイム、夕焼け小焼けを聞いたら、それは怖くなくなっていた。驚くべき事だった。肝臓の数値は十台になっていた。

関節や筋肉がずっと正常だったら自分はきっと鉄オタになっていたとその時に確信した。だけどバスのステップだって怖かった程なのだ。

ひとつひとつ、自分の感覚が人に通じなかったディテールも思い出していった。すると、心が強張ってぎごちなくなった。つまり感情的になろうとしても方向が判らないのに、何かは感じてた、だって本当に、毎度、毎度、……。

例えば奥歯に昔から「変なひっかかり」があった、子供のころ。そして五十前後で歯に銀を被せたときも、技工士は普通に被せてくれた(らしい)のに、違和感があると言い続けた私。若い女性の技工士は急に医師のところに行って「ずーっとずーっと言ってますずーっとそういって」と意地悪されたかのように……しかしこちらも困っていた。その上早口で定型フレーズを繰り出す相手に、好かれているとは思えなかったため、出来るだけ穏健な言い方で優しい声出して頼んでみていたのに、でも違和感あるんだよ……その後、親不知《おやしらず》が骨と癒着している事も知ったけれど。でも伝わらない違和感って……もしやこの病のせいなのかとも、なおかつ。

ステロイドの服用で出てきたのが皮膚の敏感さ、ちょっと皮が薄くなってもいるのだろうが、美容院で首筋にハサミの先が当たっただけで「痛い」と飛び上がる。本当に傷が出来たようにひりひりする。「切ってないですけど」と言われてまた美容師に嫌がらせをしているクレーマーの立ち位置になる。その上に「トリートメントどうですか」、「いらないです」、「ああ、時間ないんですね」、かぶれるからやたらなものはもう怖いのだ。化粧品などかぶれてまで使うものではない。アトピーに風邪の熱、なんでもステロイドは抑えてくれるけど、そんな時はその分、病気の抑えに薬が回らなくて、関節が痛くなったりする。

美容院は結局話して判る人を指名にした。長い付き合いの先生が店長に昇進してしまってから、担当を決めずに放置していたのだ。新しい人に自分の事情を結構語ってしまった、すると。

「これきつくないですか」、「いえ、大丈夫です」、「髪にこれ付けてもいいですか」、「あ、何もない方が」、「そうですね」。相手はこちらの言った事を割りと覚えていてくれる。自分の場合シンプルにしておけば問題ないと告げて。

でもどれが病気のせいでどれが自分の駄目さなのかちょっと判定が付かないケースもある。一方普通にうっかりして間違えたものまで病気のせいではないかとつい落ち込む。ていうか、寒いと暗くなってしまう、心と体、である。

病院に行くのも最初はタクシー往復だった。立ち上がるのも痛いからそうしていた。次にふと帰りを電車にして、より家に近い駅からタクシーに乗った。さらに治療で元気になってきたら、病院の最寄り駅を使い電車を乗り継いだ。駅も駅前も乗物も好きなのだ。が、ある日「仰天」し今までの無駄使いに気付き嘆息した。つまり一時間に二、三本しかなくて使えないと思い込んでいた坂の下のバス、これが病院に行く最短と知ったからだ。だけどパソコンで調べてもそんなの出てこなかったよ！　またバスは初期の頃だったらステップも怖かったし。というかそこでさらに困るのは切符であれ小銭であれ、腫れている指で取り出すのが遅い事、その上ふらふらして中で転びそうで。

　同病でも綺麗な細かいビーズ細工や帽子の作家がいる。だけど手指の腫れに悩まされる人もこの病には多い。


　二月、まだ寒かったし注意も必要で、でもさすがに循環不全の入院は免れそうと思えたので一年検査の日に、バスで往復してみた。

　その日は安い無地の靴下を履いていった。薄い綺麗なグレー。上は生協で取り寄せた季節を先取りして薄い、アースカラーのシャツ、ジーパンも好きな薄いグレー、ブラジャーは被る布タイプのにしておいたから、ジャケットを脱いだだけでレントゲン出来た。それは手足の先端と心肺を見るだけなので、ズボンに金具が付いていても大丈夫だった。そこではまず立って肺の撮影。その後ベッドに横になって、立てた黒い板にぺたりと足を付けて、骨に変形があるかどうか撮影。

　私はお風呂に一時間入って(風呂テレビ見ながら)下着も新しいの着てきたのに、足の指に血管拡張剤を塗っているので、というかやはりまだ必要なので出掛けに塗ってきてしまっていて、急に動揺。これでは足先だけ型つくかも。そんな私の「すみませんねえ」と謝る口調は井戸先生の「無茶せんといて」という言い方と妙に似てしまう。来月私は五十八歳。いつもよりずっと早い時間に呼ばれて入ると、その日の井戸先生は髪を染めて良いネクタイをしていた。でも私はお医者さんのネクタイをじろじろ見たりしない。

結局、肺は無事だった。指の骨の方も切実に心配だったけれど変形してなかった。ただ、――「左右の小指がね、これ、靴のせいで、靴で、曲がってます」と言われたのには驚いたけれど、でも爪の短くなっている指さえも骨は正常だ。血液検査も無事だし腎臓にも来てなかった。でも同じようにして来年過ごせるか慣れて行けるのか？

一年検査の前、正月明け、スーパーのワゴンの中に転がっていたワンカップを二個買って帰った。純米樽酒の金箔入り、値引きになっていて百八十五円。「一月はお酒、一合だけ飲みました」と井戸先生に告げた。食卓には空の酒杯を伏せずにずっと飾っていた。唐草を毛彫りしたガラスの器。別にそんな酒飲みではないのだけれど。

「なんか大丈夫そうな気がしたので」。「ま、もういいでしょう」、先生はあっさりと許してくれた。

病気が悪い時はお酒の写真を見ても気持ち悪かった。少し良くなって飲みたくなったのが昨年の初夏、ほんの少し試みたら怖い事になった。それはステロイドがまだ十五ミリの時、――いきなり腫れている右人差し指がべこんとへこみ、指先が欠けたもののように平らになった。親指のつけ根にひとつ赤い斑点が出来、急に痒くなった。右手首関節に激痛が走り、――これで諦めた。井戸先生にそう告げたらとても困ったように、ただ「わはははは、はははは、はははははは」と笑うだけだった。

でもそれからもう八カ月も経っている。末梢循環不全に少量なら良いという文献も見つけたので。二月からたまに飲むがもう異変は起こらない。というかたまに少量。

病院の横のスーパーの二階でヒレカツとエビフライとお汁粉を食べて、肉と好きなパンと花とお寿司を買い、バスに乗った。高い座席から景色の脇を走る気持ち良さを味わって、本当はバスの好きな自分を還暦前についに取り戻したって何か厭味臭い。でもやっぱり坂道の高低はジェットコースターより楽しいから、冬の雑木林の中の空気に染まりながら、ずっと温い田舎のバス。人間ひとり分の体が揺れて進む。乗り物ってすごい、あり得ない動きで、私は中空を滑っていて、なのに足はバスの中で丸まっている。ああ、この景色が好きでバスが好きだ。何もかも好き、自分の家も猫も、そしてしゃあしゃあと言うけれど自分で出した本も。

この先も人生すっぴんで、病気怖い、怖いと言いながら「いつまで生きてるあいつ」と言われるかもな私……それでもまた「金毘羅」に戻っていくつもりでいる。そして今度の小説のなかでは多分この発作について神話的に書く「可能性はあるよ」。

今？　もうこうなると私小説ってなんだろうとかいちいち言わない、全部そうだよ、ふん、とか私の存在自体が私小説だものとかうそぶいておこう。さらには、私の生それ自体も持病なのかもねっ、て。おっと忘れていた。

最近判子がうまく押せるようになったんだな。但し摘《つま》む指がビリビリする程力をかけて肘をくっとやって、それで離す時に少し傾けるのさ。すると「そりゃーお役人のように」くっきりと、きれーに、見事に押せている、そう、「なんでも／できる」。

日本慢性看護学会講演録

膠原病を生き抜こう——生涯の敵とともに

笙野頼子という名前で三十五年以上小説を書いています。この三月までは立教大学の大学院で創作文芸も教えていました。とはいってもそれは二〇一一年春からの五年間週一だけ、五十五歳から、生まれて初めてのお勤めでした。それ以前はどこにも行かず、ただただ閉じこもって、書くばかりでした。というか作家になる前からほぼそういう毎日、でもけして嫌ではなかったのです。

四十年程前から、持病がありました。皮膚も関節も筋肉も今思えば凄まじい事だったのです。なのに、病気という認識はなく、五十六歳にして初めて病名が付きました。それは十万人に数人の難病、膠原病の一種、混合性結合組織病という耳慣れないものでした。通院とステロイドだけでたった数カ月で寛解しました。

動きの不具合な半生、動くのが怖いという生活はその治療で劇的に改善されました。

とはいえ健康な人とまるで同じかというとそこが難しい。人前では元気にしている私ですが、すたすた歩いてよく食べてもいますが、この舞台に出る直前も、楽屋で立っている時は壁に手をついているし、お話しする時も、立って長時間は無理なのでこうして座らせてもらっています。例えば力を蓄えて数日に一度、大きな買い物袋を下げてスーパーから帰る。でもその次の日はいまいち動けないしばたばた物を落とし足もすぐぶつかります。紫外線はよけて、外出にはマスク、元気に見えていてもすぐによろけ、この講演の後も多分発熱かリウマチです。しかしステロイドの効果はやはりものすごく、副作用は不安だし嫌だけれど、今まで出来なかった事がなんでも、庭の片付けでも猫トイレの丸洗いでも、ちょっと頑張れば毎日でも、出来るようになった。凄いと思ったのは今まで擦っても取れなかった汚れが取れるようになった事、ボタンが押せ蓋が外せるようになったりして、壊れていたはずの家電がどんどん蘇ります。財布からすっと小銭を出せ、それは指が腫れていて以前は出来なかった事です。しかもタクシーではなくバスに乗れるから、いろいろ乗り継いで好きなところに行ける。

授業から帰って家事が出来た。締め切りが終わってから駅前に出られた。健康な人からは笑われるかもしれないけれど、全身から喜びが吹き上げている。「そんなの幸福だと思わない」という人は別に思わなければいい。しかし誰も私の心の底から産出される笑い声を止める事は出来ない。またそんな心境や今までの体験を書いた『未闘病記』で、純文学の最高峰と言われる野間文芸賞を受賞出来たですし。

無論、世の中、どこまでも意地悪な人はいます。「膠原病になってよかったね」と匿名の新聞批評で書かれました。しかしそれは違います。先程述べたように私はベテランの作家、ですので正解は「ああ、笙野頼子で良かったね。しかもベテランの年齢で。今までも今も無事で良かったね」です。だってそういうからかい方をして来る当のご本人がもし膠原病になったとしても、別に私のように『未闘病記』を書けるわけでもないし、それで野間文芸賞に選ばれるわけでもないですので。

そもそも膠原病は病で、マイナスです。私の敵である。なぜその敵に感謝しなければならないか、これはマスコミの悪しき発想です。

自分が難病と判った時から随分経った後、それが地味で長く続くもの、生きられるものだとやっと、理解しました。また今まで知らなかったけれど周辺には、案外に難病の方がいたのだとも知りました。私の読者にも多かったし、ご家族がそうだという方も声をかけてくださった。そして世間のステレオタイプをおかしいと思いました。そもそも難病者に対してマスコミが要求するあるべき道とは、あまりに極端で非現実的だから。

それは、ドラマの中で美しく若いまま目障りにならぬように消えてしまう事か、あるいはそのハンディを凄まじい不毛な努力で克服させる事、そしてその克服する方法とは、いつだって健常者の目から見えなくなる事、或いは一率の痛くてしんどくて惨めになる余計な行動をとらせて尊厳や内面を晒し、本人の都合や事情を圧殺してしまう事なのです。その一方、私は昔から正体不明の苦しみを苦しんでいても、結局は他人であれ身内であれ、私の事情を汲んで優しくしてくれた、ごく一部の人々のおかげでここにいるのです。当然その事に心から感謝しています。

そもそも病気なのに無理に頑張る必要などないと思います。ゆっくり休んで好きな事をするのも人生の意義です。人間に向かって「○○は何の役に立つ」などと尋問して来るような市場原理主義者は、自分がボロ雑巾になって死ねばよいのです。だってそんな不毛な競争の果てには全人類の滅亡しかないわけだから。

ひとりの人はそこにいるだけで価値があるという事、私ごときより看護の先生方のほうがまさによくご存じでしょう。

例えばもし私が紫外線を克服すると称して無理やりに日に当たりつづけたら、ただ病気が悪くなるだけです。なので今の私は「わがまま」を通します。かつては、今思えばぞっとするほど危険な頑張りをしてきました。しかしこれからは自分の言語能力、責任に相応《ふさわ》しい頑張りしかしません。ていうか、昔から根本に「わがまま」の傾向はあったのです。そこは、猫からも学びました。無理をしない方法も工夫してきました。そう言えば昔から、出来ない事をのぞむ身内とは縁を切ってきました。

しかし今までは痛いとか苦しいとか言ってみても、誰にもなかなか通じなかったのです。それでも小説を読んでくれる読者は共感してくれました。そしてこの病と判ると、「なにもしてないものは風邪の治りがはやい」と言われていた人間が、「今までよく頑張ってこられましたねえ」とお医者さんに言われます。認識の激変？　確かにそうですが、しかしそれまででも案外私は私らしい生きかたをしてきました。痛くて疲れるし誤解されやすいので、あまり社交的とは言えない半生でしたけれど、特に人間と接触しなくても、面白い事もいろいろありましたし。

一九五六年三月十六日、嵐の真夜中に私は生まれました。鉗子分娩《かんしぶんべん》でこの世に生をうけ一昼夜紫色の仮死状態を経て、蘇りました。その右の瞼は生後七日すぎても腫れ上がっていて、今も跡があります。ものごころつくとすでに、少しずつですがあちこちに、不具合がありました。

両目の角膜に細かい疵《きず》、幼時から物忘れや失敗が多く人騒がせ、一部の人からなぜか面白がられても、結局生きにくい子供でした。おとなみたいな変な言葉を使って余計な事を言うし、空想の馬鹿話やひどいたとえの表現はきつすぎるし、毒舌で叱られるとショックで泣いている。小学生で谷崎や三島を読み、二次方程式を解く。しかしお金の使い方を知らず左右が判らず、家の近所でも迷子になる。ふいに走り方を忘れ運動会の最中にぴょんぴょん飛ぶし、鉄棒にぶら下がれなくて体育の成績が1の年も。でもそれで逆上がりにまで導いてくださった先生がいたりしたお陰で、成長しました。親も大変でした。しかし中三あたりでは冗談も控え、卓球部にも入り、友達も出来かけた。ところが、高校に入るとまたしても別種の不適応が始まったのです。

私はふいに痩せ始めました。誰も病とは思わなかったのです。母がそれならダイエットをと言った程で、低カロリーのきれいな良いお弁当を作り続けてくれた。それが食べられなくなり、半年で十六キロ痩せてしまいました。近所の医者に行っても診断はつかないまま。

ふと気がつくと、登校も苦痛になっていました。いつも上体が窄《すぼ》まるようで両肩が苦しい。風邪とは違う独特の熱や目眩、日光に当たるだけで疲れて倒れる。夜は眠れず心が落ち込むばかりか動悸や熱がきつく、昼は学校でも家でも逆に眠ってばかり。本人はというと、不安や罪悪感や焦りに追いまくられる。一般の医院で見てもらっても病名は付かず、いくら自分を責めてももう、起きられない。ところが、家をはなれて予備校に入った途端、日光も緊張も受動喫煙もない生活です。体は楽になった。受験勉強よりも読書三昧です。

大学時代は、なんとか四卒で仕事につこうと勉強もしました。けれど結局は帰郷もろくにせずに、外での付き合いも悪く、高熱に激痩せ、体調が良くなると肥満してきます。ただ、書く方は必死でやっていました。

二十五歳で群像文学新人賞を取ってからは食べていけないのに創作にしがみつき、ひたすら文学中心の生活を続けました。寛容にも親はまだ仕送りをしてくれていた。しかし受賞後も本が出ず十年の間、原稿持ち込み生活。その期間も首が固まったり、仕事を探しに行っても次の日から発熱です。

とどめ。東京の賃貸ワンルームの中で、三十代半ば、指が巨大に腫れ、肋《あばら》が激痛し、エアコンの温かい部屋で凍傷と思うしかない症状になっていた。その時、「接触性湿疹」の診断を受け、少しのステロイドを使ってたちまちに治りました。

その少量のステロイドにどんな意味があるのかを当時の私はむろん知りませんでした。ご存じのようにこの病はそこで少しだけステロイドを使っておくと非常に予後がよくなるのです。湿疹の治療をしてくれた先生も知らぬままにしたのですが、今でもその先生には感謝しています。

さらに、それはちょうど昭和から平成への年号の変わり目で、その大きい変化と私の個人的災難は私小説にすると、うまくひとつの世界に納まりました。そして自立する時期が来ていたと言うべきか、この、自分の病気を書いた作品「なにもしてない」のお陰で私は最初の本を出し二つ目の文学賞を貰いました。野間文芸新人賞。業界では時に真の芥川賞と言われる実力派の賞です。そこから三島賞、芥川賞と続きました。純文学の新人が対象の主要な文学賞を初めて三つ全部受けたために、私は新人賞三冠受賞者、時にはふざけて三冠王と呼ばれるようになり、この記録は十八年間破られませんでした。というとめでたしめでたしですが、でも、そんな事はない。

お祝いと騒動に対応しているうちにお風呂で眠り込み、タクシーでは鼻血、肋どころか心臓のあたりまでも痛くなって、普通ではない疲れ方をするようになりました。電通総研の呼び出しを断り、テレビの依頼もいつしか断って、というと生意気と言われる事もあったけれど、しかし私は「普通そうでしょ」と思っていました。書くという事を、激痛と高熱の産物と信じていましたから。

例えばインタビュアーの方に「いつも書ける時は上体を起こす。それ以外はずっと寝たり起きたり」と説明すると、「凄絶な毎日ですね」と言われて、「普通でしょ」ととまどう。しかしその一方他の媒体からは、「売れっ子ぶって仕事を断る」と悪口を書かれる。でももともとが「なにもしてない」の作者なので平気でした。他の人はいろいろな事をしすぎるのだと思っただけで。

他にも、当時電話友達だった作家がひとつの締め切りが終わった時、ゲラを持って今から飛行機に乗ると、空港から電話をして来た事があった。別の方のエッセイを拝見しても、同じ状況が書かれていた。ゲラを持って飛行機？「そんな事したら死んでしまうでしょ」と。

そんな私が周囲から不思議がられたのは、例えば、夏の炎天下の長袖、七月に出したままの毛布、外光を入れない生活、多くは常温で飲んでいるジュース、……これらはことに具合の悪い時は気がつくとそうしているという話なのです。つまり紫外線が体に悪い事や異様に寒く感じている場合があるという事を知らなくとも、無意識に自分を守っていました。でも、もし変だと言われてやめていたら、或いは人と同じにしろと強制されていたら、生きられなかった。猫中心の暮らしも、人間を拒絶すると誤解されますが、今思えば正解です。

そもそも私の行動は昔から人に通じにくく、そういう自分を説明するために、子供の頃からなんでも説明して頑張ってきました。理解してもらい、しかも相手を喜ばせ笑わせようと。まあ、現実世界においてそれはむしろ逆効果でした。しかし結局、言葉の通じる読者の共感や反応を得て、育てられて、私は書く人になったのです。言葉という社会の中で生きてきました。

例えばここに持参した『笙野頼子三冠小説集』、その受賞作だけを集めた文庫です。面白い人には面白いけれど、しかしその一方。

話とは通ずるもの、と思い込んでいる人には、さっぱり駄目らしい。少なくともテレビ向きではない事はたしかでしょう。芥川賞受賞作は名詞の羅列が、三島賞受賞作には時系列の錯綜が、そして先程の「なにもしてない」には時代の激流の横でひたすら「ただの湿疹」に悩んでいる。自分の五感や思考だけを頼りに生きる人間の内面が。これが私の人と違う、痛みさえうまく説明出来ない、「違う体」を持ってしまった人故の文学です。それでも人と交流したいと思ってした、けして不毛ではない努力の結果です。

同じ三冠王でも野球なら勝敗も数字もある。しかしこの三冠は共感を必要とし読み手を選ぶ、主観に基づいたただのフィクションです。また三作とも構造だけで言えばまさに「電車で出掛けて、帰ってくる話」です。昔から病気で遠出など滅多に出来なかった。だからこそたまに外に出ればとても刺激的で、そのつど、何かを書き上げてきました。

三冠騒動の後、母の看病で帰郷する事になりました。助からないガン、たった四カ月、お葬式からすぐ逃げるように東京に帰りました。最後まで一緒にいられた事は良かったけれど、故郷にいれば自分の命も危険だと思ったから、既に肋は痛く、手は赤剝け、母は肺に水が溜まっていたけれど、実は私もその時、知らずに胸水を溜めていたらしく、看病のせいもあって四カ月で九キロ痩せてしまいました。連れていった猫さえ五百グラムも痩せた。

父や弟と交代しながらですが、私は一応毎日通っていました。庇って助けてくれる人がいる一方で、疑って、監視する人がいて、私の持病を悪化させました。さぼる行為は一切しませんでしたが、真夏の気温に寒さでがたがた震え、整理出来なかった連載もしながらです。精一杯やっていても、筋肉はすぐ疲れ何度も物を落としよろけている。目眩で倒れる。それを見とがめて揶揄し監視して来る。母は私に頼っているのに、すべて悪意に取る。

そんな中で医者である身内が、私の腰痛を「普通ではない」と指摘しました。しかし私は看病に夢中で聞いてもいませんでした。むろん病名の付いていない頃なのです。でも今思っても、もし病名が判ったとしても、果して理解が得られる状況だったのかどうか。

自分が膠原病だと判った今は、女性に多い病気とこの社会との関係について考え始めています。例えばこの国の人々は、女ごときは病気をする資格もないと思ってないでしょうか、女はただ看病する側だけなのでしょうか。

膠原病は女性に多く、ツイッターを見ると重症なのに、成人病の姑さんの看病をしておられる方もいらっしゃいます。うまく療養出来ない背景はなんだろうとも考えます。女性の立場が変われば良くなる部分もあるに違いないと。

その後、東京に帰ってから咳をすると血が出たので、レントゲンを撮ったら肺が曇っていました。そのうえ百メートルが歩けず骨折程痛く、胸は激痛、日常生活でもすぐタクシーを呼び、一層周囲から誤解されました。都会の医者もただ「過労」と言うだけでした。

四十四歳の時、千葉に引っ越しました。東京の地域猫を拾ってしまったから、結局私は家を買うしかなく、子猫は里親に出し、元から飼っていた猫も連れて、猫のために買った家に住みました。体調も当座は少し良くなりましたが、私は論争をしますので時として言論統制がかかり、さまざまな嫌がらせがあって、そのたびにこの病は悪化します。その家で泉鏡花賞とセンス・オブ・ジェンダー大賞と伊藤整賞を受けたけれど、拾って幸福にしたと思った猫が、先天性の病で続けて急死してしまいました。猫が死ぬ度に病気は悪くなり、しかしその時点でも、よろけても転んでもそもそも病気だと思ってもいません。

このあたりでまた、身内の医者から膠原病ではないかと言われたのです。が、すぐ忘れました。ある時、「最近では電球をかえただけで寝込んでしまう」と私は言ったのです。すると「血液検査をして肺のCTを撮りなさい」と。実になじまぬ病名で、まったくイメージが湧かなかった。

やがて元からの猫が脊椎湾曲になりさらに癇癪と痴呆になってつきっきりになりました。当時「全部のパーティに出るのがあなたの文壇的義務よ」等と言ってうるさく抑圧的な電話を掛けてくる文壇の偉い人もいたのですが、猫の看病中です。私は番号お断りサービスを利用してその人と絶交してしまいました。そもそも相手の電話がある間は疲労と恐怖で足をぶつけたり、小指の爪がすぐ剥がれたりしていましたが、それで小康になったと思います。この、剥がれやすいのは無論症状だったのです。しかし猫のお陰で無事を得ました。

私が立教大学にお勤めをしたのは、その猫が死んだ寂しさを埋めるためでした。人間と直にかかわり合う最初の体験で、相手する方は、学生や先生は時に驚いたかもしれませんが、私は大学の皆さんのご配慮もあって、この仕事を満期まで無事に勤めさせて貰えました。とはいえ最初の二年間は若い頃からの全身痛がひどくなったので、夏もカイロを三枚貼って通っていました。手すりや吊り革にしがみついて通う中で、丈夫な人からは「週一行くだけかもっと行け」とせせら笑われました。

二年目の夏、悪魔のような克服心に襲われ頑張り過ぎました。病とはまだ知らず、自分はとうとうお勤めまで出来る、人並みになったと思い込んで、ことに真夏次々と大量の日光を浴びてしまった。今までと違い「人並みに」わざと半袖にし、その結果トイレで立てなくなりました。家では涙を流し電車の中でも呻く。こうして、冬になり、さらに別件のストレスも来ると、インフルエンザのような症状が始まっていました。そして来た二〇一三年二月にですね。

激痛と高熱で起きられなくなりました。今までのものとはレベルが違います。苦しんだ挙げ句専門医を探しました。一週間であっさりと病名が付きました。それが私の生涯の敵であり、他者であり、ひとりでいても絶えず、自分とは何者かを考えさせる私の文学の、元手のひとつでした。

ちなみにここまでの人生、私はずっと独身で恋愛もしていません。書くものにもそれは反映しています。猫と観察と思考の、私小説か、時にはぶっとんだディストピアSFの純文学、つまりは体験より思考、構成より展開、だって、「なにもしてない」人の書くものですからね。それ故、私の小説を理解しない人からは時に、社会性のない作家と思われてきました。しかしそれは違います。私を理解しない人こそ、世間を、現実を、病気の肉体をなめているのです。

どちらかというと私は今まで、自然と自分の身の丈に合った作品を書いてきたと思う。けして厳しい労働体験や多くの恋愛を経たわけではないですので。でも、実を言うとそういう私にとって社会とはなんだろう、それは言語です。つまり、人はひとりでいる時も言語を使う、それはその人にとっての他者であり社会であると。哲学者フォイエルバッハがそう主張しています。私は言葉を相手に暮らしていたのでした。しかしそればかりではなかった。まあ猫もいましたし、でもその他にですね。

要するにずっとそうしていても言葉が浮き上がらない、言葉だけに流されない怖い他者が、私にはあった。その他者は私を許してくれず、いつも人生にやむなき我慢を強制し、同時に私を鍛え、独特の幸福を獲得させた。私を今の職業とその評価に導きました。でも、この相手を私はとても文学の先生とは呼べません。やはり、敵なのです。しかも随分長い間、この敵は名前を名乗りませんでした。しかし、それがとうとう、名乗ってきたのです。

こうしてその年の冬、私はなぜ私が作家になったのかを理解しました。そもそも病名が付くまで、痛みを痛いという事さえ私は知りませんでした。

そこから三年、今はバス一本で行ける病院に通っています。最初はよろけるしタクシーで通っていましたけれど、……そこにいたのは大変よい先生で、たちまち寛解に導いてくださいました。また、「今までよく頑張ってこられましたね」と言ってくれたのはそこの院長さんです。看護師長さんも通い始めのショックをうけている私に配慮してくださった。落ち込んで潰れていたら背中を摩《さす》ってくれたり、忘れた診察券を取っておいてくれてそれを窓口に預けておいてくれた。しかし窓口の人にそう言ってもなかなか伝わらない。病院は案外に連絡が悪いですね。でもその時の窓口の人は今では私の顔を覚えていて、普段から大変親切で仲良く話せます。慢性病だと当座コミュニケーションが出来なくても、後からうまく行く事があるというわけです。採血も少しずつ私は慣れました。でも最初が難儀です。

どんな良い人々に出会っていても、患者にしてみれば大変です。ですので治療が始まってしばらくの間は、絶望や狼狽や嘆き、心配、孤独感、自分で自分を除け者にしてしまう等のわなに落ちている、これを今忘れないうちに申し上げます。

まず聞いた事もない病名を告げられ治らないと言われた直後、「ガンじゃなくて良かった」というのは半分本音だけど半分強がり、きつい検査や入院が怖く、さらには動けなくなったら猫をどうするかという恐怖に襲われたり、それでもあのハードな筋電検査を私は受けずに済みましたが、その直前の恐怖はピークでした。ですのでたまたまその前に院内で珍しく少し冷たい対応をされただけで、私は潰れそうになってしまった。しかもその人がわざとではなくとも、私にまた困る事をした。そこで病院の椅子にくずおれて心で泣いていたら「あれ、そんなところにいるの」と院長さん本人が気軽に案内してくれた。結局そのご判断で検査を受けなくて済んで、私は我に返りました。ただ、通いはじめと検査前が、私には案外きつかったのです。

しかしそのしばらく後、ある時、ふと難病という言葉に自分で負けそうになった。なんだか自分で自分を、他人のように見て邪魔にして嫌になってしまった。

そんな中で特定疾患の書類を揃えるのに、必要な証明を出す税務署やお役所まで、間違ってくる。とはいえ彼らにはけして悪意はなく、それまでの前例の無さ、数の少なさが原因です。

そしてある日、若い女性が私の大げさな紫外線対策を見て素直に笑った。しかし相手は普段仲の良い人なのです。気がつくと、私は病気自慢というか有病率自慢をしていました。大変ウケました。向こうはえーっと驚いてにこにこした。考えて見ればそれは私の得意わざだった。というか好意を持ってくれる相手になら、話せれば言えるのです。病名などなくとも、昔からこうやって生きてきたと思った。

でもまあ私などはけっこう年ですし今まである程度症状が出ていてという状態だけれど、同病の方のブログを拝見すると営業職ばりばりでマリンスポーツが好き、というような若い方が、いきなり発病するケースもあるようです。これ、動揺するのは普通ではないでしょうか。

また皆様の方がよくご存じでしょうが、この膠原病というのは多彩な病状であり、ことに私の混合性結合組織病は、同病でもまったく話が通じないと思う程違う方がいます。そのためベテランの医師でもこの病と判るといつも最初に向き合った存在として緊張するそうです。そのためか正直なお医者さんは何をたずねても判らないと答えるしかない。しかしこれは患者にとってはけっこう辛いものです。

私の主治医はとても良い人で患者に攻撃されても検査をすっぽかされても、事情を汲んで受け入れ、優しく接します。こちらも彼の言っている事が当たっていると理解するようになってもいる。彼は折々に患者に強い共感を示し必ず私の味方になってくれます。でも最初の頃の私には「判らない」と言われるのはショックでした。

そして難病と急に知らされて、患者が考えるのはやはり「死ぬのか」という事です。先生はすぐに「死なない」と何度も答えてくれたけれど、それでも心配でした。いろいろな事を聞きつづけて攻撃的になる私に主治医は気配を消すようにして受け止めてくれた。忙しい時にもはやばやと必要書類を書いてくれました。しかし診察時間は現状ではやはりそんなに長くはとれないと思い、私は自分でネットを検索する事にしました。すると不運にも医学部の古い資料を発見してしまいました。二十年程度前のものなので死亡率が高い、というか恐ろしい事が書いてある。ですので治療を始めたばかりの方には、基本的には死なない病気であるという事と、ネットにも古い資料が残っているので怖がらないようにと伝えてあげてほしい。

その他、大腿骨壊死と指先の壊死が私は怖かった。大腿骨についてはネットの議論でも、患者側はなかなか理解しがたいようです。私も必死に論文を検索して中村淳一先生という方のを何度も読んでやっと判りました。うまく過ごせば修復可能である軽い大腿骨壊死も、素人には恐ろしい骨頭圧潰と同じものに見える。そのためステロイドを使っている最中もし、これになったらと想像した時に、最悪を想定して暗くなってしまう。ですので怖がらなくていいケースについても教えてあげてほしい。私はパルスをしてなかったけれどそれでも怖かったです。他の症状でも可逆であるものや、軽く済むケースについても知っておきたかった。

例えば指先の壊死でも小さく軽いものなら可逆であり、ぼろっととれる場合があるという事は、写真を出して下さっている同病の方のブログで拝見しました。また足の腫瘍についても、私は足の指先を失う可能性もあるので不安だったのですが、その前の症状の写真をブログに出している同病の方がおられて、その方は元に戻ったので私も救われました。可逆であり、そうならない可能性もある。それを医師に確認する前にまず勉強しなければ、素人は聞くものも聞けないです。

そして患者にとってありがたい医師、看護教授、看護師とは何か、私見ですしお叱りになるかもしれませんが少し申し上げたいです。というのも、これ、文学と一脈通ずるものがあると思ったから。1に、個々の事情を汲んでくれる事。2に、一件関係ない文脈を理解する事。3に、この国特有の事情かもしれませんが、世間からは見えない存在を見えるようにする事だと思うのです。そして4ですが、これは看護の世界だけではなく、国民全体の問題かもしれません。

まず1についての、最近の私的体験をのべたいと思います。……そこは八十歳位の人が殆どを占める診察室で、とても流行っている眼科医です。まず、杖をついたおじいさんが診察室に入ってきた。入るや否や周囲の人に甘えるというかいきなり低姿勢で頼りはじめました。そうしている内、先に来た患者さんが名を呼ばれて診察室に入りました。すると、自分の順番ではないのにおじいさんは、窓口の白衣の女性にたまりかねたように声をかけた。で？　窓口の案内係は話を遮り、ただ大声で「順番にお呼びしますのでね」と四回、繰り返して言ったのです。私は彼に、話を聞いてみた。すると白内障の手術を受けたばかりで片目が見えにくい、だけではなく実は片耳が聞こえない、と。彼はただ自分の順番が来ても判らないから、大声で教えて貰いたいと言おうとしていただけだった。また彼はリウマチもあり、いくら高齢社会とはいえ、九十五歳だった。ところがこのような人でも、声をかけただけで順番破りだと思われてこういう対応を受けるのです。個々の事情とは言っても外見からは判らない。私の難病なんて外からどころか本一冊分説明しても判ってもらえないです。

そもそも先程(講演依頼者で当時順天堂大学特任教授、医学博士の)青木きよ子先生とお話ししたところ、「膠原病はひとりひとり違うのでまず患者さんの話を聞く事から始めます。判らない以上、出来るだけ聞くのです」とおっしゃられました。これは患者さんに対する受容であるとともに、とても有効で素晴らしい態度だと思いました。さて、……。

次の2はオヤシラズの処置にある大学病院に行った時の事、文脈の判る人にあたったありがたいケースです。診察のさ中「猫が」と私は言いました。するとお医者さんはすぐに真面目な顔になった。「高齢で癇癪と痴呆があり二十四時間看護で」と言うと「猫を見ているんですね」と、つまり生活の都合で、治療が受けにくい場合だとすぐに察してくれた。今の膠原病の主治医も猫が、と言うとスルーしません。なぜなら猫が死ねば私の危機であるし、必ず消耗して病気が悪化する。治療に来なくなるかもしれない事を知ってくださっています。無論、それで治療が変わる事はないでしょうが、しかしこれがもしも1のような対応であったならば、「ここは人間の病院ですのでね」と、四回繰り返して私を黙らせて終わるのではないでしょうか。

3は、難病患者は世間から見えないものなのかとこわくなってしまった体験から。今まで私は可視領域にいる文学者でした。しかし今回、難病と判りその体験を書いた。この『未闘病記』は朝日、毎日、共同通信のインタビューを受け、野間文芸賞という純文学最高の賞も受けて五刷までしました。ところがその翌年、『文芸年鑑』という公共性のある出版物において、文学回顧をあけると、なんとそこには一行も記述がなかったのです。昔なら「次はノーベル賞ですね」と言われた野間文芸賞です。しかしこんな事をいちいち言うとひがみ根性のようですから言うのは実は今日が初めてです。それにこの文学回顧を書かれた方と私には微かですが連絡もありました。

彼はスラブ文学の第一人者です。そして以前にこの彼から拙作を訳したいというポーランドの翻訳者を紹介され、会見していたのです。相手は文楽は好きだけど、捕鯨は反対というような人、日本語で何時間も話しあっていて、なぜかひとつだけ通じない単語があった。それは「車椅子」という単語でした。一方、谷崎や川端についてはなんでも通じる。なのに私がそれに乗るジェスチュアをして、一字一字「車」、「椅子」とか書かないと通じなかった。やはりショックだったので紹介者の彼にメールを打って報告した。すると、たとえ翻訳者でも、使わない簡単な単語を知らない事はあるという回答があった。しかし私はロシアや東欧の文学を、見えないものを見るための文学かもしれないと思っていたのです。そして日本文学で使わない単語とは……。

日本文学を代表する野間文芸賞の選考委員達はその年最高の文学として私の『未闘病記』を選んでくださった。しかし難病という単語が入っているだけで『文芸年鑑』の執筆者からは無視されるのか。見えない存在を書ければそれは文学ではないのかと。もし駄作だと思っても公的な存在であれば、網羅して批判すべきであると。そして私が文学について定義するとしたら、どんな事でも対象もなかった事にせず、自由に書く事だと思うのですが、むしろ見えないものを見せる事が文学だと思う。

思えば以前、電車の中でこういう光景を目にしました。満席の中に赤ちゃんを連れたお母さんが乗り込んできた。私は席を譲ろうとして断られました。すると他の人はなぜか一斉に眠りはじめた。お母さんは立ったまま赤ちゃんの服を直したり面倒を見続け、程なくその赤ちゃんは大変大きな声で泣きだしました。なんと、その時乗客は一斉に目を覚まして立っている母子を睨んだのです。私は六十になって急に席を譲られるようになってもいるので別にこれが日本のすべてだとは思わないですが、しかし基本はこうなのではないかと思わないではいられなかったです。

黙って人を押し退けて都合が悪ければ狸寝入り、自分が損だとたちまち気づいて迷惑と睨む。またそれ以外は態度をあいまいにしていて災難が来ると、「みんなが悪い」と言ってすべて、弱者に押しつける。

こんな国において難病患者達は見えなければそのまま消されてしまうのかもしれない。ですので今後は私も頑張ってみます。目立とうと騒ぎます。ですのでどうぞよろしくお願いいたします。

それにしても、……どんどん嫌な時代になって来たもので、看護する側も大変かもしれません。

看護師さんの世界もセクハラを受けるし、最近は国家資格のある人を自給八百円でこき使うというような待遇まで出てきている。それとは遠慮なさらずに戦うべきであって、ご自分を大切にする事によってこそ患者さんにやさしく接する事が出来ると思うのです。セクハラなどは他の一般の女性にもこまる事ですので、どうか一致団結されて無事撃退なさるようにお祈り申し上げます。

最後に4、これはTPPです。どうか膠原病患者が皆殺しにされる前に反対してください。調印したとしても批准しなければ逃げられます。その後もまだまだ逃げられない事はない。今はともかく反対しなければ(本書三〇四頁参照)。だって国民保険自体が壊滅してしまったら看病もへちまもない。それどころか学校給食も郵便貯金も、安全な食べ物も、言論の自由も、沖縄も、日本語それ自体も、全国の農業もTPPで壊滅してしまうのです。ことに国民保険がなくなってしまえば、……アメリカなどは自殺の六十三パーセントが医者にかかれぬのを悲観した病人であるとも言われています。しかも政府は制度に手をつけぬポーズをして、実はこの協定のサイドレターで、医療を潰す事を計画しているのです。

私はこのTPPが来たら日本がどんなひどい国になるかを今近未来小説で書いています。しかしもう未来はそこまで来ているのかもしれない。人間まるごと喰われると作中に書きました。個人どころか日本一国がどうあがいても、逃げられなくなる前に、ぜひとも、救ってください。どうぞよろしくお願いいたします。

さて、言いたい事はこれですべて終わりです。次から次へと勝手な事を申し上げました。無論、私はけして膠原病患者の代表ではない。ですので個人としてしか語れません。でも個人を語って全体を想像させるという事が時には小説の方法のひとつとなっています。また今回は個人というよりは、自分の病気という敵に語らせてみたつもりでおりますので、しかしそれにしても……。

これだけの大人数、何百人という聞き手の方々、この皆さんが看護の専門家なのですね。私は普段は倒れるのも嫌だし、滅多に講演は引き受けません。しかし今回はまったく何がおこっても安心という好条件でした。そして信じられないほど良い環境で、皆様本当に親身になって聞いてくださいました。ここまで良い聞き手に恵まれる機会はおそらく今後二度とないと思います。どうもありがとうございました。心から感謝しております。これで終わります。

（初出『日本慢性看護学会誌』第一〇巻第二号、二〇一六年）

岩波現代文庫版後書き

難病発覚から十年が経った。前駆症状は思春期から出ていて今、六十七歳。病を生きて半世紀以上になる、と書くと事実ではあるもののまあ大げさ過ぎる。最初の四十年近くを気付かないで来た。十代、親にはノイローゼだと思われていた。痛みも熱も診断なしであれば、いや、当時は診断も何も米国で病名が提唱されたばかり。ただ長年苦しんだ証拠だけが私小説の中に残っていて、作中にいくつも引用出来た。

二〇一四年、私は本作で純文学の最高峰、野間文芸賞を受けた。

二〇一六年、立教大学大学院特任教授を無事勤めおえた。

同年日本慢性看護学会で患者として講演した。

ともかくその後もずっと小説に症状を書いて来た。

今では全ての症状に名前が付いている。伝わり難い何かが明快になったのだ。若い頃に心の問題だと思っていたものが、肉体の症状に由来していたとも判明した。ならばその心身の関係を書く事は必要だと。

今の作品には初見の人のため、病名と簡単な説明を書いている。長年の読者がうるさく感じるのではないかと気にはなるものの、そうしている。

私小説において、主人公が難病、そうなってから気がつくと十年である。

でも、それは私にとっては別に長くもない、あっという間の、十年であった。

マルクスの言った、世界同時革命の段階としか思えない世界に今、私は生きている。

でも彼が予想したのとは相当に違う。

現在、……資本主義それ自体よりも怖いグローバル化の中で、国が溶けて行き、それと同時に世界中の左翼が劣化して行く光景を、私はただ千葉の片隅にいて見続けている。

まず、それは見えるのだ。見えるから書く。書く事は抵抗だ。

ところが新世紀の表現規制は右からも左からもすさまじいもので、媒体の管理者というか編集者達は、都合が悪ければただ感情的になり、黙って、或いは「あなたのおためを思って」、「そのようなご主張は」止めるようにと言ってくる。書評が出なくなる。仕事先が消えていく。生活がきつくなる。でも、止める事は出来ない。「逮捕されるまで書くだけだ」と私は近作(『笙野頼子発禁小説集』と『女肉男食――ジェンダーの怖い話』、共に鳥影社から刊行)に書いた。今も、不当糾弾をされている。これはまさに頽廃芸術扱い、読むな、書かせるな本屋に置くな。

それでも勇気ある少数の味方や書店から助けられて、石から芽を出すように私は書いている。この文庫もここから出して貰う。旧作であれなんであれ、私に関するものはキャンセルされるのだ。それが現状である。なので、……。

今この作品を読み返していて、以前の主人公がまったくお金に困っていなくて、それでも死と肺病の不安の中で喘いでいる事を、病気だけは低値安定で落ちついている今現在から見て、何か他人事のように思ってしまう。特にここ三年程は、目の前の真実を報道し描くその「罰」として仕事を減らされ、ネオリベ新世紀貧乏を体験したせいもあって。

だって過去の私は、——検査で生きられると判明するとホワイトアスパラや取り寄せの漬物を食べて、高い入浴剤を惜しげもなく使い、すぐにタクシーに乗っている。そもそも大学で教えていたから長期休暇の間治療に専念出来た。それで病気でも幸福なのだと、今の私はついつい思う。

ていうか、要するに全体にコロナ以前という事なのである。と言っておいて、でも別にそれで作品の価値は変わらないとも思う。だってこのような時代にこそ、この難病を描く作品は間口が広くなる。

かつては死の不安や難病の不安は個人的なものだった。

でも現在、別に難病の人でなくても、人民はコロナに恐怖している。当時の私と同じようなマスクをしている。

世界中が、巨大な医療複合体に支配され生きている。国を越えて、それはやって来る。

作中で心配していたTPPは海外の活動家も頑張ったためか、私のもっとも心配していたジェネリック薬品はなんとか無事らしく、RCEPの方もやはり、世界の活動家がインドに結集して、それもあってインドが抜けてくれた。お陰で今現在、急激な物凄い危険はないようだ。明日、どうなるかは判らないけれど、取り敢えず今も私は治療を続けていられる。とはいえ、本書一五頁に書いた薬は、有料になった。

なお、当時恐怖していた動脈性肺高血圧症には今もなっていない。今では薬を飲んで延命出来るようになっていると心臓外科の医者から教えられた。が、この薬も難病患者の命も結局は医療制度にかかっている。

自分の命もお金も全て、今の世相に抵抗して勝ち取るしかないものだと私はもう判って来た。だけど自分から率先してそれをやるとまず自分が干されてしまうのだと、思い知らされてもいる(でも、やる)。

生活に追われ始めたのは三年程前から。それまでは高齢独身女性としては大変恵まれていた。死ぬまで出来る仕事を選んでいて、少しでも読者はいたし、それまでは何も困っていなかった。ところが長年仕事した版元が私の「主張＝思想信条」故に、もう私の本を出さないと言ってきた。

メガヒットの時代、少部数で生き残っても邪魔というのもあろうが、何よりも私は世界企業や巨大財団の「政治的正義」に逆らっていた。と言ってもただ単に「生物学的性別は存在する」とか「女子スポーツは女子だけでやって欲しい」等ごく普通の事を言っただけである。ところが一方、……。

「この世には身体的性別など無い」、「自分の性別は自分で決められる」、「メール一本で性別が変えられる」というのが今や欧米の人権基準になってしまっている。

但しこれはここ十年程の事でしかもすぐ混乱の元と判り、既にイギリスなどでは修復が始まっている。にもかかわらず今から日本にこれは上陸しようとしていたのだ。

なおかつマスコミが報道しないものだから今もむしろ知らない人の方が多い。既に報道規制がかかっているのだから本格的に入って来たらどんな事になるか(『一九八四年』の世界になる)。

とはいえ、そんな中で私は最初、貧乏も悪くないと気張っていた。つまり？

自分は不本意と言えども貧乏という素材を得て、督促状や質札の束を描写する特権を得たと。「贅沢」に恵まれたと。「私を殺すのは生活苦だけだ」と書いてもみた。

実際、貧乏は世界を把握させるし、貧乏を書くこと自体はすごい充実だ。さらに私小説の伝統でもあるその貧乏話の原稿は掲載されたので、私はしばし安堵出来た。でも結局糾弾が始まり、一旦は本を出すところがまったくなくなった。やっている事はずっと同じの私小説なのに。

なおかつ、今までは言論の自由を守る側だった左翼が、実はこの「政治的正義」に関して、弾圧側の張本人となっている地獄。しかしこれもまた世界趨勢なのだ。

私は新世紀の暴風に飛ばされながら、二十年支持した左系政党を見限り、とうとう一昨年から投票先を変えた。苦渋の、覚悟の、選択であった。

今はただ海外ニュースを見ながら、外国語の得意な仲間と議論してそのニュースの信憑性や判定法を教えて貰い、日本では報道されない世界趨勢を、新作に書く事で誰かに伝えている。それが私の唯一出来る事だし、それもまた大切な文学だから。

新世紀は退屈する暇などない、常に書くべきものがある時代である。しかしそれを書けば報道の世界からも文学の世界からも追放されてしまう。

要するに今現在書き手の全員が、例えば前世紀の東電告発における田中三彦氏のような立ち位置にある。そうしておいてマスコミはひたすら隠蔽を続けている。

と書くと何か「判りにくい話」になってしまうけれど、……。
でもまあそれこそが『未闘病記』のその後なのであって、……。
片隅の幸福そのものであるような本作の後に、やって来た病気以外の災難(貧乏、裁判、不当糾弾、文壇からの徹底キャンセル)について、何よりも日本で報道されなくなっている、欧米で頻発している不条理な事実については、先述の近刊二冊に纏まっている。そもそものうちの一冊『笙野頼子発禁小説集』など収録作を発表した雑誌の版元が本にしなかった。なおかつ、これを引き受けた長野県の学術、文芸出版社の鳥影社は、海外において勇気ある会社と言われている。まあ要するに、……。

本作のように、元気になって万万歳、我世に勝てり、という感じは既になくなっている。

そもそも自分の難病も再燃はしないものの、このストレス、貧乏の下で微妙に悪化し続けているのであってつまり、……。

こんな時代でなければ病気だってもっと、と言いたくもなる。だがそれでも難病患者としては、まだ無事と言える。

病については取り敢えずここ十年近く、ずっと寛解維持。作中で十三ミリだったステロイドは今十ミリ。本当はもっと減らしたいのだが私にはこれが限界である。この十ミリで体力をやりくりしてなんとなく生きている(病が寛解すれば劇薬は減薬しなければならないので)。

なので、作中のウッドタイル剝がしなどはもう一気には出来ない。結局また元に戻ってしまった事もあるし(ボタンを押しても押せていない、判子を押してもきれいに出来ない等)、だがそれでも、……。

前と比べたら奇跡の毎日だ。何かがふと、出来るようになる。動けないままという事はないこの十年。

肺に症状が出ていないほか、心臓弁膜症や大腿骨壊死も、疑われたけれど結局違っていた。突然死の可能性も血圧等を見る限り、私にはまずないようだ。なおかつ、こんな不安な中にもふと、気の持ちようというか一種の錯誤により、幸福な数日がもたらされる事もある。重い荷物を下げて歩ける日も、徹夜で家事をしてしまう奇跡の一日もある。

いきなり朗々とした声が出て語りはじめる事も、まあでもそんなのは何カ月かに一回。

普段は老婆化して小声、猫背、しわしわ、電話の子機を持ってしばらくすると、曲げていた腕が痛くなってくる。

立ち上がる時は物に摑まるか床に手を突くか何かしら工夫する。伝い歩きが楽な日はうっかりしていて、壁に掛かっているものや机の上のものを引っかけて落とす。

作中で使わなかった杖は今、普段の役に立ち、近所にも突いて出る。すると具合が悪い時のよろけかたや何かが、普通の年寄りと違っている。転んで肋骨を折るのも老人とはいえ、この年齢には少しはやい。八月はバス停で倒れてしまい、通りかかった人にタクシーを呼んで貰い、坂のすぐ上の自宅まで車で帰った。久しぶりの「贅沢」だ。

助けてくれたのは私より年上の杖を突いた女性二人(ありがとうございました)。しかしその数日後にまた家の中でばたんと倒れた。

白内障は五十代前半でなっていた。急に進んでしまって、もともと角膜も悪いので、……台所で炒め物をしていても具が見えなくなっていた。ばかりか手術代がなくてどんどんどん悪化してゆく。ついには道の向こうのアパートが雲に見えた。結局、医療制度とカードと前借りをフル回転し、付きそいなしのまま、徒歩の病院でうまくやってもらった。その結果、なんと裸眼一・二、眼鏡なしで生活している。この初稿を、手術の前は液晶を覗き込みながら這うように書いていた。だがそれでも、……。

まあそれがどん底だ、でもなんだって書いていると私は結局、調子こいているし楽しい。なおかつ、キャンセル、キャンセルで明日が見えないはずなのに、あちこちから助けて貰ってぎりぎり生き延びている、ありがたい。

そう言えば昔から別に孤軍奮闘でもなかった、という気が、ついにしてきている。医療問題等から、難病発覚後の自分は一層「先鋭化」したけれど、同時に感謝して人に頼るようになったかもしれない。医療制度も調べてきちんと使ったし。今は何といっても前より奇蹟的に動けるし、原因も判っているからそこは怖くない。

但し、そんな中、……。

二〇一九年春から裁判が始まってしばしば吐き気に襲われたり、初めての血尿に苦しんだりという悪化があった。そこからは毎夏、熱が出て腸が悪くなった。

この裁判は自分の教え子ではない学生達を助けるために無償で書いた短い一編を訴えられたもので、私は多くの人々から支援、同情され、弁護士さん(東京21法律事務所)は無償で弁護すると言ってくれるし、支援の会には二週間で百十三万円もカンパが集まり、募集を一旦そこで止めた程で、会はさらに証人、証拠などすべて助けてくれた。二審まで勝った時『東京新聞』に大きい記事が出て、この一月の最高裁も勝訴だった。ただ悲しかったのはその後五月に弁護してくれた岡田宰氏が亡くなられた事(一生感謝し、心からご冥福を祈ります)。

というように、——自分にはどういうわけか苦しい事ばかり次々来るけれど、いつもどこかに仲間がいるし書く事があった。痛む時にこそ代表作を書いたし励ます人がいた。

当時教えていた学生達には「自分の難病を書く程、楽な事はない」と言っておいた。(同病の人への配慮はしたけれど)自分の病気ならば自由に書けるから。そう言えば「なにもしてない」の時もそうであった。それは結局『未闘病記』の前哨戦だった。

その「なにもしてない」当時からの知り合いで、作中の大学に来いと誘ってくれた先生から、私はこの『未闘病記』を「待ち構えていて書いた」と受賞記念対談で言われてしまい、「そりゃないよ」と怒りたいその一方で、結局、なんとなく反論はしなかった。

要するに、……。

災難に遇う、立ち向かって書く。『未闘病記』はその私小説的系譜のひとつである。そしてまた、私は今ここからなんとかして、現在私をも苦しめている世界的困難を自分の分だけでも身辺雑記に綴り、報道し、さらなる災難を越えていく積もりである。

何も恐れず、見えなくされたものをひたすら書く私小説には、そういう力があると信じている。

二〇二三年九月

笙野頼子

本書は二〇一四年に講談社より単行本として刊行された。岩波現代文庫への収録に際して、内容を一部変更し、日本慢性看護学会講演録「膠原病を生き抜こう —— 生涯の敵とともに」を併せ収録した。

末闘病記—膠原病、「混合性結合組織病」の

2023年11月15日　第1刷発行

著　者　笙野頼子《しょうのよりこ》

発行者　坂本政謙

発行所　株式会社 岩波書店
〒101-8002 東京都千代田区一ツ橋 2-5-5

案内 03-5210-4000　営業部 03-5210-4111
https://www.iwanami.co.jp/

印刷・精興社　製本・中永製本

ISBN 978-4-00-602354-6　　Printed in Japan

岩波現代文庫創刊二〇年に際して

二一世紀が始まってからすでに二〇年が経とうとしています。この間のグローバル化の急激な進行は世界のあり方を大きく変えました。世界規模で経済や情報の結びつきが強まるとともに、国境を越えた人の移動は日常の光景となり、今やどこに住んでいても、私たちの暮らしは世界中の様々な出来事と無関係ではいられません。しかし、グローバル化の中で否応なくもたらされる「他者」との出会いや交流は、新たな文化や価値観だけではなく、摩擦や衝突、そしてしばしば憎悪までをも生み出しています。グローバル化にともなう副作用は、その恩恵を遥かにこえていると言わざるを得ません。

今私たちに求められているのは、国内、国外にかかわらず、異なる歴史や経験、文化を持つ「他者」と向き合い、よりよい関係を結び直してゆくための想像力、構想力ではないでしょうか。

新世紀の到来を目前にした二〇〇〇年一月に創刊された岩波現代文庫は、この二〇年を通して、哲学や歴史、経済、自然科学から、小説やエッセイ、ルポルタージュにいたるまで幅広いジャンルの書目を刊行してきました。一〇〇〇点を超える書目には、人類が直面してきた様々な課題と、試行錯誤の営みが刻まれています。読書を通した過去の「他者」との出会いから得られる知識や経験は、私たちがよりよい社会を作り上げてゆくために大きな示唆を与えてくれるはずです。

一冊の本が世界を変える大きな力を持つことを信じ、岩波現代文庫はこれからもさらなるラインナップの充実をめざしてゆきます。

（二〇二〇年一月）